又是一年花开时

万俊华 著

天津出版传媒集团

天津人民出版社

图书在版编目（CIP）数据

又是一年花开时 / 万俊华著 . -- 天津 : 天津人民
出版社 , 2017.10 （2025.4 重印）
ISBN 978-7-201-12230-4

Ⅰ . ①又… Ⅱ . ①万… Ⅲ . ①散文集—中国—当代
Ⅳ . ① I267

中国版本图书馆 CIP 数据核字 (2017) 第 228102 号

又是一年花开时
YOUSHI YINIAN HUAKAI SHI

出　　版	天津人民出版社
出 版 人	黄　沛
地　　址	天津市和平区西康路 35 号康岳大厦
邮政编码	300051
网　　址	http://www.tjrmcbs.com
电子邮箱	tjrmcbs@126.com

责任编辑	张　凯
装帧设计	马晓琴

制版印刷	三河市天润建兴印务有限公司
经　　销	新华书店
开　　本	660×960 毫米　1/16
印　　张	19.25
字　　数	200 千字
版次印次	2017 年 10 月第 1 版　2025 年 4 月第 4 次印刷
定　　价	52.80 元

目录

序

将爱美习惯进行到底

我有一个习惯，每当外出旅游或因工作之便来到一个新的地方或风景区时，都会将当地美景拍摄下来，作为自己生命轨迹留存的纪念。有兴致时，还会将当地风景及风土人情用文字记录下来，以便今后慢慢欣赏。

这个习惯，从我参加工作有了照相机之后，便从没间断过。这有一个最大的好处，那就是，每当人们谈起某地景色或自己写作需要某地情况或图片时，我就能很快地找到我需要的文字或图片。

多年了，因为有了这个习惯，我便收藏了很多外地照片，写了很多旅游随笔、诗歌或散文。这些东西多了，我便有了一个念头，那就是很想将这些照片和文字编辑成一本书稿。能出版当然很好，不能出版的话，也可以作为自己写回忆录的绝好材料。正因为自己早就有这种想法，所以，当出版社发出帖子征集旅游散文集书稿时，我便能很快地按出版社要求编辑出这本书稿来。

这段时间来，通过编辑这本书稿，让我挤出很多时间，重温了一下过去去过的地方。这种对祖国壮丽的大好河山的回

味，确实让人快乐、幸福，以至快乐、幸福得简直无可比拟。这些如电影一样的画面，几乎又让我这位年过半百的人，重游了一次祖国的山山水水，领略了当年自己风华正茂的身影，尤其是又见到当年与自己一起出游的朋友，真是感慨万千，心潮如涌：当年的朋友们，你们现在还好吗？

要说起来，这本书之所以能够出版，完全得益于我长期以来所养成的一个爱好。爱好人人都有，可要持之以恒，绝非易事。从这点来说，人们呀，当你拥有了一个好的爱好时，千万不要轻易放弃，因为，这个爱好，实际上就为你的人生储备，增添了浓墨重彩的一笔。因而，可以这么说，这个爱好，实际上就是你人生的一笔无可限量的精神财富。

读者朋友们，当你翻阅这本书的时候，你实际上就和我一样拥有了这笔精神财富。这时，我的这笔人生最可贵的精神财富，也就成了我们共有的财富、精神的家园了。

也许，正因为有了这笔精神财富后，你却想得到更多的精神财富，那么，我要说，你尽快行动起来吧！祖国无限风光的北国，山清水秀的江南，千姿百态的边陲，风景如画的海域，乃至世界名胜古迹，都正在等待着你的光临。

读者朋友们，请你们记住了，当你阅尽了人间春色，陶醉在那花儿盛开的季节，可别忘了将这些美景拍摄下来，用你的妙笔，描绘下当时你看到的一切美景，并且将之编辑成书出版，就像我这本旅游散文集一样，让我们大家也能与你一样同欢同乐，共同享受这盘精妙的美味佳肴吧！

雨中云海武功山

　　我很向往草原，可一直没有机会一睹风采。内蒙古呼伦贝尔那一望无际的大草原，叫人神往。听说江西的武功山，就是一片云中草原，更具特色，于是，在一个秋高气爽的秋日，我便踏上了这片土地，来到了这片神奇的人间天堂。

　　武功山位于江西萍乡市芦溪县东南边境，地处江西西部，地跨吉安市安福县、萍乡市的芦溪县、宜春市袁州区三地。武功山属罗霄山脉北段，绵延120公里，总面积260余平方公里。主峰白鹤峰海拔1918.3米，为江西第一高峰。

　　武功山资源内涵丰富，底蕴深厚，特色鲜明，品味高雅，是大自然鬼斧神工的杰作，也是人类文化的瑰宝。武功山资源类型与特色被专家概括为"山景雄秀、瀑布独特、草甸奇观、生态优良、天象称奇、人文荟萃"。据悉，现已规划面积160平方公里，规划景点200余处，整个风景区分为金顶观光休闲区、羊狮幕观光游览区、九龙山宗教文化区、发云界游憩娱乐区、大王庙原始生态区五个核心景区，这便自然形成了"峰、洞、瀑、石、云、松、寺"齐备的山色风光。

武功山佛教开山于唐，盛于唐，其时武功山有集云、三天门、白法、九龙四大道教、佛教圣地，宫、观、寺庙近百座，僧人道士数千人，为湘赣两省著名道、佛教圣地，自古以来就吸引了众多文人骚客前来探奇寻幽，朝觐览胜，赋诗题字。

据考证，留下赞美武功山的千古诗赋、匾牌、文章百余篇。说到这点，我们沿途也陆续看到，赋诗题字中最为出名的数汉之葛玄、晋之葛洪、梁之陶弘景、唐之袁皓、宋之黄庭坚、明之徐霞客、近代的陈毅元帅。宋代诗人郑强曾登临武功山，并赋诗一首《登武功山》："绿色青黛梁群山，院锁屋恋叠嶂间；金顶插天云漠漠，飞瀑泻地不潺潺。拔地凌穿吊马桩，巍然在望葛仙坛；灯荧星点清霄静，炉烟缭绕白云还。俯瞰日山齐到眼，江南尽境属吴邦；疑是神仙真洞府，公余幸得一跻攀。"1638年，明代地理学家徐霞客冬游武功山，为山中奇景所陶醉，写下了《游武功山》：武功山"千峰嵯峨碧玉簪，五岭堪比武功山。观日景如金在冶，游人履步彩云间。"武功山游记当然地成为《徐霞客游记》中的一部分，因而声名鹊起，成了文人雅士、僧侣道人游览凭吊的胜地。

不巧的是，我们刚爬上武功山中段，天空便下起了绵绵细雨。不过细雨中的武功山，被一片片飞渡的缭绕云雾所笼罩，显现出其独具魅力的神秘面纱。

早在宋代，武功山就小有名气。实际上，武功山历史上曾与衡山、庐山并称江南三大名山，被冠以"衡首庐尾武功

中"。武功山奇峰罗列，瑰奇壮丽，怪石林立，形态诡异，处处深壑幽谷，美妙绝伦。峰峰悬崖峭壁，涌泉飞瀑。站立远眺，村庄、田野尽收眼底，大有"万里云山齐到眼，九霄日月可摩肩"之意境。其风景名胜遍及全山，有"一湖、二泉、五瀑、七潭、七岩、八峰、十六洞、七十五里景"之称。景区内有连绵十万亩的高山草甸，红岩峰瀑布群，主峰白鹤峰（金顶）海拔1918.3米。金顶古祭坛群，堪称江南三大绝景，令人神往。

导游介绍说，武功山为赣江水系的袁水、泸水、禾水和湘江水系的渌水、渌水的分水岭。北侧的袁水、渌水谷地为断裂谷地，分水岭低缓，浙赣铁路沿此通过。山地两侧煤藏丰富，以萍乡安源煤矿最著名。

武功山还是一个天然的动植物园，这里有很多珍禽异兽，奇花宝树，如黄腹角雉、华南虎、短尾猴、水鹿、白鹇、娃娃鱼等就属于国家级重点保护动物。珍稀植物有黄杉松、台湾松、云锦杜鹃、猴头杜鹃、粗榧、水桠木、独花兰等。被誉为"植物三元老"的银杏树连片成林，最大的一株高达24.5米，树围12.1米，直径3.63米，年逾千载。相传乾隆帝曾称这为"山中树王"。武功山的松树品种繁多，古老苍劲，浓绿幽美，盘根错节，形态奇特，给人以浩瀚无边之感。

提起武功山得名，据记载，武功山原名"兹山"。"兹"字在古代文言中通"滋"，取其草木茂盛之意。但是旧时山南的庐陵喜欢称为"泸潇山"，而山北的袁州（现今的宜春、萍

乡）则称其"罗霄山"。"泸潇"与"罗霄"近音，这是因为方言发音不同而书表各异，但都是指金顶西面一处高山巨洞（现今的"罗霄洞"）。这是因为，传说上古之时有叫作"泸"或者"罗"、"潇"或者"霄"的两位道人曾隐居修炼于此。山南、山北两地的居民依照地方口音各自注字，将此山洞命名曰"罗霄洞"和"泸潇洞"，"罗霄山"和"泸潇山"因此而得名，整个"罗霄山脉"也得名于此。

后来，晋代四川人武氏夫妇慕名远来此地修炼，"罗霄山"和"泸潇山"从此又称为"武公山"。

直到南朝、陈朝时期，有位将军欧阳颁出兵协助陈武帝陈霸先平定侯景之乱，途经"武公山"祷告求拜，得到武仙人托梦并授其平乱之策。后来成就了帝王霸业的陈武帝感念于山中神灵相助之功，便下令赐名"武功"，从此"武功山"取代了其他各种名称而名传千古。明嘉靖皇帝曾派御使进御香于三天门，武功之名声大噪于天下。

武功山风光旖旎，海拔高差 1600 米，为景观奇特的花岗岩，混合岩中地貌，红壤、黄壤、黄棕壤、高原草甸沿海拔高度梯形分布。气候属中亚热带季风气候，气候温和，雨量充沛，四季分明。区内河流纵横，水系发达，天然落差较大，形成众多的溪流。瀑布景观，山区云雾较多，雾日超过庐山，为观赏云海的理想胜地。海拔虽然高于庐山、黄山，但风速却小，拥有国家的"天然植物园"。高山垂直型自然植被景观为江西省境内罕见，高山草甸、黄山松群落为江南罕见。武功山

较为完整，原始状态的自然生态环境集雄、险、奇、幽、秀于一山。

说到武功山的形成，导游对我们说，武功山地质构造以花岗核杂岩构造与峰崖地貌为主，说明山体在古地质年代中就有，那时这里是湘赣海域的一个孤岛。武功山山体主要由片麻岩、花岗岩和石灰岩等组成，地势峻峭挺拔，一般海拔都在千米以上，不少山峰高达1500米以上。山丘之中有赣江流域的袁水、禾水，湘江流域的渌水（萍水）的源流贯穿其间，使河流两侧发育着宽窄不一的多级河谷阶地，形成的袁水、萍水河谷也是湘赣间重要的天然通道。发育于寒武纪、石炭纪、三叠纪等各时代的石灰岩厚薄不一，岩性差异，裂隙发育不同，故地表岩溶除表现出波状起伏的丘陵，锯状垄断的山峰外，还有孤峰、残山、溶斗、溶沟、洼地等发育。在地下又形成了形状奇特、大小不一的暗河和溶洞。

导游说，也正由于冰川活动的结果，武功山形成了千姿百态的冰蚀和冰积地貌，如围椅状的冰斗，U字形的冰川谷，高挂的悬谷，刀刃状的山脊，金字塔形的角峰，孤形状的终碛垄和波状的冰碛丘陵，等等。山区内河流、溪流、瀑布景观众多。山区多云雾，雾日超过庐山，是观赏云海的胜地。高山垂直型自然植被景观、高山草甸，及黄山松群落在江南地区不多见，以上种种使得武功山集黄山之松、华山之险、庐山之云、衡山之秀、泰山之峻、雁荡之瀑、石林之奇于一山。奇峰怪岩，幽泉飞瀑，佛光云海，高山草甸，奇花异草，各景观交相

辉映。

登山途中，那一处处雨中美景，我们目不暇接。朦胧中，龙王潭、尽心桥、仙池、蟄龙洞、风火洞、三包岩、吊马栓、鸡冠岩、千丈崖、万松岩、潭口瀑、三叠泉、鸟龙潭、迎宾松等景，尽管隐约可见，难窥全貌，却更有一番风味，叫人流连忘返。

我们终于在风雨之中来到了主峰金顶白鹤峰。据传，白鹤峰的来历，是由于峰高风大，不长树木，只生茅草，一到秋冬季节，茅吐白絮，冰封峰顶，站在其他高峰上远眺，俨然好似白鹤昂首挺立，故得名"白鹤峰"。另一则神话传说又是一番形容：东汉葛玄、东晋葛洪先后来此修身炼丹，羽化成仙之时驭鹤飞升，飘然而去，所以名曰"葛仙峰"或者"白鹤峰"，这也给人带来无尽的遐想。

导游说，云中草原，你们今天是看不到了，那区内 10 万亩高山草甸绵绵于海拔 1600 多米的高山之巅，与巍峨山势相映生辉，堪称天下无双。峰顶神秘的古祭坛群距今已有 1700 多年的历史，被誉为华夏一绝。气势恢宏的高山瀑布群、云海日出、穿云石笋，奇特的怪石古松、峰林地貌和保存完好的原始森林、巨型活体灵芝等景观会令游人叹为观止。

雨中的武功山，看不到它的真容。雨中的白鹤峰，也看不见一丝一望无际的云中草原。我们在想，以后有机会一定要再来此地补上这一课。我们只是看到，脚下有一片茅草被污水淹没，远处云雾缭绕，雨打浮云。在这虚无缥缈的世界中，我

们几位好友登上峰顶的几块长条形石柱上，耳际只听见大风在歌唱。那激扬的歌声，响彻云霄。这悠扬的歌声，几乎要把我们带向一个美妙的极乐世界。

此时此刻，虽然在这里，那碧波万顷的草地，我们却没有机会欣赏到，晚上归去，那清晨在这山顶观看日出的绝景，我们也与之无缘。然而，雨中的武功山，白雾茫茫云海一片，让我们感悟到另一种体验，那就是四大皆空、天人合一的理念。

明朝人刘鉴在《武功记》里面写道："东南天柱有三，盖衡、庐与武功。衡首庐尾武功中，跨袁吉，屹立最高……乃乾坤之胜境，神仙之福地也。"是的，武功山，这颗中国旅游资源宝库中璀璨的明珠，这最后一片尚未开发的江南名山处女地，历史上曾声名远播，文化积淀深厚。在崇尚自然、渴求返璞归真的今天，相信它又将会以其自然景观之神奇和原始生态环境之完好而更展显出其独特魅力。

陶然心醉龙虎山

那天大清早起来，与朋友相约一起来到江西鹰潭市龙虎山游玩。刚一下车，就被山中宁静、清凉的气场奋力托起。我们入住的酒店是荣盛宾馆，因其坐落于风景秀丽的龙虎山游客接待中心入口处，显得特别醒目，因而号称龙虎山门前第一酒店。荣盛宾馆周围大树婆娑，房内随手可触摸阳光，贴近绿叶，倒也是个很适合山居的地方。

得知我们要去游玩龙虎山，宾馆总经理赵月荣热情地把手一指：前面就是入口处。

我们由此直接进入山门，沿着两旁站满了绿树的甬路往前走便到了泸溪河。

大家小心上筏，但见艄公将竹篙轻轻一点，竹筏便像一支离弦的箭似的向前驶去。

竹筏载着我们驶进了一片蔚蓝的绿水中，泸溪河就像一条隐蔽的通道，把我们送入仙境。

这里真是个消暑的好地方呀！同行的朋友两臂伸展，无限感慨地说：置身其间，真是让人赏心悦目，心旷神怡呀！

　　竹篙击打流水的"哗哗"声，仿佛是一阕动听的音乐。随着竹筏的移动，龙虎山秀美的画卷也随之在我们眼前缓缓地铺展开来。

　　河水在平静地流淌，木船在逆水中穿行，两岸迎面而来的是一座座赤色、孤绝的山体。同伴中有人自告奋勇地当起了我们的导游：早在东汉永元二年（公元90年），第一代天师张陵携弟子云游，由淮入鄱阳湖，溯信江，沿泸溪河逆水而上，至龙虎山，见两岸奇峰怪石林立，恍如仙境，便弃舟上岸，结庐炼丹。丹成而龙虎现，龙虎山因此得名。

　　龙虎山虽然不像庐山、黄山那样高耸险峻，有雄伟的山峰、飞扬的瀑布，然而，由九十多个形态各异的小山包组成的龙虎山却有着自己独特的风景。这些山顶或连绵不断，或亭亭玉立，让我们目不暇接。仔细看上去，有的像大象、老虎，有的像盘龙、蘑菇等，卧伏在群山之中，是那样神秘美丽。

　　木船在平缓的泸溪河上游弋，不时还有载着游客的竹筏漂流而下。沿着两岸风景，我们东张西望，看不过来，远远近近，移步换景，山天水色，皆可描画。

　　那一片片葳蕤的竹林，绵延千米，青翠欲滴，微风拂过，轻轻摇曳，有一种袅娜的美感。

　　那一大块开阔的滩地上，一个茂密的果园，栽种着梨树、桃树等，树冠如盖，真是美轮美奂。

　　小小的竹筏载着我们沿着泸溪河顺流而下，清凉的河水从竹筏缝里涌了上来，浸湿了我们的裤腿。竹篙和竹排溅起的

浪花，打湿了我们的衣裳。成群的小鱼，来去倏忽，鳞片闪闪发光，仿佛洒落水中的片片铝箔。水浅的地方，河底的石子历历可见。

我稍稍侧一下身子，把手伸进竹筏外缘旁的河水里，水流从指缝间流过，滑腻、凉爽，一股十分惬意的感受沿着手臂飞快地传导到心田。

置身于大自然的山山水水，让人放下疲惫，享受轻松，我笑声爽朗地说：真是不枉此行。

泸溪河两岸奇峰怪石很多，青山密林，流泉瀑布，不是仙境，胜似仙境。乘船筏览泸溪河之胜，就如置身山水画廊之中。

途中经过一个小山村，从竹筏上望去，村子背倚丹山，面朝碧水，几排古老的房屋，高低错落，掩映在古樟树和竹林之间。这便是古越民俗文化村，包括古越村和"无蚊村"的许村。

位于泸溪河水岩段东岸的古越村，是依据古越人"水行而山处"的生产、生活习性而设计的文化景观。无蚊村三面环山，一面临水，有许姓人家四十余户，因村里一年四季没有蚊子而闻名。

据说这许村的村民都是上古年代隐士许由的后裔。许由隐于箕山，因贤良而闻名天下，尧帝先是要将帝位传给他，他坚辞不受，后又召为九州长，他仍旧是拒绝。非但如此，他还特意跑到颍水边，掬泉洗耳，因为耳朵听到了那些有关功名利禄的话，清心寡欲的心境受到了玷污。这个举动，足证其超凡脱俗，无欲无求。

有道是心由境生，在这样远离尘世扰攘的地方，面对与世无争的人们，习惯了匆忙喧嚣的都市生存的我们，也不由得体验到一种久违了的无所羁绊的感情，甚至于泛起片刻的归隐之想。

遁入空门，忘却尘世的烦忧，我深有感触地说：这何尝不是凡生的又一种境界？更不失为人生的一大快事呢？

龙虎山丹霞地貌所特有的色彩，更为风景添加了一重奇异的魅力。由红色沙砾岩构成的峰峦，呈紫红色或赭褐色，远远望去，云蒸霞蔚，阳光照在上面，五色纷呈，红紫斑斓，分外妖娆。水面上则是或波光潋滟，或静影沉璧，呈现出一派生动的层次感。

泛舟泸溪河上，两岸诸峰次第映入眼帘，或一柱耸立，直抵云天，或巨石成磐，如蹲如踞，但都是奇崛陡峭，直上直下，仿佛斧头劈下的一样。单独地端详每座山峰，也姿态各异，独具魅力。

仅从峰峦的名字，就大略能够想见其形貌了。"金驼跋涉"，一头巨大的骆驼，经长途行走疲惫了，暂时趴在地上小憩一下，头部抬起，平视前方，神态安详。

"仙猴会师"，一群猴子把头部凑在一起，耳鬓厮磨，憨态可掬……

距许村不远处，还有一座孤峰被称为"迅翁峰"，那可真

是鬼斧神工，活脱脱就是一座鲁迅侧面头像雕塑。那突出的前额，浓重的眉毛，粗黑的短髭，凝视的眼神，凛然而刚毅，简直就是现实中的鲁迅再现。

龙虎山不仅风光秀丽，崖墓更是中国一绝。崖墓葬是古越、僚人特有的一种丧葬形式，也是我国多种葬法中最古老、最特别的一种丧葬形式。从简易栈桥过河，我们找了一个观看悬棺的最佳位置，可以比较清晰地看到一串悬棺。据说那一串是一个家族的。看完升棺表演，我们终于了解到龙虎山悬棺之谜。

不觉之间，暮色浓重起来，恍惚之间来到一条山中的古街，沿河吊脚楼、码埠，岸边偃伏着大石头，平坦如砥，有三五浣纱村妇、捣衣少女蹲着，或浣衣，或洗菜。在她们身边，有孩童戏水，渔舟系岸，更有成群的白鸭凫水游弋，意态悠然，给这江南古镇构筑成了一条韵味十足的孕育着独特地方民俗与风情的风景线。

置身这条风景线上，我们仿佛已与之融为一体。在这龙虎山浓重诗意的包围之中，在这夕阳霞光映照的朦胧之下，陶醉其间，我们熏然的竟忘记了归途。

九寨邂逅结良缘

今年"五一劳动节"，我终于与我心目中的"仙女"牵手了。

在一次聚会中，朋友问我："你们是怎么相识的呀？"

我开心而又神秘地说：照片为媒。没想到我这么一说，大家蜂拥过来，对我们相识的故事更感兴趣了，一定要我介绍照片为媒的前后经过。

日历翻回到三年前的 4 月 30 日。明天就是"五一劳动节"了，这一天，也是我的生日。每年一样的生日，过得平平淡淡，没滋没味，是该换个花样过个生日了。

记得有位名人说过这样一句话：男人的一生中，要经过三件事才能成熟：一场刻骨铭心的恋爱；一次死去活来的大病；一段无人知晓的生活。我觉得很有道理。

刻骨铭心的失恋有过，那是我人生走向社会的第一步。在一个边远的小山村，我偶遇到了一位美丽的让我心动的姑娘，只因自己一次用红圆珠笔写了一封信所造成的"绝交"误会，致使我的第一次初恋胎死腹中。这次失恋致命的打击，差

点让我一辈子都无法站立起来。

死去活来的大病有过，那是在一次抗洪抢险中，我带病白天坚持采访，晚上坚持守堤且同时在堤上挑灯写新闻稿。由于劳累过度，在一次雨中堤上采访至下午两点钟，村主任用水桶送来一些西红柿，我用桶中水洗后只吃了一个，就发高烧至四十二度一直不退。医生用尽了各种方式，都未能让我降温，最后是在我的骨头上打个洞，取出骨髓，查出我是得了副伤寒病。当时肠子都薄成一层纸，天天只能吃流质汤水，在医院一住就是三个月，终于让我大难不死躲过了一劫。

无人知晓的生活还真的没有。平日的生活太过于平淡，是不是也要来过一段与世隔绝的日子呢？有了这个心思，我便马上付诸行动。

下午 4 点钟开完会回来，看到办公桌上报纸中刊有"九寨沟七日游"的消息，心动不如行动，我立马与旅行社联系。想不到的是，正是这一次九寨沟无意之行，却促成了我的一段美好姻缘。

这次神秘的七天行动，除了我老妈知道外，其他的人一概不知我的去向，就连手机也关闭了。

坐了几天的火车，到了重庆，又转了一天的汽车，才到了目的地。车上的生活，那个苦呀，简直无法形容。

还好在汽车上，沿途都是大雪山，我这个南方人，很少见到这么多的大雪山，让我一次看个够，也算不枉此行。

其实，旅游是很辛苦的，又热，又累，除去几天在火车、汽车上之外，真正玩的时候不多，但由于心情还好，感觉还是不错的。况且，关了手机，过了几天自由自在的神仙日子，这真是我有生以来所没有过的清闲时光。

我终于毫无保留地投入到九寨沟这大自然的怀抱中了。

都说九寨沟美丽如画，身临其境，确实名不虚传。九寨沟，据传是因为在这延绵起伏的山脉的山沟之中，长期居住着九个藏族村寨而得名。由于与世隔绝，这里成了世外桃源之地，而这里的美丽景色就如藏在深闺中的美丽姑娘，美轮美奂。

九寨沟，这是个非常诗意的名字，很多人说，九寨沟是人间最美的天堂。进入九寨沟景区，还真就像进入了一个人间仙境。到九寨沟旅游之前，我观赏过无数美景，然而还是这个九寨沟最让我心动。这里的山，青葱妩媚；这里的水，澄澈缤纷。水静云动，光影变幻，我想用风景秀丽，如诗如画，如梦如幻来描述我的九寨沟之游一点都不过分。

行走在这绿茵花墙之中，心旷神怡。你看那飞瀑翠岗、长海如镜、原始风光、雪海茫茫，置身其间，还真有走进了童话世界的恍惚。

五彩池给我的第一印象还是一个字：美，美得无法比喻。如果不是亲眼所见，真的不敢相信。池中水有淡白、墨绿、浅绿、深蓝、天蓝五种颜色，太神奇了，越看越觉得这次到九寨沟旅游大开了眼界。为什么这里的池中水会有五种颜色？为什么还都不相容？而这些颜色却又搭配得是那样和谐，那样令人

神往！湖底的石块色彩斑斓，仿佛镶嵌在湖底的一颗颗明珠。

七日失踪为何由？

几度神往九寨沟。

天堂美景阅不尽，

童话世界任我游。

是呀，九寨沟优美的风景让我乐不思蜀，一鼓作气我来到了九寨沟最高景点——长海。

这是九寨沟湖面最宽阔、湖水最深的海子。长海对面的群峰，是那一座座寒光逼人的冰峰。

站在长海这碧绿的世外桃源，谁不想定格在这美妙之中？人们都停留下来，纷纷拿出照相机忙碌了起来。

走着，走着，突然间，我的眼前为之一亮，一位身着藏服的美丽女孩一下子就映入我的眼帘。细细看来，女孩长得秀秀气气，不仅有诗书上说的增一分则胖，减一分则瘦的婀娜身姿，更有那施朱则太艳，敷粉则太白的冰肌玉骨。你看她，身穿当地藏服，华美的头饰，绚丽的衣裙，活脱脱简直就是从天上飞奔而来的仙女呵！

此时此刻，在我心中，九寨沟如画的景色已在眼里慢慢地模糊起来，剩下来的，就只有这位女孩脸上那甜甜的微笑了。

这么美貌的姑娘，世上仅有，天下无双。没撞到没话说，既然老天爷送上门来了，那我怎能不和她留下个纪念呢？否则，那也太对不起人家姑娘呀。

时间在一分一秒地流失，可我还是没想到什么好办法和她接近。在我面前，只见一个个人照相过去了，又一个个人过来照相了……对，何不请她和我合个影呢？不错，合影是个好主意。面对这样一位令我头一回怦然心动的女孩，我的心中忽然闪出了这个念头，要能和这样的女孩合个影，成为永久的纪念，该有多好啊！

然而，请姑娘合个影，谈何容易？人家又不认识你，凭什么要答应你的要求？万一开口遭拒怎么办？一向内向的我从来不太和女孩子接近，更何况是与一位不认识的女孩子开这样的口，大庭广众之下，多么的难为情，如果遭拒，那更是无地自容。

但姑娘那美丽的倩姿实在是挡不住的诱惑，看来，这回是豁出去了，再不开口，可能就要失去这个千载难逢的机会了。

人慢慢地少了，于是，我蠢蠢欲动地壮着胆子来到女孩身边。

我能同你合个影吗？我鼓起十二分的勇气，终于站在姑娘面前说话了。

好啊，姑娘大大方方地同我站在一起，摆起了合影姿势。听她口音，不像本地人，而且感觉她同人照相，也完全是一副好开心的模样。

　　我又鼓足勇气，向她提出了一个最低要求，我能把手放在你的肩上吗？

　　可以啊，女孩落落大方，让我受宠若惊。

　　这时，我小心翼翼地伸出我的左手轻拥着女孩，很小心很小心地簇拥着她，我，陶醉了！

　　闪光灯一亮，我和我心中的女神一起被摄入相片之中，定格在那一瞬间的，还有我那数不尽的牵挂和爱恋。

　　请人拍完照片后，我突然想到要留下女孩的通讯地址，以便把照片寄送给她。那一刻，我的心中一直在挣扎着，是不是可以问女孩要个通讯地址呢？思前想后，考虑再三，最终还是没能向女孩开口，怕只怕这样做会引起女孩的反感，遭到她的拒绝。这，差点铸成了我终身的遗憾。

　　那一刻，我唯一能做的一件事，就是呆呆站在那儿，看着仙女飘去的背影，不敢再惊动她一下，哪怕是向她要一个电话号码。

　　川西归来不言山，

　　九寨归来不看水。

　　山清水绿叫人醉，

　　"海底孔雀"展翅飞。

　　照片很快就洗出来了。我欣喜若狂，爱不释手，发现除了那张同女孩在一起的合影外，我的另一张照片边上，也出现了那位女孩的倩影。一时，我沉浸在无比快乐的幸福之中。

我多么想把这张照片寄给她啊！只是，我很遗憾，因为自己的胆怯，居然不敢问女孩的通信地址，从而使这张照片，已成了一张几乎是永远也发不出去的照片了！这又成了我心中一块难以除去的心病。

为了寻找她，两个月之后，我怀揣着这张照片，又故地重游了一遍，希望能在长海这里再次遇到那位藏族姑娘，并将照片亲自送到她的手中。但，这可能吗？这难道不是天方夜谭吗？面对长海、雪山，睹物思人，我只能长天恨海！只能饮恨雪山！

> 月后重游九寨沟，
> 历历在目老朋友。
> 有缘千里再相会，
> 前度藏姑何处有？

照片虽然发不出去，但愿我的心愿能够传递到她的家乡：如今的你可好？你可曾穿上美丽的婚纱？你可想起曾在九寨沟合过影的那位好朋友？

藏族姑娘，这一切，你可曾知道？我还要告诉你，只要这张照片你没有收到，我就会一直寻找下去。我要带着这张照片第三次、第四次……到我们相遇合影的地方——九寨沟去，去寻找你留下的每一个脚印，去回味你曾散发出来的每一缕呼

吸的气息，去追忆你那充满青春活力的、叫人难忘的美妙身影和那富有磁力的、世上独一无二的倾城而又清纯的笑容！

　　这次生日之旅，让我对九寨沟这个人间天堂充满了遐想。是呀，放眼望去，那五彩海底的景色，犹如孔雀开屏；那朗朗夏日、迷人枫叶，我们又恰似翱翔在梦幻仙境、人间天堂；九寨沟那醉人的身姿，不就是一位天生丽质的诗人吗？在她的怀抱，她那抚摸的欢畅、亲吻的甜香、呼吸的灵气，让我如痴如醉如狂。忽然间，我深深感到，好像在这里，我找到了心目中永远的知音、一生的偶像——

　　　　我爱你啊，
　　　　如诗的九寨！
　　　　我爱你绿茵花墙，
　　　　我爱你飞瀑翠岗，
　　　　我爱你长海如镜，
　　　　我爱你原始风光。
　　　　我要把你醉人的身姿带回家乡，
　　　　让我永远永远地将你珍藏。

　　　　我爱你啊，
　　　　如诗的九寨！
　　　　我爱你春色绵长，
　　　　我爱你夏日朗朗，

我爱你秋叶迷人，

我爱你冬雪茫茫。

我要把你五彩的景色告诉亲友，

让人们争先恐后地将你欣赏。

我爱你啊，

如诗的九寨！

我爱你貌美藏姑，

我爱你海底孔雀，

我爱你童话世界，

我爱你人间天堂。

我要把你梦幻般的神奇永存心上，

让我们久久地在仙境中翱翔。

我爱你啊，

如诗的九寨！

我爱你抚摸的欢畅，

我爱你亲吻的甜香，

我爱你呼吸的灵气，

我爱你迷人的形象，

我要把你诗人的气质反复吟唱。

让我们知音般的爱恋欢歌无限地久天长！

都说网络是一个大世界，我试着将这段经历配上与那位藏族姑娘微笑的合照，以《一张发不出去的照片》为标题发到网站上。

我发此帖的用意是：如果，上苍有知，能将我的话传递给她，至少，我要让她知道，在一个也许是很遥远的地方，有一个曾与她有一面之交的朋友，正在为如何寄出她的这张倩影而犯愁、苦恼！

想不到这帖一夜之间就火了起来，几天之后点击率一下子飚升到十多万人次。

有那么多点评的帖子，我一个一个地细看着并给予回帖。我真的不敢相信，世界上竟有这么神奇的事情！在回帖当中，竟然有个她！原来她就生活在与我省（江西）为邻的安徽省。事后我才知道，她不是藏族姑娘，那天她是特意穿上当地藏服拍照片留影的。

无意之举，竟然让我发现了一个新大陆。我不禁激动起来，与我邻省的合肥姑娘在帖中说：照片中的那位女孩，就是我。

于是，这张照片终于发出去了！我的爱情也就从此来临了……

巡游南洋趣事多

在那梅花盛开的季节，我踏上了平生第一次出国之旅，欣赏异国风情，品味南洋趣事，让人乐不思蜀，流连忘返。

在国内南方气温还只是一摄氏度的时候，新加坡、马来西亚、泰国已是三十多摄氏度。这主要是因为他们属于亚热带雨林气候，一年四季都是艳阳高照、骄阳似火的春夏季节，没有秋冬季节，所以那里的人们，皮肤都是黑不溜秋的，晚上相遇，一不小心就会撞个满怀。我们一行二十多人，带去的冬装，全部脱了下来，就是打赤膊睡觉，还要开空调。在那儿的几天，我们早已晒成了"非洲黑人"。

我们以为来到外国，住宾馆应该是件很舒服的事情，谁知道外表看似华丽的宾馆，居然里面会没水，没牙膏，没牙刷，没拖鞋，没人理你（出于环保考虑，国外很多宾馆不提供一次性用品）。宾馆没有水喝，我们晚上要喝水，只能在餐厅灌好水，带到宾馆里喝。我们带去的照相机、手机没有电了，想到宾馆里充电，好不容易找到插座，却发现无论怎么插，都不能对好口子，充上电。原来外国和我国的用电设备不一样，

电压也不同。

不到外国不知道，一到外国吓一跳。新加坡这个国家，南北长四十公里，东西长二十公里，相当于我们国内一个小县城大小，开车不到一小时就游完了全国。

这真是一个国家吗？我不敢相信。

虽然新加坡面积小，但城市管理得非常好，城市分为工业区、商业区、住宅区三个功能区。都说新加坡是"花园城市"，真是名不虚传。到处都是树木、草地、鲜花和阳光，在那树木的世界、芳草的乐园、鲜花的海洋中，几乎看不到裸露的土地，就连厕所，也都是那么干净、美观，香气扑鼻，音乐悠扬。

新加坡和马来西亚不是两个国家吗？一位游客好像发现了新大陆：你们看，怎么他们穿越国境线就像在自己国内一样自由呢？在新加坡和马来西亚国境线上，我们真的看到了这样一条奇妙而又独特的亮丽风景线。

导游笑笑说：新加坡和马来西亚本来就是一个国家，后来分成两个国家，所以国土相连。每当上、下班时间，新加坡人就会坐车到马来西亚去买菜，然后回新加坡自己的家里烧菜做饭。你们是刚好碰到下班时间，所以人特别多。这有什么奇怪的吗？

原来是这样的呀！大家一脸羡慕：上班是一个国家，下班就赶去另外一个国家，外国人真会生活！

难怪这次旅行最容易过的关，就是从新加坡到马来西亚，全程花了不到半个小时，原来是这样。

这根管子是做什么用的？我们在马来西亚如厕时，发现厕所旁边都有一根管子。导游告诉我们，那是冲洗屁股用的。原来，他们解大便从来都不用草纸的，就用这根水管冲洗屁股，然后用左手擦去水的。所以马来西亚人有个规矩，你不能用左手摸他们的头，那是不尊重人的，摸了他们会很生气。更让人吃惊的是，他们吃饭还有不用筷子用手抓的习惯。

在泰国游览时感觉风景很美，但更让我们称道的是，在泰国公共场所，几乎没见到有人抽烟，街道也很干净，无脏乱杂物，也没见到卫生死角，甚至是卫生间都没有闻到异味儿，一进门便会有清新洁净之感。那儿的寺庙和学校内外更是清洁有加，一尘不染。这一切都有赖于其国民对佛教的尊崇以及对教育场所的重视，对学生的关爱。

泰国人注重身体保养，工作办事、居家操持尽量放松，避免匆忙，以对身体有利。我们在曼谷、芭提雅等城市很少看到匆忙而过，或忙叨叨追赶汽车的人，即便是街上来来往往的汽车开得也不快，都像是在浏览街景。泰国人出门讲究衣着整洁、发式唯美、首饰突出，如此仿佛才能心安、悠闲地行走在街上，或不紧不慢地逛商场。即使是在购物时与人攀谈也是细语轻声，心平气和。在街上你可以根据某人的衣着而大概知道他的工作，比如：下穿西裤或套裙，上穿白衬衣系领带手提大皮包的是白领，或政府机关的文职人员；一群年轻人在一起穿相同的短裤，或短裙白衬衣系领带的是中学生；而西装笔挺皮

鞋闪亮的一定是高管或学者等。要记住，在这个热带国度里常穿西装的一定是上流社会者。总之不管怎样，泰国人的素质较高，他们出门是很讲究服饰的，很少有不修边幅或乞讨者。

这是因为，泰国经济发展较快，人均 GDP 水平在发展中国家中较高，再加之资源配备丰富而有余，故而形成了工作轻松、悠闲，乐善好施的性格。

我们来到泰国皇宫参观。在皇宫门前，我做了个合影的动作，邀请在一边站岗的警员合影。他很高兴，并很快地站好姿势和我合了影。还有一位骑马的警员，也很乐意让我牵着马绳与他合影。

在泰国，你可以看到金碧辉煌的宫殿庙宇，耸入云端的高楼大厦，芭提雅、普吉岛的旖旎风光和灯红酒绿。但是，千万不要以为这就是它的全部，因为泰国有个湄南河，河边上还有着不少水上人家。泰国穷人不少房子都建在这条河边上。这靠河一排水上人家，构成了泰国一道河上景观。

我们坐在船上，沿河东岸边上，出现了一排排的小木屋。木屋在东南亚按说并不奇怪，可奇怪的是，木屋一边连着河岸，一边却架在水上，下面是若干根打在水中的粗大木桩。每幢房屋都是敞着的木楼台，墙上爬满了长长的藤蔓，从栏杆上垂下的植物开满了各色的花朵。有长竿从楼台上伸出来，挂满了花花绿绿的衣裳，宛如万国旗在河风中轻轻飘摇。几乎每个楼台靠角的一边都留有一个缺口，几级木梯一直往河里伸下去，在水中淹没。房屋与房屋之间则是一段段空着的水域，停泊着一些小的船只。导游说，这就是湄南河的水上人家。

湄南河两岸树影婆娑，翠绿的棕榈，诱人的芭蕉，高大的椰林，成片的木槿，夹岸的花卉，可谓无限生机。仔细一看，我发现，这儿最多的建筑就是庙宇了，一些如东方饭店、香格里拉等著名的商业大楼也是临河而建。新式大楼的都市气象与佛教建筑的多姿多彩互相夹杂，混在一起，形成了曼谷追求世界潮流又不忘保留地域传统的独特景致。

湄南河水上人家房子，都是用几根柱子擎立起来，柱子还一律都是方形的。这柱子怎么都是方形的呢？一位老哥提出了这个疑问。

你们猜猜看。导游卖起了关子。

因为河边水中蛇多，所以经常有蛇出没，方形柱子可以防止蛇沿着柱子爬到房间里来。一位戴眼镜的中年人解释说。

答对了，导游说，给你 100 分。

到泰国旅行，观看大象表演是其中行程的一项重要内容。当我们赶去观看大象表演时，因时间关系，大厅座位早已客满。

泰国有"五多"，走在泰国的街上，随处看到有许多的流浪狗。因为泰国人是不吃狗肉，也不吃蛇肉的，所以泰国狗、蛇特别地多。"五多"其中还有就是大象多。它不仅可以作为人们的交通工具，也还能和人一样投球、画画，特别是大象还能表演，这更能给人们带来无尽的愉悦。

那天安排是去看大象表演，可是由于我们去晚了，表演

场中一个座位也没有了。

是呀，能有个座位欣赏大象精彩的表演，那该是件多么惬意的事。我于心不甘，便用目光一扫，发现前面一男一女两个欧洲青年座位边上，有一点空隙。

分开人群，我走到那位棕发碧眼的男青年面前，指着旁边空隙，做了个让他靠拢一点、我要坐下的手势。

那位欧洲小伙子先是用他那碧眼看看我，似乎明白了什么似的，然后做了个请的手势，好像是在对我说，你要坐这里那就让给你坐好了。

只见他用手搀扶着女孩腰部，随即站了起来，向路边走去。

见此情景，我一时惊呆了：是呀，怎么遇上了这么个礼让的人？

随即，我用双手紧紧握住那个人的手，不让他们离去。我在用眼神对他说：朋友，你不要走，还是我走吧。对不起，打扰你们了。

一时间，那位碧眼男青年，一边莫明其妙地让我拉着手向他的原座位走去，一边看着我的眼睛，不置可否地站在那儿过了好长一会儿后总算明白过来，又返回了原座。

礼让，体现着一个国家人民文明程度的高低。在泰国人眼里，欧美人是洋人，我们中国人也是洋人。既然都是洋人，哪有我这个洋人输给另一个洋人的道理？

虽说这件"让座"的事，看起来好像是一件小事，但小事不小，小中有大，一滴水能映射出太阳的光辉。外国人这么讲文明礼貌，自己已经坐好了的位子，只要人家想要，就毫不犹豫地让给人家，这种精神真的难能可贵，这让我深为感动。

不过，在这次文明礼貌的较量中，我与那位洋人总算打了个平手。虽然在很远处看大象表演，效果差了很多，但这次从远处看大象表演，我内心还是很愉快的。因为，在这次东西方文明礼貌的碰撞中，我没有给祖国丢脸。但有的时候，你想不输也很难。

泰国人留给我的印象，是对人和善、友好。我们每每外出走在街上与泰国人相遇时，他们总是和善地微笑，或礼貌地让路。进出商店开门时，前面的人发现后面有人，一定会主动将门大开让你通过。在街上我遇到过多次，当行人走斑马线过马路时，即使没有红灯，周围的汽车也全都会主动地停下来礼让，不与行人抢路，而人们都慢慢地依次而行，绝不会一窝蜂似的相拥而过，行色匆匆似乎与该国国民真的无缘。

这天，我们三三两两在泰国的街道边行走。当走在一条狭路上时，前面几个泰国人微笑着刚从我们面前走过，这时，一位中年欧洲人面带微笑，正在弯腰邀请我们先行过去。见此情景，令我非常感动，于是，我也本能地做出了一个弯腰邀请那人先行过去的姿态。一时之间相持不下，还是边上的同伴，硬是强行拉着我从这位中年欧洲人面前先行而过。

本来，我是想让这位中年欧洲人先过，我想反正礼节你已经做到了，你就过吧！可是他不，这位中年欧洲人就是非要

我们先过才行。我们倘若不过，可能他真的就会一直这样伸着手站在那儿不走呢。遇到对于礼让如此执着的人，我心想：我能算输吗？我们怎么样才能算不输呢？这虽说又是一件小事，但足见人家对于礼让的诚心。

古语说得好：礼让一尺，得礼一丈。礼让正是在这种不经意遭遇的"较量"中，得到共同升华，相互赞赏。反过来想，若想得礼一丈，必先礼让一尺，那位朋友懂得这个道理，我更得懂。

在泰国旅游，虽说有很多值得我回味的东西，然而，这两个礼让的小故事，却一直留在我的心中，不能忘怀，也让我懂得了这样一个道理：文明礼让，不分国度。

都说芭堤雅是个好地方，当我们来到芭堤雅时，居然发现，这里白天静悄悄的，像个荒凉的小村庄，这让我们一时大失所望。原来，芭堤雅人都盼望着太阳早点下班，月亮早点升起来，他们一天的生活好像就是从晚上开始的。一到晚上，这儿满街都是灯红酒绿的酒吧，形成了一个灯火通明的人的海洋，这情景与白天似有天壤之别。

经常在电视中看见过马六甲海峡，这次是真的来到了马六甲海峡。在马六甲海峡小镇上游玩，感觉与我们国内小镇也好不了多少。甚至在马六甲海峡边上，我们除看见海边有几排大树外，便是一片荒无人烟、光秃秃的沙滩。

在马六甲海峡，我看到海边的房子门前有一个三角形、两个三角形、三个三角形的，这房子前面用不同的三角形做成广告牌是什么意思?

那是代表房屋的主人有几个妻子。导游告诉大家:原来南洋实行多妻制,只要你有钱,就可以娶到许多的妻子。

你们快来看,这树上还长了别的树呢。我围着一棵大树像三岁小孩子一样在打转。

南洋属于亚热带雨林地区,导游解说,你们知道,这种水土,适宜植物生长。树上种树养花,树木花草很容易存活。所以他们当地人都喜欢用绳子包着泥土把其他花、树都种在树干的四周,这些花、树就都能在树上存活。这样一来,一棵树上自然就有各种各样的花草树木了。

难怪整条街上大多数树都是这样的呢!看见这样一条街道,我不禁心情怡然:好一道千姿百态、美不胜收的美妙景观。

旅游归来,我与人提起这次南洋之行,总是眉飞色舞,乐不可支。用一句老话来形容,那就是:不看不知道,世界真奇妙⋯⋯

秋游湿地艾溪湖

初夏时节，我把在南昌高新区艾溪湖湿地公园游玩的照片发到我的博客上，不想十多年没见面的好朋友，看见这些照片后竟然大吃一惊，他简直不敢相信这些照片是真的。在那一片波光粼粼的湖面上，朵朵荷花星星点灯似的铺在一望无际的水面上，显得婀娜多姿。一排垂柳掩映在湖边堤坝上，随风起舞。许多行人在那高大的香樟树下，欢快地行走在人行道上。宽广的绿色草地上，人们三五成群地围坐在一块，在那明媚的阳光下谈笑风生。一束束娇艳的玫瑰花等五颜六色的花儿，争奇斗艳，美轮美奂。这一副江南美景画卷怎么会出现在这个地方？

说来话长，这是因为十多年前，他来过一次南昌。记得那年我们汽车还没开到艾溪湖边，在离湖面很远的地方，就闻到了一股臭不可闻的怪味。随着小车开近艾溪湖畔，怪味越来越重，大家只好用手紧紧捂着鼻子，以最快的速度穿过了艾溪湖。一远离艾溪湖，我们才长长地喘了口气。这时好朋友对我说：你真不该带我们走这条路，宁可多绕一些路，也不要让我们见到这死水一潭的荒芜之地。

是呀，虽然只是路过一下，但这种特殊臭味谁都会受不了，尤其是我们隔着车窗，不仅目睹了艾溪湖水面上漂浮着的油污黑水、死鱼和快要覆盖住整个湖面的那些形形色色的垃圾，还看到湖泊四周的荒凉旷野、纵生杂草。

显然，让见识了那一切的好朋友突然间目睹到艾溪湖这么美妙的新面貌，艾溪湖变化如此之大，当然是让他难以置信了。

于是，我发出邀请，让好朋友再来艾溪湖故地重游一次，一定会别有一番滋味，他很爽快地答应了。

这是一个秋高气爽、阳光明媚的下午，我陪同从深圳赶来的好朋友，专程来到艾溪湖畔秋游。小车从新建的雄伟壮观的艾溪湖大桥一驶而过，便到了湖光山色的艾溪湖畔。

一下小车，好朋友便感叹地说："看来，艾溪湖是与过去大不一样了。湖水不但臭味没有了，在这碧波荡漾的湖泊中，感觉还有一股股清香直入肺腑。"

沿着湖边，我们一路欣赏起来。置身湖边垂柳的倒影，宛若走进了杭州西湖一般。那回廊弯曲的小桥，游人如织。那欧式楼台，人们正围坐在那儿谈笑风生。水中莲花虽然没有了，但莲叶却还在那迷人的秋色中摇曳，成群的鸟儿在湖面上空欢快地飞翔。我们还意外地看到，几对新人，在数个景色优美的地方拍摄婚纱照，这更给艾溪湖畔增添了几分醉人的色彩。

好朋友欣喜地说:"来到实地这么一瞧,我还真的感觉就像到了人间仙境一般。这里的变化竟会有这么大,我真的是很怀疑,这真是以前我见过的艾溪湖吗?"

艾溪湖湿地,位于高新开发区艾溪湖东岸,占地两千五百余亩,北起城东一路,南至北京东路,东起长堤路,西至艾溪湖东堤,与4.5平方公里的艾溪湖相邻。它是南昌市唯一的一块典型城市天然湿地。

艾溪湖湿地公园于2007年9月开建,在南昌市高新区政府的精心打造中,大气规划每一个景区,精心雕琢每一个景点,公园设施进一步得到完善,全力建设中心广场、高尔夫球练习场、气象科普园、森林博物馆等,把这里打造成鸥鹭齐飞的生态天堂、教育科研的科普基地。

公园与南昌城区中的天香园候鸟公园连为一体,成为鄱阳湖候鸟通道。而艾溪湖4.5平方公里的水面也将与2500余亩土地一起构成自然、立体的森林湿地体系,成为继南昌市湾里区梅岭之后的又一个天然绿肺。在这草长莺飞、阳光灿烂的日子游览艾溪湖湿地公园,真是让人爽心悦目,流连忘返。

"回眸一笑百媚生,六宫粉黛无颜色"。是的,如今的艾溪湖湿地公园,水质治理得这么好,环境打造得这么漂亮,真的是很不容易。艾溪湖真的是大变样了,她变得更有风采,更有魅力,更有韵味了。她由过去让人不屑一顾的"丑小鸭",在这短短的几年之间,竟然摇身一变,变成了一只让人百看不厌的"金凤凰"。她变得宛若南昌城东的一颗璀璨明珠,早已成了南昌市民踏青观赏美景的湿地公园，放松心情的娱乐场所、休闲胜地。

秋游艾溪湖，让我们心旷神怡。这湖水之秀美，这景色之娇艳，让我们如痴似醉，宛若走进了天堂画廊、人间仙境……

大地盆景张家界

都说张家界美丽如画，百闻不如一见，抽出一个假期，我们身临其境，真切感受到，张家界还真是名不虚传。

相传张家界是因汉代留侯张良隐居于此而得名。20 世纪 70 年代末，张家界罕见的石英砂岩峰林奇观被世人发现，得以开发。1982 年 9 月 25 日，被命名为"张家界森林公园"，成为中国第一个国家森林公园。1984 年，时任中共中央总书记的胡耀邦视察此地时将张家界、索溪峪、天子山三大风景区命名为"武陵源"。1988 年成立大庸（现更名张家界）地级市时，特设武陵源县级行政区，方圆 369 平方公里。武陵源境内岩溶地貌发达，石英砂岩峰林峡壳地貌发育更为世界罕见。1988 年 10 月，国务院公布武陵源为国家级重点风景名胜区。1992 年 12 月 7 日，联合国教科文组织世界遗产委员会批准将武陵源作为世界自然遗产列入《世界遗产名录》。国内外专家学者赞誉武陵源是"大自然的迷宫"和"不可思议的地球纪念物"。2004 年，张家界又被联合国教科文组织列入世界地质公园流水侵蚀地貌。

一路上观看旁边峭壁上的景点，有观音送子、金鞭岩、文星岩、紫草潭、千里相会，猪八戒娶媳妇（《西游记》在这里取景）等，看上去都不错，山景三分靠形象，七分靠想象，让人兴趣盎然。

当万里朝霞装点晨空，我们进入了群山叠翠、秀色迷人的张家界风景区，周围景色既迤逦着夜的幽静，又洋溢着晨的清新。秋风拂面，凉意里饱和着馥郁的甜蜜，初秋果实的芳香，耳畔似有隐约的歌声在荡漾。

来到景区，首先映入眼帘的，就是那有着"千年长旱不断流，万年连雨水碧青"美誉的金鞭溪。金鞭溪全长7.5千米，被两岸高不可攀的山峰镶在中间，溪水弯弯曲曲地潺潺奔走。

奇峰金鞭岩，据说是秦始皇的赶山鞭。海龙王怕他赶山填海，就派女儿来到人间，乘秦始皇睡觉时，用假鞭将真鞭换走了。后来秦始皇赶山不动，一气之下把鞭子插在地上，就成了今天的金鞭岩。

金鞭岩，高出峰林之上，与其他山峰迥然不同，三面垂直，突兀挺立。从山脚到山顶，像斧砍刀劈似的，它的顶上生长着几株苍翠的松树。

坚挺的金鞭岩山由红色的石英砂岩组成。阳光下的金鞭岩，固执地袒露着温暖的硬实，金光闪耀，有如一支怒举的金鞭，直指云霄。

一座巨大的山峰紧靠着金鞭岩，巨峰酷似雄鹰，鹰首高

昂，凌空展翅，一只翅膀有力地半抱着金鞭岩，气势磅礴。此峰称之为"神鹰护鞭"。有诗曰："名山大川处处有，唯有金鞭奇上奇。"

很快，我们就到了跳鱼潭，这绝对是天然的澡堂。大约一到两米深，透过溪水完全可以看清里面的一块块鹅卵石。一旁横躺着长宽大约两米的方形石墩，红润的石英砂石在溪水里依稀可见。

溪水旁生长着一种被当地人称作楠木的常绿乔木，树干通直，伴着柔细的小枝。溪边坐满了青年男女，有的捧着泉水感受着清凉的慰藉，有的用泉水相互嬉戏着，有的索性脱了袜子，将双脚一齐深入溪水里。见此情景，我们也顾不上形象了，一下跃到就近的溪岩上，也泡起脚来，清凉的溪水刺激着脚下的每个穴位，一番舒坦的感觉直上心头。

半天旅途的疲乏瞬间消逝得无影无踪，我们也相互嬉闹起来，用手捧着溪水相互泼洒着。闲暇之余在溪水里摸了几块红棕、乳白、淡绿色的石头，给带了回来。嬉闹声和溪水潺潺的流动声交融在一起，形成了自然和人齐奏的交响曲调。

游过金鞭溪，我们又尽兴游览了举世闻名的"十里画廊"。这里的景色，可以说是张家界地质地貌鬼斧神工的杰作。该处数百座奇峰拔地而起，夏天似刀枪剑戟直刺蓝天，冬季如玉笋银塔高耸云霄。尤其是那各式各样、千姿百态、迷人心魂的山峰，就像一幅幅巧夺天工的山水画，犹如电影一般争先恐后从我们眼前流过，叫人如痴如醉。

　　"天子山"因土家族首领向大坤起义自称"向王天子"而得名。相传，北宋杨家将围剿向王天子，曾在天子山安营扎寨。后因战争旷日持久，杨家便在此地繁衍后代，使这里成了"杨家界"。如今，杨家界还保存有《杨氏族谱》和明清时代的杨家祖墓，有"天波府"、"六郎湾"、"七郎湾"、"宗保湾"等地名，属张家界四大核心旅游景点之一。

　　天子山被称为最美的山，上山有两万八千多个台阶，步行约两个半小时。我们迫不及待地攀登着这一千两百余米的"天子山"，没乘索道上山，一边爬山，一边放眼望去，在四面壁立的山体合围下，这景色很像一座无顶的殿堂，浑圆陡峭，顶天立地。

　　这里的山峰神态各异，远近山峰有的像身背草篓的"采药老人"，有的像手捧鲜花的"妙龄少女"，有的像"摩天大楼"，有的像"中世纪城堡"，还有那"双峰插云"，像两个尖尖的竹笋，尤其是"一柱独峙"，像一支长长的利剑。

　　远远眺望，那浓浓漂浮的大雾犹如厚厚的云层，空间变得玄妙，淡淡的白云像游丝编织起来的一张五颜六色的渔网，大大小小的网眼里浸润着直觉的干湿，白云上面是阳光造就的浩瀚，阳光之上的苍穹是沁人心脾的蔚蓝。

　　来到近处，一座又一座毗连的山峰，既是一种欣赏，也是一份难以阅读的篇章。那松、那石、那山峰、那峡谷，林林总总，形形色色，都在画面中表现出别样的风采。一排排相同走向的山体，仿佛一匹匹身披绿色的骏马，那云海，则酷似那

些马群的鼻息。

亲临山中，囫囵的山势标志着整体的磅礴，朦朦胧胧的景物飘忽着折射出光怪陆离的感觉，山峰的腾跃仿佛舞台上孙悟空幽默滑稽的颠扑，山上忽明忽暗，大大小小的色块组合，又仿佛列兵的防护服，于是千山万壑间便如掩藏着无可数计的伏兵。天悠悠，地悠悠，偌大的天子山终于飘至半空，在无以名状的明澈里，因高低的差异，在阳光下闪烁着精灵仙气。

沿路绝妙的风光，伴我们品味着依山而筑的吊脚楼，嵯峨的险峰峭壁，奇松怪石，莽莽翠林。在云雾缭绕之时，透过云彩，看周围山峻峰险，林木幽深，亦梦亦真，若即若离，真乃"人在画中行，情在梦里游"。

乌龙寨地处悬崖孤峰之上，据说过去是土匪占山为王的地方，易守难攻，要想进寨必须过三道鬼门关，既要钻洞而行，登梯子而上，又要侧身才能穿过崖缝。这里关隘险绝，四面悬崖，仅有一道路上下，地势险要，正所谓"一夫当关，万夫莫开"。见此险峰，我们开玩笑道：看来，做土匪也不容易呀，胖子还过不去。湘西的土匪真会选地方，神仙住的地方被他们占了，好爽。此地风景独特。

沿途还有不少民俗表演和土家风俗展览，爬山累了，你还可以在唱歌台任意点取一首山歌（情歌）听听。

来到高山上，我们才看清"天波府"的美妙华容。这里有十多座石墙，皆相对平行而立，高矮参差不齐，气势恢宏恰似古代候将相府遗址。此处原是杨家将的"天波府"。我们是手脚并用，战战兢兢地爬上观景台的。站在观景台上，四周眺望，数十座绝壁，交缠错落，参差不齐，场面悲壮，若残垣断垒，令人不由感叹大自然的威力及沧海桑田的变幻。亲临此地，令人很有一种"一览众山小"的感觉。真的，你会感觉群山是那么的渺小，人更渺小，什么功名利禄，什么尘世纷争，通通是笑谈，所有烦恼从此烟消云散。

据说"空中走廊"，是整个武陵源景区垂直高度最高的观景台，它的视野也很开阔。早上，云雾缠绕，山中有雾，雾中有树，树中有露珠，很有味道。傍晚，夕阳西下，看群峰笼在金色里，别有一番韵味。因为我们去的时候张家界的温度达到四十度，只感受到太阳公公的热情，所以体会不到这种仙境了。

来到"天下第一桥"，才知那高度、跨度和险度均为天下罕见。瀑布自月亮岩奔腾而出，直泻如白练匹落，蔚为壮观。

这里还有一个让人叫绝的奇观，那就是山中有山，洞中有洞；洞中有河，河上泛舟；千年石笋，直插山峰。我们先在洞中游览，后坐船漫游，仿佛进入了人间天堂一般，那绝美景色，真是妙不可言。

黄石寨位于张家界风景区的核心景区，平均海拔1100米，总面积16.5公顷，因相传汉室张良之师黄石公曾居于此地修道而得名。它是张家界大峰林中最大的凌空观景台，是张家界精品旅游景点之一。

黄石寨中的点将台，下面是万丈深渊，对面齐刷刷地屹

立着大小九座山峰，像威武勇猛的将军等待着出征的号令，矛戟林立，威武若冰。半山腰一座青山石傲然挺立，陡得连猴子也爬不上去，顶上却搁着个精致的小匣子，传说匣子里装着世上罕见的"天书"，因而取名"天书宝匣"。

黄石寨四周皆景，千姿百态，雄伟壮丽。浏览黄石寨，气象万千的大峰林尽收眼底。险峰天下绝，奇树云中翠，这里被世人称之为"放大的盆景，缩小的仙境"，故享有"不上黄石寨，枉到张家界"的美誉。环寨皆为平坦舒适的石板游道，总长三千米，漫步其间，如置森林浴中。

张家界归来许久了，但我的心却好似依然留在了那山、那水之中，不能自拔。于是乎，我欣然提笔，写下了《神游张家界》这首发自内心的诗篇：

洞中洞来山中山，
万株"雪松"迎客船。
一帘水滴飞流下，
疑是银珠落玉盘。

采药老人慕御笔，
献花仙女望郎峰。
巧夺天工谁能比？
唯有"十里画廊"美。

奇峰异石入云霞，
绿荫深处猕猴家。
翠竹一滴游人醉，
美哉，世有金鞭峡！

男欢女爱结良缘，
人间"破镜"难重圆。
何如植物"重欢树"，
合分又合喜相连。

缆车何如登山好，
一步景色一重天。
不是鬼斧有神功，
仙池"瀑布"飞人间？！

青山悠悠沱水流，
风雨长城吊脚楼。
不见石桥奇梁洞，
哪知仙境在此留？

春到婺源千般艳

　　说来也算有缘，区老年活动中心举办了一期摄影学习班后，还要组织学员去世界最美乡村——婺源实习采风。以前忙，我没时间去，现如今退居二线了，成了闲人一个。无官一身轻，万岁老百姓！这不，我说走就走。

　　事后，我还真庆幸有这么一次机会，不仅使自己增加了一门爱好，更让我有幸结交了一位参加这次采风的六十多岁的老人。老人姓肖，名坤台，是江西客车厂的退休工人。

　　婺源是画里之乡，一年四季均有看点。春天拜访婺源，自然是为了那漫山遍野的油菜花。

　　我们首先来到婺源一个诗情画意的地方——"月亮湾"，光听名字就已经让人陶醉了。在月亮湾，当地村民弄了两条船，一条是竹筏，一条是乌篷船，每条船上各有一把伞，一把是大红，一把是大绿，还配有斗笠、蓑衣，供摄影爱好者拍照。

　　有诗曰："半亩方塘一鉴开，天光云影共徘徊；问渠哪得清如许，为有源头活水来。"描写的就是婺源李坑的美景。现在正是油菜花开的旺季，我们来到婺源，这里已是车水马龙，人头攒动，车鸣人叫，拥挤不堪，连个车位都难以找到。

李坑风景如画，美不胜收，一眼望去，尽是"蓝天白云油菜花，小桥流水好人家"。

江岭是一座大山，有道路盘旋而上。"一生痴绝处，无梦到徽州"。无论是山脚、山腰、山顶，景色都是一级棒，真是"横看成岭侧成峰，远近高低各不同"。

你看那层层的梯田，金灿灿的油菜花，青青的草地，粉墙黛瓦的民居，近处的绿树，远处的青山，不需描绘，都是一幅幅动人的田园诗画。

春到婺源，风情万种，微风袭来，云雾缭绕，山色空蒙，变幻莫测，这儿的每一分钟甚至每一秒钟都绝不相同，出神入化，美轮美奂。这就是大自然的鬼斧神工，神来之笔，点石成金，看得人流连忘返，惊叹不已。

采风期间，肖师傅听说我是一位新手，便主动和我闲谈起来，并不厌其烦地向我传授摄影知识。讲完摄影 ABC 后，再传授诸如为什么这种画面好，那个角度新等"秘诀"。

哦，原来摄影还有这么多学问。渐渐的，我听得入神入迷了，兴趣也就跟着来了。

正当我兴致勃勃地玩相机时，肖师傅却把照相机放下，拿起彩笔画上了。不一会儿，一幅美丽的风景画便完成了……

"老肖，看不出，你还有绘画的爱好？"我问。

"提起我的爱好，不瞒你说，还真够多的，你看……"他

边说边打开身旁的手提包给我看，"这些都是首日封，我出游婺源的第三个收获。"

"哦，"我似懂非懂地点了点头，"那首日封是什么意思？"

于是肖师傅又用他那奇妙而又独特的语言把我带入了一个新的"大陆"。

几天后，我们去欣赏思口乡延村明清古建筑群时，肖师傅的眼睛一下子就盯住了白墙下的一堆树根。但见他左看右看，爱不释手，边看还边连声赞道："好根，好根！这几棵树根可是根雕的好材料呀！"

"你还会根雕？"我不禁惊讶起来。

"怎么，不信？"肖师傅笑得活像三岁孩童，"回去后我请你到我家做客，看看我制作的根雕装饰品。"

面对这位老人，我茫然了，是呀，他好像对什么都感兴趣。他哪来这么多精力？这些爱好之间又有什么内在的联系？……带着这些疑问，我请教了肖师傅。他乐天派的理论，真是让我受益匪浅。

"每个人都应有自己的业余爱好。丰富的业余生活，就是一种有趣的休息。"肖师傅侃侃而谈，"一个人休息好了，生活得到了调剂，就会以更加充沛的精力投入工作。"

"说得是，说得是。"那些精辟的理论，我听得津津有味，对我有很大启迪。

"你的这些爱好是不是有什么内在的联系呀？"我向肖师傅提出了心中的疑问。

"问得好。"肖师傅说，"年轻时业余时间我就喜欢骑车外出旅行，饱览大自然的美好风光，渐渐地，又有了把好的景色拍摄下来的愿望，于是就学会了摄影。可有些画面，拍下来后又觉得还是美中不足，丢之又很可惜，一冲动，又拿起了画笔。当我已不满足于可供绘画的现成画面时，恰好家中有些只要稍加雕刻就是一副好图景的树根，一发狠，我又投进了树根的世界。"

有这么多爱好，还要工作，我又不理解了："你忙得过来吗？有这精力吗？"

谈到精力，肖师傅深有感触地说："不错，一个人的精力是有限的，但只要合理而又科学地安排好时间，充分利用点滴时间，精力就富有了。"

"你也说得太轻巧了吧？"我还是不信，"时间又不能增多，能说来就来吗？"

"当一个人对某件事情感兴趣了，时间总是会找上门来的，信不信由你。"肖师傅乐呵呵地说，"关键是要让自己产生兴趣。有了兴趣，可以说你就拥有了一切。"

我终归默认了："是呀，当一个人对某件事情真的有了兴趣了，那他就会想方设法地挤出其他时间来。"

"如今你也退下来了，和我一样不愁时间了。"肖师傅向我发出了邀请，"怎么样？老弟，抽空到我家来看看。我家有很多根雕艺术品，我可以送你几件。"

好呀，我开心地说："回去我就去找你。"

"不过，乐趣还在于自己动手制作。"肖师傅话题一转，"只要你感兴趣了，愿意学，我收你为徒。"

"行呀，"我赶紧说，"你没听到这几天我都在叫你师傅吗？"

数天来，我跟着大伙学到了许多东西，增长了不少知识，然而最大的收获是认识了肖师傅。我很庆幸自己认识了肖师傅，因为，正是这位热爱生活的老人感染了我，引导我走进了一片五彩缤纷的艺术世界。

回来后，我开始了到房前屋后以及周围地区寻找树根的突击行动。当我一头扎进那片五彩缤纷的艺术世界后，才感慨万千：人生真是活到老，学到老呀！虽然自己生活了这么多年，然而我要说，至今，我才算是开始真正懂得了什么叫生活。

让我感到惊讶的是，平时没注意，家门前有一棵老榆树，我本也想挖来做根雕用的，奇怪的是，它全身都枯萎了，却硬是长出了一束束嫩芽、嫩叶儿来。

面对这棵老榆树，感触良多的我，不觉诗兴大发，赋《生命力强老榆树》一首：

门前一榆树，

干心已萎枯。

居然枯木能逢春，

长出叶儿一束来。

绿叶如伞展，
引来鸟无数。
美景长在枯树上，
腐朽神奇并蒂舞。

黄土高坡我的歌

　　早就听说甘肃省境内历史文化古迹和自然景观很多，相约几位朋友，我们便开始了西部之行。

　　一路之上，我们看到了那一片片黄土高坡和高坡之下数不清的窑洞，这不由让我们触景生情唱起了《黄土高坡》这首歌曲来——

　　　我家住在黄土高坡，
　　　大风从坡上刮过。
　　　不管是西北风还是东南风，
　　　都是我的歌，我的歌……

　　我们一行十多人先是来到莫高窟参观。莫高窟俗称千佛洞，位于甘肃敦煌市东南 25 公里处，开凿在鸣沙山东麓的断崖上。在鸣沙山东麓五十多米高的崖壁上，洞窟层层排列。

　　据记载，前秦建元二年（366），一位法名乐尊的僧人云游到此，因看到三危山金光万道，状若千佛，感悟到这里是佛地，便在崖壁上凿建了第一个佛窟。以后经过历代的修建，迄今保存有北凉至元代多种类型的洞窟700多个，壁画50110平方米，彩塑2700余身。

据说，经过十六国、北魏、西魏、北周、隋、唐、五代、宋、西夏、元诸代相继凿建，这里遂成巨大的石窟群。南区近千米长的崖面上，洞窟鳞次栉比，密若蜂房。中部尤为集中，上下多达5列，已编号洞窟492个，存壁画45000余平方米，彩塑2415身，唐、宋木构窟檐5座，莲花柱石和铺地花砖数千块。莫高窟规模宏大，内容丰富，历史悠久，位列全国石窟之冠，也是世界上现存规模最宏大、保存最完好的佛教艺术宝库。

导游讲解说：敦煌艺术的内容包括建筑、雕塑和壁画，三者结合为统一的整体。窟的形制有禅窟与中心柱、方形佛殿式的覆斗式。塑像是敦煌石窟艺术的主体，除了几尊高达数十米的石胎泥塑外，都是彩绘泥塑。壁画大致可分为佛像、神怪、故事、肖像、经变、佛教史迹、装饰图案画等七大类型。

导游讲的远，我们听的真：十六国晚期（北凉）的洞窟，继承和发展了河西走廊汉晋文化的传统，同时由于敦煌与西域各国交流频繁，显现出明显的西域艺术风格。西魏洞窟开始出现中原艺术新风，以中国神话为内容，以秀骨清像为造型特征，注重神韵气度表现。北魏时期壁画多以土红色为底色，用青、绿、赭、白等色敷彩，色调热烈厚重。西魏以后则多用白色壁面为底色，色调趋于清新雅致。

据说，隋代是敦煌艺术发展史上体现变革精神的活跃时期，在敦煌艺术的发展上起了承上启下的作用。

唐代是敦煌艺术的黄金时代。我们清楚地看到，唐代彩塑千姿百态，高达三十多米的特大塑像已经出现，壁画题材繁多，场面宏伟，金碧辉煌，人物造型、敷彩晕染和线描技巧，都达到空前的水平。

当我们来到第156窟面前，导游说的特别仔细：第156窟的张议潮出行图和宋国夫人出行图，两幅画中表现晚唐时期归义军节度使张议潮和夫人出行的情景。在横幅长卷式壁画上，仪仗、音乐、舞蹈、随从护卫等人物分段布满画面，组成浩浩荡荡的出行行列，开创了莫高窟在佛窟内为个人歌功颂德绘制壁画的先例。

艺术匠师们在融合外来艺术精华和继承、发展前代传统技法的基础上，创造出了具有民族特色的中国佛教艺术。

导游介绍说：五代洞窟承袭了晚唐的遗风。宋代洞窟、形制、内容及技法多沿袭五代旧式，有少数精美之作。西夏时期基本上没有新开洞窟，只对前代洞窟进行了重修。元代的洞窟从内容到形式都展现出一种新的风貌，有些精湛的佳作出现。

这一时期的壁画中，虽然新题材很少，但在构图和敷彩上却有特点，构图锐意简化，色彩多用大面积的绿色为底色，用土红色勾线，整个画面色调偏冷。壁画中较多地使用沥粉堆金手法，这是前代所少见的。

我们看到，在敦煌壁画中所描绘的当时一些社会生活场景，反映了我国古代狩猎、耕作、纺织、交通、作战以及音乐舞蹈等生产活动和社会活动各个方面的内容。壁画中各类人物形象，保留了大量的历代各族人民的衣冠服饰资料。壁画中所绘的大量的亭台、楼阁、寺塔、宫殿、城池、桥梁和现存的五座唐宋木结构檐，是研究我国古代建筑的形象图样和宝贵资料。

从这里我们较多地了解到，我国的雕塑和绘画已有数千年的历史。美术史上记载的许多著名画家的作品多已失传，而敦煌艺术的大量壁画和彩塑为研究我国美术史提供了丰富的实物资料。

如今，敦煌学已成为国内外学者瞩目的学科，敦煌遗书被学术界誉为近代古文献的四大发现之一。1987 年 12 月，敦煌莫高窟被联合国教科文组织遗产委员会列入《世界遗产名录》。

在参观了敦煌莫高窟之后，我们又走进了闻名遐迩的鸣沙山中。

鸣沙山和月牙泉位于甘肃省河西走廊西端的敦煌市。据悉，敦煌是古代"丝绸之路"上的名城重镇。在漫长的中西文化交流的历史长河中，这里曾经是中西文化名流荟萃之地。由于彼此之间的取精用宏，相互交融，创造了世界瞩目的"敦煌文化"，为人类留下了众多的文化瑰宝。这里不仅有前面已参观的举世闻名的文物宝库——莫高窟，还有"大漠孤烟、边墙障、古道驼铃、清泉绿洲"等多姿多彩的自然风貌和人文景

观。其中鸣沙山、月牙泉，就是敦煌诸多自然景观中的佼佼者，古往今来以"沙漠奇观"著称于世，被誉为"塞外风光一绝"。

导游介绍说：鸣沙山位距城南五公里，因沙动成响而得名。山为流沙积成，沙分红、黄、绿、白、黑五色，汉代称沙角山，又名神沙山，晋代始称鸣沙山。其山东西绵亘四十余公里，南北宽二十余公里，主峰海拔1715米，沙垄相衔，盘桓回环。沙随足落，经宿复初，此种景观实属世界所罕见。

最为让人惊叹的是，在群沙之中，竟然还存留着一汪水池——月牙泉。

月牙泉处于鸣沙山环抱之中，其形酷似一弯新月而得名。据说，古称沙井，又名药泉，一度讹传渥洼池，清代正名月牙泉。月牙泉面积13.2亩，平均水深4.2米。我们看到，月牙泉水质甘洌，澄清如镜。流沙与泉水之间仅数十米，但虽遇烈风而泉不被流沙所淹没，地处戈壁而泉水不浊不涸。这种"沙泉共生，泉沙共存"的独特地貌，确为"天下奇观"。

鸣沙山和月牙泉是大漠戈壁中一对孪生姐妹，"山以灵而故鸣，水以神而益秀"。游人无论从山顶鸟瞰，还是泉边畅游，都会骋怀神往，确有"鸣沙山怡性，月牙泉洗心"之感。

数千年来沙山环泉，泉映沙山，犹如一块光洁晶莹的翡翠镶嵌在沙山深谷中，"风夹沙而飞响，泉映月而无尘"。古人有诗唱咏："晴空万里蔚蓝天，美绝人寰月牙泉。银山四面山环抱，一池清水绿漪涟！"

导游接着说：鸣沙山中奏出的鸣沙声又叫响沙、哨沙或音乐沙，它是一种奇特的却在世界上普遍存在的自然现象。据说，美国的长岛、马萨诸塞湾、威尔斯两岸；英国的诺森伯兰海岸；丹麦的波恩贺尔姆岛；波兰的科尔堡，还有蒙古戈壁滩、智利阿塔卡玛沙漠、沙特阿拉伯的一些沙滩和沙漠，都会发出奇特的声响。

世界上已经发现一百多种类似的沙滩和沙漠。鸣沙这种自然现象在世界上不仅分布广，而且沙子发出来的声音也是多种多样的。比如说，在美国夏威夷群岛的高阿夷岛上的沙子，会发出一阵阵好像狗叫一样的声音，所以人们称它是"犬吠沙"。苏格兰爱格岛上的沙子，却能发出一种尖锐响亮的声音，就好像食指在拉紧的丝弦上弹了一下。而在我国的鸣沙山滚下来，那沙子就会像竺可桢描述的那样，会"发出轰隆的巨响，像打雷一样。"

听导游小吴介绍，关于月牙泉、鸣沙山的形成还有一个故事：从前，这里没有鸣沙山也没有月牙泉，而有一座雷音寺。有一年四月初八，寺里举行一年一度的浴佛节，善男信女在寺里烧香敬佛，顶礼膜拜。当佛事活动进行到"洒圣水"时，住持方丈端出一碗雷音寺祖传圣水，放在寺庙门前。忽听一位外道术士挑战，要与住持方丈斗法比高低。术士挥剑作法，口中念念有词，霎时间，天昏地暗，狂风大作，黄沙铺天盖地而来，把雷音寺埋在沙底。

奇怪的是，寺庙门前那碗圣水却安然无恙，还放在原地。

术士又使出浑身法术往碗内填沙，但任凭妖术多大，碗内始终不进一颗沙粒。直至碗周围形成一座沙山，碗中圣水还是安然如故。术士无奈，只好离去。刚走几步，忽听轰隆一声，那碗圣水半边倾斜变成一湾清泉，术士变成一团黑色顽石。原来这碗圣水本是佛祖释迦牟尼赐予雷音寺住持，世代相传，专为人们消病除灾的，故称"圣水"。由于道士作孽残害生灵，便显灵惩罚，使碗倾泉涌，形成了这汪月牙泉。

置身鸣沙山中，令人神清气爽。这里有两个奇特之处：人若从山顶下滑，脚下的沙子会呜呜作响；白天人们爬沙山留下的脚印，第二天竟会痕迹全无。鸣沙山，沙峰起伏，山"如虬龙蜿蜒"，金光灿灿，宛如一座金山。鸣沙山处于腾格里沙漠边缘，与宁夏中卫市的沙坡头、内蒙古达拉特旗的响沙湾和新疆巴里坤哈萨克自治县境内的巴里坤镇同为我国四大鸣沙山之一。

我们问导游："鸣沙山为何会发出声响？"导游小吴介绍说："第一种解释为静电发声说。认为鸣沙山沙粒在人力或风力的推动下向下流泻，含有石英晶体的沙粒互相摩擦产生静电。静电放电即发出声响，响声汇集，声大如雷。第二种解释为摩擦发声说。认为天气炎热时，沙粒特别干燥而且温度增高，稍有摩擦，即可发出爆裂声，众声汇合一起便轰隆而鸣。第三种解释为共鸣放大说。沙山群峰之间形成了壑谷，是天然的共鸣箱。流沙下泻时发出的摩擦声或放电声引起共振，经过共鸣箱的共鸣作用，放大了音量，形成巨大的回响声。"

导游又说："1979 年，我国学者马玉明写了一篇名叫《响沙》的文章。他认为，响沙的'共鸣箱'不在地下，而是在地面上的空气里边。响沙发出声响，应该有三个条件：第一个条件是沙丘高大陡峭；第二个条件是背风向阳，背风坡沙面还必须是月牙状的；第三个条件是沙丘底下一定要有水渗出，形成泉和潭，或者有大的干河槽。"

我们在鸣沙山奇妙的世界里一时还未回过神来，导游已将我们带到了火焰山中。

吐鲁番火焰山位于吐鲁番市东北 10 公里处，东西走向，长 98 公里，宽 9 公里，主峰海拔 831.7 米。每当盛夏，山体在烈日照射下，炽热气流滚滚上升，赭红色的山体看似烈火在燃烧。火焰山是全国最热的地方，温度高达 80 多摄氏度。在这样的高温条件下，虽然它的表面寸草不生，但山腹中的许多沟谷绿荫蔽日，溪涧潺潺，是火洲中的"花果坞"，著名的葡萄沟就在这里。

吐鲁番火焰山有其独特的自然面貌，加上明代晚期吴承恩将唐三藏取经受阻火焰山，孙悟空三借芭蕉扇的故事写进著名古代小说《西游记》，把火焰山与唐僧、孙悟空、铁扇公主、牛魔王联系在一起，使火焰山神奇色彩浓郁，遂成一大奇山，闻名天下。游人到火焰山，还能看到唐僧路过时的拴马桩——一柱凌空的山石还屹立在胜金口内；远处一片平顶的山坡，则是唐僧上马的踏脚石；拴马桩东，隔峡谷有一高峰顶着一块活像长嘴的巨石，人称八戒石。我们一边看着奇景，一边说起孙

猴子借铁扇公主芭蕉扇扇灭火焰山烈火的故事。

此行虽热，但我们浑然不觉，这里的传奇故事反倒令我们全无热感，趣味盎然。

来到新疆，给我们印象最深的，就是让我们亲身感受到了"早穿皮袄午穿纱，围着火炉吃西瓜"的真实写照。在这个城市里，我们一天要换三次衣服，否则，一不小心，就会感冒。虽说出外我们是随身带了不少药品，但一旦生起病来，那这趟旅行也就不是玩乐而是受罪来了。所以，天气的稍许变化，我们都如临大敌，不敢有半点懈怠。

说起饮誉中外的吐鲁番地区，导游便又滔滔不绝起来："吐鲁番地区自古就是丝绸之路上的一颗绚丽明珠。人类的三大文明在这里融会，曾演出一幕幕扣人心弦，惊心动魄的历史剧……"

参观吐鲁番坎儿井民俗园，我们所看到的，处处都是一幅幅如诗如歌的画面。那绿荫蔽日、风景秀丽、流水潺潺、瓜果飘香的棚架，弥漫着葡萄的清香，翠绿的果园，结满了丰收的喜悦。

听导游介绍后，我们才知道，坎儿井，这是古代新疆人们的一大创举。由于这里天气炎热，天山上的雪水融化后往山下流，雪水流不到半山腰处，就全被太阳蒸发殆尽。没有水源，这里就寸草不生。为了让雪水能够流到地面上来，古代新疆人们在天山上每隔一段山腰处就挖一口井，让雪水从山中一直引流到地面上来。由于有了水流，从此人们才能有水种植葡萄等果树和农作物。通过这最生动、最直观的坎儿井实体模型，让我们深深感受到，这里凝聚着勤劳与智慧的古代新疆人民所开创的人间奇迹。

离开新疆，我们直奔西安。我们一来到西安，就驱车前往华清池旅游胜地。华清池亦名华清宫，位于西安市东约三十公里的临潼骊山北麓，也是中国著名的温泉胜地。这里温泉水与日月同流，不盈、不虚，每天都有很多游人在这里洗温泉澡。

导游说：相传西周的周幽王曾在这里建离宫。秦、汉、隋各代先后重加修建，到了唐代又数次增建，名曰汤泉宫，后改名温泉宫。到了唐玄宗时又大兴土木，治汤井为池，环山列宫殿，此时才称华清宫。因宫殿建在温泉上面，所以也称华清池。华清池又叫"海棠汤"，俗称"贵妃池"，因平面呈一朵盛开的海棠花而得名。"莲花汤"是玄宗皇帝沐浴的地方，是一个可浴可泳的两用汤池。此等汤池，充分显示了至高无上、唯我独尊的皇权威严。池底一对进水口曾装有双莲花喷头同时向外喷水，并蒂石莲花象征着玄宗、贵妃的爱情。

华清池大门上方，有郭沫若书写的"华清池"匾额。进了大门，就见两株高大的雪松昂然挺立，两座宫殿式建筑的浴池左右对称，往后是新浴池。由新浴池往右行，穿过龙墙便是九龙湖，湖面平如明镜，亭台倒影，垂柳拂岸。湖东岸是宜春殿，北岸是飞霜殿为主体建筑，沉香殿和宜春殿东西相对，西岸是九曲回廊。由北向南过龙石舫，再经晨旭亭、九龙桥、晚

霞亭，便到了仿唐"贵妃池"的建筑群。

我们看到，华清池温泉共有四处泉源。在一石券洞内，现有的圆形水池，半径约一米，水清见底，蒸汽徐升，脚下暗道潺潺有声。温泉出水量每小时达 113 吨，水无色透明，水温常年稳定在 43℃左右。四处水源眼中的一处，发现于西周，即公元前 11 世纪至前 771 年时代，另外三处是 1949 年后开发的。水内含有石灰、碳酸钠、二氧化硅、氧化铝、硫黄、硫酸钠等多种矿物质和有机物质。

听导游说，这里的温泉水不仅适于洗澡淋浴，同时对关节炎、皮肤病等都有一定的疗效。

今天的华清池，名山胜水更显奇葩，自然景区一分为三，东部为沐浴场所，设有尚食汤、少阳汤、长汤、冲浪浴等高档保健沐浴场所，西部为园林游览区，主体建筑飞霜殿殿宇轩昂，宜春殿左右相称。园林南部为文物保护区，被誉为"骊山温泉，千古涌流"的骊山温泉就在于此。

接着参观的秦始皇兵马俑，让我们对祖先创造的奇迹叹为观止。秦始皇兵马俑是在 1974 年发现的，随后在这里建了一个规模宏大的博物馆。举世罕见的秦兵马俑博物馆开放后，很快就轰动了中外，被认为是我国古代的奇迹，是当代最重要的考古发现之一。

秦兵马俑以其巨大的规模，威武的场面，和高超的科学、艺术水平，使观众们惊叹不已。古城西安由于有了秦兵马俑博物馆，很快就成了我国最重要的旅游城市之一，国内外游人纷纷慕名而来。来我国访问的外国元首和其他贵宾，多数都要把参观兵马俑列入日程之中。

导游介绍：兵马俑坑在秦始皇陵东侧约 1.5 公里处，先后发现一、二、三号三个坑。兵马俑一号坑是当地农民打井时发现的，后经钻探先后发现二、三号坑。一号坑最大，东西长 230 米，宽 612 米，总面积达 14260 平方米。在这个坑内埋有约六千个真人大小的陶俑，目前已清理出的有一千多个。在地下发现形体这么大，数量这么多，造型如此逼真的陶俑，实在是一件令人难以置信的事。

走进博物馆的大厅，只见在地下 5 米深的地方，整齐地排列着上千个像真人大小的武士。他们全身呈古铜色，高 1.80—1.97 米，一个个威武雄壮，气象森严，令人望而生畏。还有如真马大小的陶马 32 匹，陶马四匹一组，拖着木质战车。

兵马俑的排列是三列面向东的横队，每列有武士俑 70 个，共 210 个，似为军阵的前锋。后面紧接着是步兵与战车 38 路纵队，每路长约 180 米，似为军阵主体。左右两侧各有一列分为面南和面北的横队，每队约有武士俑 180 个，似是军阵的两翼。西端有一列面向西的武士俑，似为军阵的后卫。武士俑有的身穿战袍，有的身披铠甲，手里拿的青铜兵器，都是实物。看得出，战士们组织严密，队伍整肃。几十匹战马昂首嘶鸣，攒蹄欲行。整个军队处于整装待发之势。

威武雄壮的军阵，再现了秦始皇当年为完成统一中国的

大业而展现出的军功和军威。

　　这批兵马俑在艺术史上具有很高的价值。兵马俑的塑造，是以现实生活为基础而创作，艺术手法细腻、明快。陶俑装束、神态都不一样，光是发式就有许多种，手势也各不相同，脸部的表情更是神态各异。从它们的装束、表情和手势就可以判断出是官还是兵，是步兵还是骑兵。这里有长了胡子的久经沙场的老兵，也有初上战场的青年。身高达一点九六米的将军俑，巍然直立，凝神沉思，表露出一种坚毅威武的神情。那个武士俑，头微微抬起，两眼直视前方，显得意气昂扬而又带有几分稚气。那个身披铠甲，右手执长矛、左手按车的武士，姿势动作显示出他是保卫的车士俑。

　　这些陶俑具有鲜明的个性和强烈的时代特征。这一批兵马俑是雕塑艺术的宝库，它们不仅为中华民族灿烂的古老文化增了光彩，也给世界艺术史补充了光辉灿烂的一页。

　　导游接着介绍，兵马俑坑内出土的青铜兵器，有剑、矛、戟、弯刀以及大量的弩机、箭头等。据化验数据表明，这些铜锡合金兵器经过铬化处理，虽然埋在土里两千多年，依然刃锋锐利，闪闪发光，表明当时已经有了很高的冶金技术。因而，这也可以视为世界冶金史上的一大奇迹。

　　一趟西部之行，让我们了解了祖国大好河山这么多壮丽的人文景观，直令我们流连忘返，真是不枉此行。我不禁感叹：我们祖国的西部，真是一部人文景观、历史文化底蕴深厚的神奇史诗，于是我欣然命笔，写下了这首《神奇西部》。

黄土高坡坡连坡，
风吹窑洞歌连歌。
不是亲身来相见，
哪知西部神奇多！

鸣沙山中有"月牙"，
戈壁滩上现光华。
莫高窟内佛成群，
大千世界有神功！

火焰山下火喷涌，
火焰山上草无踪。
不是今日汗不见，
哪知苦哉孙悟空！

华清池内寻美人，
兵马俑中找战将。
千年辉煌今犹在？
大雁塔燕乐悠悠！

葡萄欲滴吐鲁番，
哈密瓜儿沁心田。

绿园新疆何飘香?

天山深处"蛟龙"盘!

圆梦桂林山水情

"我想去桂林呀,我想去桂林,可是有时间的时候我却没有钱;我想去桂林呀,我想去桂林,可是有了钱的时候我却没时间……"这首在我心中足足唱了十几年的老歌,待我五十二岁退居二线,又有时间又有钱之际,终于被提上了议事日程。

第一天晚上七点从南昌出发,坐了一整夜的大客车,早上五点到达桂林。在路旁加油站洗漱、早餐后,就开始了第二天上午在桂林市内游览公园及街景的行程。

第三天是这次旅游的重头戏——游漓江。早上六点起床,我们登上了一条游船。为了留下这一美好瞬间,我专门借了部小型摄像机,像个年轻人似的,一会儿赶到船头摄像,一会儿跑到船尾摄影。我乐悠悠的东边、西边来回穿梭,生怕漏掉任何一个美丽景色。

当然,我是不会放过导游沿途对我们声情并茂的讲解的。漓江是怎么来的?导游说:在南岭山脉越城岭的主峰,猫儿山上有一份八角田铁杉林,桂林漓江就源自于这里。铁杉树下腐叶地层中冒出的水珠汇成小溪,小溪汇成小河,小河在猫儿山

下汇成漓江三源。主源在当地先后称乌龟江、潘家寨江、六峒河、华江、大溶江，在兴安县溶江镇与灵渠南渠渠水汇合后始称漓江。漓江流经灵川县、桂林城区、阳朔县、平乐县，从平乐县恭城河口以下改称桂江。桂江流经贺州市所属的昭平县，在梧州市鸳鸯江口与浔江交汇后称西江。西江是珠江的主干流，珠江入南海。漓江从猫儿山流至梧州，全长四百二十六公里，属于珠江水系。其中从兴安县溶江镇至平乐县恭城河口段长一百六十公里，从桂林城区至阳朔县城段长八十三公里。

面对漓江碧波荡漾的水面，导游说：漓江是国家 AAAA 级景区，又是国家文明示范风景区。漓江水清澈透明，为国家标准二级水，这在我国流经城市的内河中已是最好的水质标准。

在漓江百里画廊中，绿水、青山、翠竹、倒影构成了一个个绿色世界，展现出以绿为魂、以水为魄的大自然生态美，而烟雨、晴岚、月光、彩霞更使漓江妙似梦幻仙境。在漓江的绿色画卷中，时而化入水牛牧歌、鸬鹚渔火，时而引发戏水顽童、走婚嫁娘，这一幅幅天人合一的田园诗画，展现出漓江水文化最高境界的韵味之美。

游船驶离码头约半小时后抵达黄牛峡。我们看到，状如迎宾蝙蝠的绝壁在这里展翅截流，形成了一个连绵数里的雄奇江峡。导游说，明代伟大的地理学家徐霞客认为，长江天险赤壁、彩矶与它相比，也"顿失其壮丽矣"。黄牛峡内有"仙蝠迎宾"、"草原姑娘"、"群龙戏水"景点；黄牛峡后有"望夫石"、"珍珠泪泉"景点。

导游继续解释："仙蝠迎宾"由正面凌江相连的象形绝壁组成，绝壁是因崩塌造成的岩溶现象所致。"草原姑娘"是江石半山上的一块象形巧石，一眼看去，宛如草原姑娘骑上了骏马。"群龙戏水"由于江右凌水绝壁上的数组趋光生长的石钟乳组成，看上去俨然一组群龙戏水的立体彩塑。趋光生长的石钟乳是因石上附生的藻类、苔藓、真菌、细菌等生物具有趋光性，导致石钟乳中渗出的含有钙离子与碳酸根的水溶液，沿着石钟乳向光的侧面渗流沉积，加速结晶，最终导致洞外及洞口的石钟乳趋光倾斜生长，形象像龙，像覆莲座，像大彩塑，为漓江百里画廊增添了一处处亮丽的风景线。

望夫山距黄牛峡数公里，山顶右下方约十米处有雨神石，形如丈夫远望，半山丘岭上一巧石为他的妻子春风仙子，怀抱婴儿桂花仙子，正深情地凝望着雨神石。正所谓"江头望夫处，化石宛成形。离魂悲杜宇，积恨感湘灵"（清·李秉礼）。

前面一块硕大的石灰岩由远而近，映入我们的眼帘。听导游说，传说当年是雨神与春风仙子祭起溶蚀、侵蚀、风化等法宝，将桂林的石灰岩精心雕琢成千姿百态的峰丛、峰林美景。为了造就甲天下的生态山水，雨神又在漓江河谷兴云布雾，织造烟雨；而春风仙子则开始为漓江植树铺草，绿化田园。当时桂林是热带气候，天气非常炎热，完工之时，雨神已耗尽了全身的精力，他欣慰地望了一眼为后人留下的绿色世界，仰天长啸："桂林山水甲天下！"话刚落音，就化成了一尊

石人。闻声赶来的春风仙子悲痛欲绝，望着山顶的丈夫哭啊哭啊，哭声惊天动地，泪水化成了附近的珍珠泪泉。但听"嘭"的一声惊雷，她也化成了一块石头。

顺江而下，我们看到草坪一带水曲峰奇，莲峰翠屏。江右一巨大的峭壁使人想起舞台帷幔，得名帷幕山，它象征着漓江美景的帷幕从草坪这儿升起。其后数座青峰似碧莲含苞，享誉"莲花群"；江左冠岩因山峰形似古代紫金冠而得名，被誉为"漓江的明珠"。

导游介绍：游客如在岩内不仅可以欣赏丰富的钟乳石，还可以乘坐敞篷电车、观光电梯，在暗河荡舟探险，赏瀑听涛。其地下河伏流十二公里，水洞口镌有李宗仁手书的"光岩"二字。

赏毕天然崖画"鸬鹚互吻"、"绣山彩绘"、"张果老倒骑驴"等景色，我们又来到冠岩景区的乡吧岛。岛上的相思林下，有佤族、摩梭人风情表演与现代雕塑、陶塑、果园，还有划龙船等游乐活动。

一般的渡口都是横渡，可乡吧岛旁的漓江却有一个半边渡，它把乘客从江右一块巨大的绝壁一侧渡到另一侧，形成反常的直渡渡口。在半边渡前十多米或后数十米处往回望，但见一穿岩洞穿过高山，仿佛一轮明月高悬天空，被誉为"桃源赏月"。据说，这就是东汉伏波将军马援"一箭穿三山"射穿的第三座大山。

船过猫头鹰山、海豹山，可见左岸小山顶上有一个巧妙小景"石人推磨"。据说，原先每当石人推磨时，磨眼中冒出的旋风会把树木、山石卷进仙磨中去，给对岸桃源村磨出维持生计的白米与铜钱。几年过去，树木越来越少，石山越来越难看。磨中磨出的黑水发出阵阵恶臭，简直把漓江染成清浊分明的"鸳鸯江"了。随后，桃源村许多人得了怪病。桃源村人对秃山黑水与怪病越来越不安。终于有一天，他们填塞了磨眼，使石磨不能再转，黑水不能再生，这里的人们决心不再依靠施舍，而是用自己勤劳的双手去建设美好家园。一代又一代人过去了，桃源村终于又现桃李芬芳，水碧山青。怪病消失了，健康长寿的人们还用辛勤的汗水栽培出了沿江的翠竹林及山一样大的竹笋王。

船过竹笋山，进入了杨堤景区，迎来了漓江五大美景：杨堤飞瀑、浪石烟雨、九马画山、黄布倒影、兴坪佳境。

杨堤镇因附近一峰形似羊蹄，取"羊蹄"的桂林话谐音"杨堤"而得名。杨堤一带，风光旖旎，青山环峙，翠竹若屏。在右岸的山涛云海中，一座剑峰排浪而起，傲凌九霄。夕阳西沉，乘坐返航船至此，又见峰后天际泛起一片青光，由浅入黛，光炫色匀，碧空剑影，惹人心醉。因附近有锣鼓滩，此山又名鼓棍峰。如将箭峰看成高翘的公鸡尾巴，其左侧的山坡与土岭则是鸡身与鸡头，再将远处白虎山水帘洞流出来的喷泉式瀑布想象成白米，这就合成了"金鸡啄米"奇观。

白虎山瀑布是漓江最大的瀑布。每逢大雨之后，十多股水浪从山坡上四散飞溅，呼啸轰鸣，故有"虎山喷泉"之誉。

白虎山对面是月光岛度假村，岛上建有干栏式木楼多座。此岛是冬季水浅时游客游览漓江上下船的码头。

过杨堤码头，迎面一块凌江峭壁的形状，宛如一条头右尾左的大鲤鱼，鱼肚内还有一条头向左的小黄鱼，大鲤鱼尾巴上有一只头向上的白色乌龟。此景得名"鲤鱼挂壁"或"大鱼吃小鱼"、"王八挂壁"。有鱼之处就有猫，在江左山崖上，那白色的斑纹俨然是一只竖尾的三眼小猫。若将右边两只眼睛看成它的双眼，这只猫正凝视着对岸的鲤鱼；如果将左边的两只眼睛看成猫眼，这只猫正扭头右望。

二郎峡外是下龙村。这里既有"老人坐鸡"峰、鱼尾峰、冲天峰、摩天岭、仙女峰等奇峰，又有"鲶鱼嘴"、"乌龟爬山"、"青蛙跳江"、"画山九马"等巧石。据说，美国前总统尼克松访问我国时，曾在这儿发现了一处"金字塔"景点，为下龙村增添了一处新景，要说起来这也是尼克松一件功不可没的事情。

"看马郎，看马郎，问你神马有几双？看出七匹中榜眼，能看九匹状元郎。"画山高四百一十六米，临江绝壁上白色的斑印恍似天然骏马图。山崖峭壁上，沿渗水带生长的藻类等低等生物死亡、钙化而形成了颜色不同、深浅有别的山崖色带，正是这些生物颜料与岩石所含的各类矿物质本色，画出了姿态各异、名扬天下的"画山九马"以及杨堤的"鲤鱼挂壁"，草坪的"绣山彩绘"、"张果老倒骑驴"等漓江崖画。

画山与黄布滩区间，凤尾竹连天接云，嫩得出水、翠得含情，就像是一条翡翠屏风镶嵌在绿水青山之间。景区内经常可以看见绿洲上优哉游哉的水牯牛，如果遇到忽远忽近的白鹭或是雨后飞天的彩虹，更是满江欢声满船乐，整条江变成了一首由绿与水、江景与激情合成的生态乐园梦幻曲。

画山与黄布滩区间，还有山好似海豹出水、狗熊观天、孔雀开屏与眼凹腹拱的大猩猩，有石像"猴子捧西瓜"与"宫娥抱太子"，峭壁上的天然彩画使人想起"落后马"、"蚂蟥印"与"怪兽回头"。江左竹林，据说是电影《刘三姐》拍摄处旧址，江右一小岛则拍摄过电影《少林小子》。每到晚秋，岛上红叶似火，灿若明霞，吸引着一批批心花怒放的摄影家前来抢景。

漓江最著名的山是画山，最美的景是黄布倒影。黄布滩因江底一黄色的石板似黄布铺在江底而得名。蓝天白云下，山似玉笋瑶簪，峰像青髻螺黛，黄布滩附近的漓江波平似镜，水中镜影格外的美丽、清晰，誉为"黄布倒影"。每当竹排、渔舟破镜入画，黄布滩附近的倒影就形成了"分明看见青山顶，船就在青山顶上行"（清·袁枚）的诗情画意。此外，黄布滩"七仙女"、玉簪石、手套山等景观，也令人叫绝不已。

我们看到，兴坪景区的翠竹、倒影及绿水青山构成了漓江压轴的美景高潮。兴坪境内既有"骆驼过江"、"和尚晒肚"、朝笋山、僧尼山、白虎山、螺蛳山、"美女照镜"、鲤鱼山等美景，还有岩溶奇观莲花洞。据说，洞内有一〇八个罕见的莲花盆。雨后初晴，白色的带状岚气亲吻着兴坪的群峰；月上东

山，鸬鹚捕鱼的鸟排来无踪、去无影，更是给在江边篝火烧烤的中外旅游者，增添了无穷的乐趣。

"牛悠悠，草绿绿，妙哉小丫牵牛鼻；牛欢欢，水凉凉，怪哉牯牛浮大江！"从兴坪回望江心，一个美丽绿洲如翡翠镶嵌在画屏中央，洲上常见悠然自得的水牛群像。当江风中偶尔传来一声牛犊呼唤母牛的嗷叫，当看见庞大的水牛居然像鸭子一样浮在江中，嘴巴一磨一磨地品味着绿色的丝草之际，怎能不让人们感到一种回归大自然的野趣？原来，新版二十元人民币背面所印的漓江山水也正是从这个角度逆水取的景。

导游说，兴坪古镇拥有一千七百四十年的历史。三国时，它是吴国末帝孙皓（264—265年在位）统治下的熙平县城，至今仍留有大量的古迹及人文景观，如明代的腾蛟庵，孙中山及美国前总统克林顿拜访过的赵氏渔村，"洋愚公"日本友人林克之先生出资并亲身参加劳动修建的中日友好亭等。

从渔村回望，峰林绿海间一条鲤鱼跃过天门，构成了最后一个石山奇景"龙门凌霄"。在经过近两小时的非岩溶地貌景区航行，我们最后抵达目的地阳朔县城。

漂流漓江，沿途风景美不胜收，漓江之美，真是名不虚传。站在阳朔码头，我们久久不愿离去，回首瞻望，漓水两侧寿星峰与龙头山双峰锁江，江左东岭后一列奇峰，其间可赏"古榕藏猫"、"东岭朝霞"、"飞凤朝阳"、"文峰桌笔"等景，让人流连忘返。

导游说，碧莲峰山腰山水园是AAA级景区，除迎江阁外，园内还有鉴山楼及南厄古道旁的大量石刻。石刻中有宋代名相李纲、近代的吴迈、现代郭沫若等人的题诗，但著名的要数绝壁上清代王元仁手书的"寿"字。该字内含"一带山河，少年努力"八个小字；细看，可以看出十四个字："一带山河甲天下，少年努力举世才"；如果会看，甚至可以揣摩出十六个，甚至更多的字。

如此一说，几乎又把我们的心弦给紧紧地扣住了，然而，这倒也没有什么可惜的。古诗说，"桂林山水甲天下，阳朔堪称甲桂林。群峰倒影山浮水，无水无山不入神。"是的，因为我们有理由相信，好戏还在后头。有奇峰两万多座、河流十七条，誉为"中国旅游第一县"，被国外称作"一座温馨的小城"的阳朔风景区精彩的景色，正翘首以盼在等待着我们欣然前往呢……

赏景已毕，心潮起伏，虚度五旬，不枉此行。岁月似黛，山河如屏。漓江一游，圆梦桂林。

百媚千柔花仙子

早就听说江西省林科院内有个美轮美奂的山茶花园。百闻不如一见，阳春三月，正是踏青旅游的美好时节，相约几位朋友，前来山茶花园把玩赏景。

未入茶花园，先闻樟树香。一条宽阔路面，两边耸立着整齐划一的参天香樟树，行走在这绿荫蔽日的香樟树下，犹如走进了庐山仙境一般。那风吹树叶沙沙响，日下清凉身心爽的怡人感觉，让人心醉。

裹着樟树清香，我们跨进茶花园，果然是春风拂面，万紫千红，人潮如织，鸟语花香。据了解，江西省林科院的山茶树，属种质基因库山茶园，是国内现有保存种质数量最多、规模最大的四大山茶属种质基因库之一。该园占地百亩，是江西省最大、全国第二大的山茶基因库，有近四百个茶花品种。这里不仅种植了国内各色品种茶花，还有来自欧美地区和亚洲其他国家的茶花品种，其中不乏黑魔法、复色卡莱顿、美国大红、花仙子、孔雀椿等珍稀名贵品种，具有极大的观赏性和艺术价值。

　　这里的山茶花因其植株形姿优美，叶浓绿而光泽，花形艳丽缤纷，而受到全世界园艺界的珍视。我们看到，百朵花在一棵树上同一时间开放，艳丽无比。这些花儿各自的姿态花色一样却又不一样，或大或小，或红或白，因为花比叶多，远看叶倒像花，零星点缀其间。林子很密，茶树上竞相开放着各色花朵，令人目不暇接。茶花的颜色真是多彩，光是红色就有许许多多的变化，深红、桃红、粉红、酒红……简直无法用语言来一一描述，一树多色、一花多色的绮丽奇特景象在这里随处可见。此情此景，不由我想起有位诗人所写的诗句来——

　　　　每到春来丽日和，
　　　　赏花兴趣久成魔。
　　　　山茶许我称知己，
　　　　我为山茶谱赞歌。

　　如诗人笔下所言，年年春来，风和日丽，欣赏山茶花的兴趣已使我像着了魔一般。所以这样，是因为山茶花已经准许我做它的知心朋友了，我也该为山茶花歌颂一番。

　　花满枝头的茶树多姿多彩，真是让人百看不厌。望着这么一眼看不到尽头的绚丽多姿的茶花，大家都陶醉了，于是，纷纷寻找自己最喜爱的几枝茶花，站在自己最喜欢的位置，忙叫同伴拍照留影。

　　拍照的时候，一位朋友不由想起宋代陆游所赋《山茶》

诗句,脱口而出——

东园三月雨兼风,
桃李飘零扫地空。
唯有山茶偏耐久,
绿丛又放数枝红。

这时,另一位朋友也随即朗诵起一位诗人赞美山茶花的诗句来——

山茶花开了,你万紫千红,五彩缤纷,迸发出你闪光的结晶:

白的,是你贞洁的心灵;
粉的,是你甜蜜的笑脸;
黄的,是你憧憬金色的梦幻;
红的,是你那爱的真挚炽情;
紫的,是你报以大地的恩育之心;
花的,是你追求美好生活的色彩。

"人人都道牡丹好,我道牡丹不及茶。"是呀,山茶花,你从不与牡丹媲美,亦不与菊花斗妍,又不与桃李夺芳……然而,你开得是那样纯真、充实,开的是那样艳丽、持久,开的是那样花团锦簇、姹紫嫣红、满园春色,让人久久不能忘怀……

林中茶花开，鸟儿闹起来，许多不知名的鸟儿不时地在茶花上跳动着，它们时而伸展着脖子，偏着头，似乎也在听着春风的叙说。几只蝴蝶，跳跃飞舞，飘飘悠悠，飞进茶花林，忽而在茶花左、茶花右、茶花上、茶花下疯癫起来。莫非茶花中千树并茂、万花争艳的景色，也感动了自然界灵动的小精灵吗？

园中红满天，客从四方来，山茶花呀，山茶花，你以十倍的信心，迎来阳光灿烂的春天；你以数以万计的花蕾，孕育着丰收的喜讯。此刻，经过数个小时洗礼的我，脑海中不由闪现出两行诗句来：茶花仙子倾情媚，国色天香醉芳菲。

转完茶花园，我们来到茶园北侧，这里别有一片天地。这是一片波光粼粼的水面湖泊，鱼儿泛绿波，鸟儿水上飞。最让人感到心旷神怡的，是那围绕着水面湖泊四周种下的一排排千姿百态的樱花树。它们那白雪一般的花儿，就像一片片白色的围帘，将整个湖泊装饰得宛如让人们走进了人间天堂一般。

樱花开的十分绚烂，满树皆白，灿若云霞。树下，落英缤纷，如雪铺地，虽不如武汉大学的樱花那般繁盛，却也让人意趣盎然，尤其还有那红色一片的湖心之岛——桃花岛，一束束怒放的桃花，争奇斗艳，春光无限，更是叫人流连忘返。

进入此等境地，好似来到了杭州西湖。是的，这里不是西湖，却胜似西湖。只见人们纷纷掏出相机，赶快"咔嚓"，都想在这儿留下人生的一个个美好瞬间。

转过这片湖泊，曲径通幽，我们又来到了一大片竹林地带。一片细细密密的竹林，阳光爬上竹子尖细的顶梢，金晃晃的，宛若根根直立的长矛；阵风过处，竹子微微摇曳、倾斜、晃动着，然后又相互拉扯着，直立起腰杆，欢乐而有趣。

一望无际的竹林，青翠欲滴，在春风吹拂中，摇头摆尾，搔首弄姿。那一束束竹枝，总是伸出撩人的手来，给人们以好似那动情的怀春少女之感。没错，竹子高而浓密，轻微而细密，似轻轻少女诉说着心中的爱意，甜润而柔美，动听而亲耳。

春风吹在竹叶儿之上，叶儿婆娑，稀疏有序，节奏分明。在竹林中，还可感受到一种恬静的幸福，你的思绪可随着婆娑的叶子，平缓地随声而思。可追溯着久远的往事，回味着相拥的幸福，畅想着未来的美好。

竹林是活跃、鲜活而嫩绿的。小鸟们在竹林中飞来窜去，跳跃歌唱，抖落一夜的梦，唱醒一天的思绪。林中的小草儿们也舒展着腰际，似从睡梦中醒来。又是一个供游人观赏、品味、休闲的好去处，徜徉其间，竹不醉人人自醉，大家都不忍离去。

越过一片"青少年素质培训基地"，远远地就听到了天鹅们那悦耳动听的声音，眼前一片白帆点点似的天鹅映入眼帘。原来，这是一片人工养育天鹅基地。一片宽敞的大面积湖泊，在四周和湖面高高的天空中，用渔网围起了一个世界。湖泊中成群结队的洁白大天鹅，有的在栖息地休息，有的在岸边行走，有的在追逐嬉水，也有更多的白天鹅，或在网中的天空里凌空翱翔，或翩翩起舞，或引吭高歌……

不知不觉中，夕阳西下，而这霞光中的茶花园，却别有一番风韵，更显现其红装素裹、惹人爱怜的华丽容颜。

一趟茶花园之行，不仅让我们充分享受到了人世间的无限风光，更让我们领略到了大自然的美妙和神奇。

如梦如幻裸魂灵

你们快看呀，那不就是仙池吗？顺着小王右手所指方向，二十多束目光齐刷刷射向了一个目标。

在那分不清是天是地的地方，有一片碧绿的草地。那一湾波光粼粼的水面，就像一颗硕大的明珠镶嵌在那天边的云海和草地之间。水天极目之处，灰蒙蒙的远山好似展开了一卷清淡的水墨画。

看上去，仙池湖光水色，令人陶醉。湖畔野草丛生，野花盛开。好一个塞北江南，世外桃源！来到了盼望已久的仙池，大家精神即刻为之一振。

导游小芳兴奋地告诉大家：这不是什么仙池，这是位于新疆最北端、布尔津以北90公里的喀纳斯湖。

嗬，祖国西部边陲真的好美！人到中年的老刘边欣赏池水边感叹地说。

导游小芳继续向大家介绍说：喀纳斯湖长25公里，宽3公里，湖水深达189米，湖面海拔1347米。水源主要来自发源于俄罗斯、蒙古和中国边界的唐努山（友谊峰）的两条小河，出水向南，流入额尔齐斯河的一条小支流。

导游小芳指着湖面说：你们看，这湖的两岸有狭窄莎草、青草沼泽，四周有欧洲、西伯利亚向南延伸的泰加林、云杉、新疆落叶松、新疆红杉、冷杉、五针松等。林下有苔藓及羽衣草、水毛茛等。1980年经新疆维吾尔自治区批准成立喀纳斯自然保护区（已被批准为国家级自然保护区）。近年来已成为重要的科研、旅游、避暑胜地。

导游小芳接着说：喀纳斯湖是许多水禽的重要繁殖地及驿站。采集到的标本主要有针尾鸭、绿翅鸭、赤膀鸭、绿头鸭等，几乎都是繁殖鸟。湖中有"巨怪"大红鱼（哲罗鲑）。1980年以来新疆大学、新疆八一农学院、新疆科学院分院及新疆林业、环保部门等多次组织人员进入湖区考察，进行过动植物调查。

大家仔细观赏起来，是呀，在海拔这么高的山峰中，竟然深藏着这么一个大湖。这世界真的太神奇了！大家看到，喀纳斯湖滨群山环绕，层峦叠嶂，微风徐来，湛蓝的湖面碧波荡漾，水天共色。湖水十分清澈，呈深蓝绿色；湖岸平缓，湖边针叶、阔叶和各种灌木、草本植物繁多。这里阳光明媚，空气清新，金黄色的白桦在阳光下静静燃烧。这儿宁静的让人陶醉，我们仿佛来到了一个童话世界。

导游小芳补充说，是呀，曾经有一位联合国官员考察喀纳斯后感慨地说过这样的话：喀纳斯是当今地球上最后一个没有被开发利用的景观资源。开发它的价值，在于证明人类过去

那无比美好的栖身地。小芳开心地说：这湖真的很美，我也是第一次来到这里。我看了世界上不少美丽的湖景，感觉这才是天下第一湖呀！

"嗬，这湖不是仙池，但胜似仙池。来到了这么个美丽的仙境不洗个澡，那不是白来了一趟吗？"老陈一语惊醒梦中人。

"说得对，大家纷纷响应。"是呀，连续跑了六天，人们实在是太累了，是到了该放松一下的时候了。于是，男女同事们自然分成两边宽衣解带去了。

忽然，大家的眼光全定格在第一位走向仙池的老陈。

只见他全身一丝不挂地投进了仙池的怀抱，并且一个人在水中一会儿蛙泳一会儿仰泳，如入无人之境，好不惬意。

紧随其后的是老刘，全身也就是看到鼻尖上架着一副眼镜。

于是，有意思的是，男生们竟然纷纷效仿，一个个就这样大大方方地裸着身子下水了。

男生们这种举动，着实让女生们吓得心都要跳出来了。

哪能这样呢！这多丢人呀！不是熟人还好说，可这全都是同事，回去以后如何面对呀？

怎么办？正在女人们犹豫不决之际，导游小芳已经裸着下池了。

紧接着不久前分来单位的大学生小谢，也不声不响地手拿一条毛巾遮着下身出来了。

　　出门在外，入乡随俗吧！年长的何姐看开了：不就是裸一下身子吗？既然大家都这样了，又有什么了不起的呢？人生在世，不都是赤条条来赤条条去的吗？她一边说着一边脱光了衣服，壮着胆子向仙池走了过去。

　　这时李姐、汤姐、小张也都一个个大方地学着小芳、小谢、何姐出现了。

　　此时，女方岸上还站着一个人。她就是年近30岁，随军由乡下安排来单位的菊花。

　　但见她，又想脱衣又不好意思脱，一条红格子内裤脱了又穿上，穿了又脱下，看她那样子好不尴尬。

　　"你怎么还不下来呢？"不知谁在水中问了句，"嗬，这池水真舒服呀！"

　　菊花还是穿着她那条红格子内裤慢慢地走来，正要下水，小王冷不防抛来一句"神经病"后如鱼一般又潜入了水中。

　　没脱内裤的菊花让他这么一说，直羞得满脸通红。她迟疑了片刻，终将内裤拉了下来。

　　你看她，那白里透红的皮肤，那柳条般修长的身材，融入水中，活脱脱就是一条绝色的美人鱼！

　　仙池中，大家尽兴地游着，玩着。开初，男、女之间还有些不好意思，自然分成了两个圈子嬉戏，渐渐地，不知不觉中就汇聚到一块了。

　　池水洒来，小谢回头一看，发现是小王：你真坏耶！立即将水浇了过去。就这样，小芳、小谢等小姐、女士们和小王他

们你一来我一往地打起水仗来了。

看到何姐她们几个不会游泳的旱鸭子，老刘自告奋勇地游了过来："我来教你们几招吧！"

这位临时教练对这些姐妹们，用心比画着，很是卖力。是呀，这些平时连见了男性握一下手都会脸红的姐妹们，如今赤身裸体地就立在男性面前，竟然全无半点羞色。这人呀，有时真是复杂的叫人不可思议。

不知不觉中，那天边现出了一抹红彤彤的晚霞，一束束霞光照射在清澈见底的水面上，把整个天池映照得犹如一幅美妙绝伦的风景画，让池中戏水的人们一下子个个都变成了红孩儿。

上得岸来，大家泡去了汗水，洗尽了污垢，赶走了疲惫，心情格外清爽，不觉话儿也多了起来。

"你真够大胆的呀！"有人说老陈，"你哪来这么大的勇气呢？带了个这么好的头。"

他微笑着说："哪里呀，看见仙池，我就不由地想起了儿时在家乡池塘中玩耍的情景。进城多年了，好久没见到这么清澈的池塘，如今一见到，想都没想，就脱光衣服下水了。"

"老刘你呢？"老陈问，"你怎么也敢和我一样呀？"

老刘笑笑说："我去过外国裸体浴场，不脱光衣服不能进去。看到你那样，我还以为又到了裸体浴场呢！"

这边，何姐也问起了导游小芳："你一个女孩，为何敢与男生一块裸体游泳呢？"

小芳开心地说:"这有什么? 来到了一个这么神圣的地方,人间的一切杂念全都没有了。有的只是一个理念:回归大自然。"

"何姐,你不也下水了吗?"导游小芳说,"人生何苦要压抑自己呢? 给自己活一回吧!"

"是呀,"何姐也感慨地说,"要是人人都像这样不设防,赤诚相待,那样的人生该有多美好呀!"

回到单位后,好像裸体事件从来就没有发生过一样,人们又外甥打灯笼——一切照旧(舅)。

怀玉山中忆梅芳

　　不论我走到哪儿，也不管时间过了多久，只要一听到《月光下的凤尾竹》这支美妙的歌曲时，怀玉山那缥缈如画的美丽景色，还有那位只因有点斗鸡眼而让我早已失去了的女孩，就会重现在我的脑海中。说起这段怀玉山之旅的往事，我今生都难以忘怀……

　　20世纪80年代初，一度失恋的我，很长一段时间都沉浸在无穷的痛苦之中。

　　好友来找我说："俊华，快看看我给你物色的美人。"说完，将一张照片送了过来。

　　我不经意地瞟了一眼照片，眼前为之一亮。那是一张不太大的两寸彩照，照片上，是一位亭亭玉立的女孩。在她那向一边侧着的美发上，戴着一顶彩色草帽。那娇柔、娴静的样子，确实是那种让我挺喜欢的可爱女孩。

　　女孩叫傅梅芳，是位白衣天使，她所在的工作单位在玉山县的怀玉山场。一趟趟转车之后，起了个大早的我，终于在吃午饭的时候下了汽车。坐在女孩家宽敞明亮的大堂中，我开始期待着女孩的出现，也许今天的远行，会有一个意想不到的收获。

终于，女孩回来了。远远的，在这迷人的山区里，我终于看到了那似曾熟悉的身影，依旧戴着那顶草帽，弱柳扶风般行走在青山绿水之中。是的，比照片上的她，更优美，更有韵味。目视着她的到来，我突然间兴奋得手足无措起来。

近了，更近了，女孩终于走进了家门。因为知道我的存在，进门时她稍有迟疑，娇羞地瞥了我一眼，一闪身进了房间。

我的心，突然沉了一下，那一瞥间，我察觉到对方眼神不对。她好像眼睛有点斜视，哦，不对，是标准的斗鸡眼！

女孩再次出现，帽子摘了下来，换了套家常衣服，更增添了几分少女的魅力。女孩说话的声音也甜，轻轻柔柔的，看得出，教养很好。

然而，我的心，全在她眼睛的疑惑上。经过小心翼翼地再三观察，我终于悲哀地确定了自己的判断。

天啊，我在心里哀叹：为什么上天要如此折腾我呢？本来还以为老天爷可怜我失去了珍珠，就又送给我玛瑙了，没想到却送了个斗鸡眼给我。想到要与一个有斗鸡眼的女孩生活在一起，一向自诩是完美主义的我不禁不寒而栗，来时热切的期盼早已化为了一堆寒冰。

静悄悄的山区之夜，月光漂洒在树林之间，也抚摸在我的身上，让人心旷神怡。

虽然有月色照明，但山区路面还仍然是漆黑一片的。我紧跟在手握一节松树点燃作为火把的女孩身后，默默地走向她工作的医院休息。

在月光和火把的映照下，一束束婀娜多姿的竹子不时迎了上来。

"你知道这叫什么竹吗？"女孩打破了沉默。

"不知道。"我凑近仔细欣赏后说，"这长长的竹叶真的很美丽。"

"这是凤尾竹。"女孩又问，"你见过吗？"

"没见过。"我话音刚落，女孩脱口唱了起来——

月光啊下面的凤尾竹哟

轻柔啊美丽像绿色的雾哟

竹楼里的好姑娘

光彩夺目像夜明珠

听啊

多少深情的葫芦笙

对你倾诉着心中的爱慕……

世上竟然有这么美妙动人的歌曲，我边走边听着，一路陶醉了。

"唉哟，"女孩突然轻呼，火把一歪。我一步冲了上去，托住了那个欲倒的身子。

没想到女孩顺势一抱，搂住了我。温香软玉满怀，少女特有的馨香阵阵扑鼻而来。我不由心酥，正想迎合她时，一低头，在那微弱的火光下，女孩柔情似水地在看着我。

哦，眼睛，我看到了此时此刻不该看到的那双眼睛，心里一凉，双手便缓缓地、轻轻地把女孩松了开来。

如此美妙的夜晚，和一位妙龄女子，本该是一场风花雪月的良辰美景，然而，在我脑海中，却还是被女孩那双让人感觉有点怪怪的眼睛，将兴奋点给强行熄灭了。

"我来打火把吧！"我假装没有看到女孩哀怨的目光，把火把尽量地照在女孩的脚下。

女孩的宿舍很洁净，如同她的人一样精致。一进门，女孩便打开了她那同样精致的录音机，好听的音乐如行云流水般充盈在这个两人世界的房间——

> 哎
> 金孔雀般的好姑娘
> 为什么不打开哎你的窗户
> 月光啊下面的凤尾竹哟
> 轻柔啊美丽像绿色的雾哟
> 竹楼里的好姑娘
> 为谁敞开门又开窗户
> 哦，是农科站的小岩鹏
> 摘走这颗夜明珠

哎

金孔雀跟着金马鹿

一起啊走向那绿色的雾哎

嘿……哎……

金孔雀跟着金马鹿

一起啊走向那绿色的雾

哎……

"听过这首歌吗?"女孩对我笑笑说。

"哦,这首歌不就是刚才你在路上唱的,赞美我们刚才看见的凤尾竹的歌曲吗?"我说。

"是的,你听出来了。"女孩说,"《月光下的凤尾竹》,这是我最爱听、也最爱唱的一首歌。"

"第一次听到葫芦丝的声音,真的好美妙!"在"凤尾竹"忧伤的旋律里,女孩不停地同我聊了起来,并不时表露出自己对我的渴望和爱恋。

时间一点点过去了,我规规矩矩地躺着,甚至不顾女孩的几次暗示,把过于暧昧的话题转了过去。

第二天,女孩带我到附近游玩。怀玉山里的风景,很是赏心悦目,况且,女孩实在是个很好的向导,不仅带着我细细品味着这怀玉山特有的风景,还时不时会给我娓娓道来一个个动人的故事。

女孩边走边介绍说："怀玉山，位于我们江西省上饶市西北部，玉山县境内，距玉山县城六十五公里，平均海拔一千米以上，它怀抱世界自然遗产三清山，山脉绵亘三百余里，北邻黄山，南接武夷，横贯赣浙皖三省，史有'东南望镇'之称。明代李梦阳有诗曰：'怀玉之山玉为峰，四面尽削金芙蓉。'可见怀玉山气势之雄伟。怀玉山，也是我们赣东北古老、神奇的红土地，是一座历史悠久、风光旖旎的名山，它因'天帝赐玉，山神藏焉'而得名。千百年来，它以奇、幽、雄、险、峻，而令人向往。"

我们来到一处峰峦交织，地势险要之地。女孩饶有兴致地说："历史上，因为它是长江和珠江军事活动的'走廊'和'跳板'，所以，这是兵家必争之地。太平军与清军在这里进行过殊死的争夺战。怀玉山还是革命老区，也是玉山县第一个农村党支部创建地，玉山县第一个苏维埃政权诞生地和方志敏的《清贫》故事发生地。"

原来，1935年，红十军创建者方志敏率领的北上抗日先遣队，血战于怀玉山区金竹坑、八石祭、三亩、分水关一带，留下许多可歌可泣的故事。他们与数倍于我军的敌人进行浴血奋战至弹尽粮绝，方志敏不幸在怀玉山区的高竹山上被捕。方志敏蒙难时，两个敌军士兵认为方志敏是共产党的大官，身上肯定有钱。于是，从袄领搜到袜底，方志敏身上除一支旧自来水笔和一块旧怀表之外，竟然连一个铜板也没有。这一真实故事，成就了一篇千古美文——《清贫》。

我读过方志敏的《清贫》。方志敏的清贫精神是中华民族可贵的精神，始终激励着我们一代代后人奋勇前进。想不到能在这里领略革命先烈战斗过的地方，我一时也兴味盎然起来。悠悠岁月，后人继承烈士崇高的精神；漫漫征途，我们敬仰烈士伟大的品行。方志敏用生命点燃的精神火炬，照亮了穷人的心，照亮了怀玉山的山山水水。怀玉山，这块古老神奇的红土地，饱经战火的考验，它的历史文化遗产是我们的传世瑰宝。

随后，我随女孩一起欣赏了怀玉山风门、七盘岭、玉光亭、芳润堂等古迹名胜景点，见识了云盖、金刚等怀玉山几座主峰。在山腰上，我们看到了清代赵佑石刻的"高山流水"四个刚劲飘逸的著名石雕。

女孩有点自豪地说：怀玉山集红色、古色、绿色旅游三大特色为一身，它那灿烂的历史文化和迷人的自然风光让世人热爱有加。曾经有人观光后，对怀玉山赞叹不止：

跃上风门路转赊，七盘岭上有人家。

玉光芳润千顷地，云盖金刚万丈崖。

野鸟无名栖古木，乱红带雨落窗纱。

高山流水安排著，何用弦歌颂物华。

我们来到一条高大的峡谷之间，但见那溪水奔流，瀑布潺潺，听那松涛阵阵，鸟鸣花香。一条美丽的彩虹飞渡峡谷两岸，让我沉浸在大自然的美丽怀抱之中不能自已。尤其是那绚丽的瀑布，从山上冲下，溅着的水花，晶莹而多芒，像一朵朵小小的白梅，微雨似的纷纷融进溪流之中。

见此情景，我也情不自禁，脱口而出念起了李白《望庐山瀑布》这首诗来——

日照香炉生紫烟，
遥看瀑布挂前川。
飞流直下三千尺，
疑是银河落九天。

还没等我从对瀑布美景的惊叹中回过神来，女孩话锋一转，便向我谈起了她的一位好朋友的故事来。

那是一个有些悲惨的故事。女孩的一个朋友因为被男友抛弃而选择了轻生，就是从怀玉山跳下去的。这个故事打断了我对美景的遐思，看着女孩灼灼的目光，我无言以对。唉……老天不公啊！

从此以后，每当我听到《月光下的凤尾竹》这支美妙的歌曲时，怀玉山那缥缈如画的美丽景色，还有那位有点斗鸡眼的女孩，就会重现在我的脑海中。经过岁月的洗礼，我对她的看法有了根本的改变。她在我心目中的形象，早已不是斗鸡眼了，而成了一位如彩蝶一样行走在歌声中的女孩。这位柔情馨香而又美意可爱的怀玉山女孩，她就像《月光下的凤尾竹》里那个跳着傣族舞蹈的美丽女孩，永远地留在了我的心中。

垂钓春色悟人生

偷得浮生半日闲。难得有天休息，与同事一起去郊外钓鱼，同时，也借机欣赏一下乡村的田园风光。

已近春末夏初的季节了，春花正谢，但绿树成荫，波光粼粼，在池塘边站一站，坐一坐，都觉得神清气爽。已经很久没有领略这么美好的风光了，乘大家准备好钓鱼的用具，忙着打窝子，穿鱼饵之际，我先找了个地方，好好欣赏着这里的山山水水、迷人风景。

难得远离都市喧嚣，我倾心沐浴着田园风光，深感对"春色满园香，湖光山舍醉"的留恋。

喂，你发什么愣呀？今天的兴趣在水中。同事笑了。是啊，我陶醉在美景之中，差点忘了此行的目的。

在这儿不但可以欣赏周边那依山傍水、湖光山色、清香空气、优美环境、绿色田园、鸟语花香之江南春光美景，还可以坐上半天钓鱼，享受那鱼儿上钩的刺激，我当然是全身心毫无保留地投入到这大自然田野的怀抱之中了。

美景尽收眼底，让我兴味盎然，自然钓鱼的心情也随之开朗起来。

我们一行人，团团围坐在池塘四边。虽然都是一塘之鱼，有的人位置好，鱼儿接二连三的上钩，有的人，半天也没有动静。我的位置，隔三岔五的有几条，不如右边的风光，也没有左边的冷清。只是，等待的时间里，倒是很培养耐心的。人们都说钓鱼可以修身养性，今天倒是深有感触。等了很久，都没有动静，正不耐烦东张西望之时，杆动了，手忙脚乱地提杆，鱼已经带着鱼饵逃之夭夭了。

其实做人也同钓鱼是一样的。很多时候，蓄势待发，一开始还踌躇满志，一副志在必得之态，然而，漫长的努力中、等待里，锐气一点点地消散，就会不耐烦起来。即使幸运女神来敲门，也会因为一时的疏忽而让机会白白错过，有时甚至悔恨终身。就像刚才这条鱼，就是因为疏忽，眼睁睁地看着它在我的眼皮底下得意扬扬地溜走了，这不正说明，人如果没有耐心，就很难办成大事。成功的机会，只会留给那些坚守到最后的人！

位置是很重要，但也不能唯位置论。有的人位置不好，急不过，便跑到热闹的地方，插上一杆，很快也能分上一杯羹。可我左边的老兄，没有半点儿焦急和烦躁，一把接一把地撒鱼食，一次又一次地调整鱼饵。那副泰然的样子，让我也对他的胸有成竹充满了信心。事实证明他是对的，到了后来，他钓的鱼并不比别人少。你还不得不佩服他，活生生地把一个"沙漠"变成了一个人人羡慕的"鱼米之乡"。

　　我想，人生在世，很多东西不是可以任由自己选择的，太多的无奈让我们不得不面对自己无法改变的状况。当然，我们也可以选择逃离，就像钓鱼一样，这里不好就换一个好的地方。只是，谁能保证，你换的地方就一定是个好地方吗？更何况，世事无常，很多时候，好的地方变成了不好的地方，不好的地方却成了好的地方。人生中的许多事，并不是说想换就能换成的。我倒欣赏那位老兄，面对现实，通过自己的努力，改善自己的环境和条件，不是一样也能钓到人生中很多的"大鱼"吗？

　　也许是养鱼塘的关系，后来鱼儿上钩特别快，一会儿上来一条，一会儿又上来一条。有的同事用双杆，双杆同时钓到一条鲫鱼和一条草鱼。呵，那当时，简直捞都捞不赢，好一派繁忙景象。

　　望着手中那些活蹦乱跳的鱼儿，我突然想到，鱼儿也太笨了吧，一点点小小的鱼食，就能让它如此奋不顾身地上钩？

　　微笑之余，看着水中自己的倒影，不由心惊。试想一下，人不也一样吗？每每经不起诱惑，因一点小利而丧失了做人的准则以至于生命。看看周围，有多少这样触目惊心的例子，我又有什么资格去嘲笑鱼儿呢？

　　人生在世，诱惑无所不在，为名忙为利忙为财忙，时时处处都是陷阱。就像鱼，生活在水里，表面上看，风平浪静，逍遥自在，可谁知下一刻会如何。所有的机会、风险、运气全在那里等着呢！也许这一次幸运了，得了点好处，但下次，正是因为这种尝过甜头的诱惑，让它最终还是成为别人的口中之食。谁能看清这世界的险恶和福祸？大鱼有大鱼的饵，小鱼有小鱼的饵，只要有偏好，也许谁都逃不了。而且，越是大鱼，面对的诱惑也越多，因为有利可图，便会有人费尽心机，投其所好，直到上钩为止。

所以，要做一条不上钩的鱼，是一件很不容易的事。也许，多来钓钓鱼，多看一看、想一想鱼儿上钩后的痛苦挣扎，人们的手就不会伸得那么长了。

日挂中天，午时已至，经过几个小时的努力，我们满载而归。于我来说，不仅有物质上的，更有精神上的大丰收。

是呀，田园风光人陶醉，水中碧波鱼欢跃。人生难得一回乐，乐有所思更快乐！

缘回姻定"野三坡"

新婚之后的每年"七夕"，我和爱人都要到野三坡风景名胜区去度过。因为，正是这里的一个美丽传说，让我们俩几乎被长辈宣判了"死刑"的婚姻"死而复生"。

那一年，我和我的女朋友（我的妻子），也是我的大学同学已恋爱多年，正当我们经过八年"抗战"已到瓜熟蒂落之际，却传来一个不幸消息：她的父母坚决反对我们俩结婚。一时陷入走投无路之境的我们，能想到的唯一的办法就是私奔。

我们游览了北京等地之后，又来到了野三坡风景名胜区。野三坡风景名胜区位于河北省涞水县境内，它处于太行山与燕山两大山脉交汇处，距首都北京100公里，总面积498.5平方公里。景区内旅游资源十分丰富，景色独特，享有"世外桃源"之誉，堪称"天然植物园"和"野生动物王国"。

当我们来到一条深不可测的峡谷地带时，导游介绍说：现在看到的是海棠峪。野三坡百里峡景区是由三条峡谷组成的，海棠峪又是这三条峡谷中风景最美的。在海棠峪的尽头有一个天然形成的石桥，这座石桥在民间还有一个美丽的传说呢。

从前，有个诚实、善良的小伙子，名叫石善。石善的父母很早都去世了，他跟着哥嫂过日子。嫂嫂为人刻薄，百般虐待他，整天逼他上山砍柴。

这天，石善又独自上山砍柴，一直砍到晌午，才抬头擦擦汗，坐在石头上喘口气。他把破了的上衣脱下来，挂在树枝上，自言自语道："如果母亲在世，我的衣服早被缝好了。"

语音刚落，突然，就见一个美丽的姑娘来到眼前，拿起他的衣服说："你的衣服我来缝好，以后你就不用为这事情发愁了。"说完，那姑娘就不见了。不一会儿，那姑娘又出现在石善面前，手里拿着那件已经缝补好的衣服。石善赶忙走上前，一边接过衣服，一边说："你是谁？为什么帮我补衣服？"

姑娘说："石善，你不要怕，我不会伤害你的，我是一只狐狸，在山上修炼成精，因常常见你上山砍柴，日子久了，不知不觉生了同情和爱慕之心。"话没有说完，姑娘便羞涩地低下了头。

石善不知如何是好，过了半晌，突然问道："你这样热心肠，作我的媳妇好吗？"

姑娘摇摇头。

"怎么，你不愿意？"

"不是我不愿意，只怕母亲反对。"

"那你好好和她商量商量。"

"光我说不行。"

"那我去求婚好吗？"

姑娘点点头，于是石善便跟着姑娘来到了一个山洞。这洞越往里走越宽敞，里面有一座修建得很精致的小庄院。院子周围有花草，还有果树，甭提有多美了。

来到屋里，见一位老太太坐在石椅子上。她见石善来了，就问："你来干什么？"

"老人家，我是来求婚的。"石善答道。

"不行，我们虽同情你，但是我闺女不能和凡人结婚。"

"我们相亲相爱，就应该接成百年的姻缘。"

"要知道，我们不是凡人。"

"你若不答应，我就跪在这里不起来。"

老太太听石善这么说，口气就软了下来，说："那好，我答应，不过我有一个条件，做到了，你们就结婚。"

"什么条件？"

"上面有两座山峰，你们各站一边，如果伸手可以够到对方你们就结婚。"

这哪能够得着呀？姑娘伤心地哭了，石善也伤心地哭了。这哭声惊动了从这经过的鲁班，他知道事情的经过以后，马上在两座山峰中间修了一座石桥，就这样，石善和姑娘两人在石桥上相会了。

听着听着，我和女朋友两个人都感动得情不自禁流下了热泪。是呀，石善和姑娘的爱情故事，不正是和我们一样的爱情故事吗？我女朋友家的父亲是高官，有权有势，而我的父亲是个普通农民，两家地位悬殊。正因为门不当，户不对，她父母才会反对我们的结合，而且还专门为我的女朋友物色了一位家里和他们家门当户对的公子为对象，要我女朋友去相亲。在这万般无奈的情况下，我们俩只好选择了离家出走。我们早已以心相许：生不能成对，死也要成双。

听完导游讲的这个爱情故事后，我们受到了很大启发：石善和女子隔峰相望，不能牵手。鲁班在两峰中间修建了一座石桥，使他们得以在桥上相会。我们为什么就不能去寻找当代的"鲁班"，也为我们架上这么一座相会之桥呢？

从野三坡归来之后，我们就多方打听，寻找能给我们架桥的"鲁班"。最后，经人指点，我们找到了妇联的有关领导，通过她们联合做我女朋友父母的思想工作。经过反复细致的说理工作，我们这对有情人才"终成眷属"。

为了感激风景名胜区野三坡传说故事对我们的启迪，几个月之后，我们又一次双双来到了风景名胜区野三坡。在"红娘"野三坡这片风景如画的山水之中，开始了我们的蜜月旅行……

探幽访古济州岛

　　我是一个韩剧迷，迷到了一个什么程度？这么说吧，凡是我国引进来的韩剧，我都会买来光盘欣赏，市面上有的，我都会一网打尽。如今，在我家中至少有两百部韩剧碟片。有个成语说得好：爱屋及乌。由于喜欢看韩剧，而韩剧故事里大多数发生地往往就在济州岛，因而，我也就自然而然地从爱看韩剧演变成了喜欢济州岛。既然喜欢，只要有条件和机会，那自然要去玩一玩，看一看。于是，相约几位朋友，我们便随着旅游团，踏上了韩国的第一大岛——济州岛。

　　济州岛，面积为 1845 平方公里，形状呈椭圆形，中部高四周低，岛中央的汉拿山，高 1950 米，是韩国的最高峰。说是济州岛，其实，它是由两个城市组成的，一北一南两个港口，中间被汉拿山隔开。历史上，济州岛曾是个独立的国家，名叫耽罗国，后归朝鲜统治，也曾被蒙古人管理一百多年，因而岛上保留着独特的风俗习惯，又由于该岛是火山岛，地形地貌上也有着很独有的特征。韩国人喜爱济州岛，把它作为旅游度假胜地，这里风景优美，被誉为"韩国的夏威夷"。

据说，这座漂亮的岛屿，曾是李朝时期政治犯流放地和养马场。1392年李成桂灭了高丽王朝称王后，报请明朝，朱元璋取"朝日鲜明"中二字赐名建立朝鲜。之前，济州岛属于元朝的掌控地。济州岛最南端的是西归浦市。相传秦嬴政时期，派徐福到处寻找长生不死药，一群人来到东瀛寻仙丹，从秦皇岛驶船向东，先到了济州岛。但汉拿山上没有仙草，徐福便在海边萌发归意，这便是西归浦得名的由来。但徐福到底怕秦始皇怪罪，西归途中还是转向去日本了。当时除了东渡去日本的一部分人外，其余还有一些跟随徐福的人留在了济州岛上，主要有高、夫、梁三个姓氏。七八百年前这三姓之间联姻，近亲联姻造成了许多不良的后果，于是至今，岛上此三姓的人们相互不再通婚。

早就听人讲，济州岛上有"三多三无"之说。三多是指石多、风多、女人多。三无是指无乞、无偷、无大门。因此，济州岛也被称为三多岛。石多：整个济州岛就是由于火山爆发造成的，所以石头、洞窟特别多。风多：与济州岛地处台风带有关，就像石多一样，也说明了济州岛生存环境的艰苦。女多：由于以前济州岛男人出海捕鱼，遇难身亡比例很高，所以从人数上女人多于男人。但更主要的原因是生活艰难，女人也要随男人一起劳动，因此使得女人看起来较多。

一进入市区，热闹的人流便使我们倍感亲切。我们先游玩了天地渊瀑布，这是一个天然的峡谷，两边是陡峭的山崖，中间是河流，两边山脚被人工开辟成宽阔的道路，栽了许多热

带温带的树木，便成了一个公园。顺着峡谷走到尽头，迎面便是一个绝壁，上面挂着瀑布，这是河的源头。

欣赏了天地渊瀑布，我们继续前行下一个景点，独立岩。这是伟大的自然力作用下，造就出的胜景，也是韩剧《大长今》中长今与韩尚宫被流放场景的拍摄地。一来到这里，导游就为我们唱起了《大长今》片尾的插曲：看天空飘白云还有梦，看生命回家路长漫漫，看阴天的岁月越走越远，远方的回忆，你的微笑……我们在此重温了一下电视剧《大长今》的情节，真有亲自走入电视剧之感。

独立岩是在约150万年前的火山爆发时期，由大量的火山熔岩在难以形容的伟大自然力作用下，造就出的胜景，高约二十多米，亦被称为将军岩或孤石浦。它位于断崖绝壁林立、美丽岛屿众多的西归浦沿岸地区。传说高丽末期，大将军崔莹在西归浦虎岛讨伐元国残兵时，把独立岩扮为魁梧的将军，在虎岛的敌军看到它以为神人降临，就都吓得自杀了。大将军崔莹不战而生，独立岩（孤石浦）也由此得名将军岩。

导游还给我们讲述了另一个美丽的传说：独立岩旁边还有一方仰卧的岩石，那是一位出海遇难的丈夫的遗体，因为妻子（独立岩）苦苦守候崖边，感动了神仙，于是将她丈夫的遗体送回到她的身边。独立岩顶上茂密的青草好像是妻子为了迎接丈夫回家而烫了卷发，从此他们岁岁年年相伴在碧海蓝天，不再分离。

矗立在济州岛海岸边上的火山熔岩，便是龙头岩。龙头岩形似一个昂出海面的龙头，仰天长啸，掀起一波又一波的海浪，仿若在龙宫中生活的龙在欲冲飞上天时瞬间被化作石头一般。这是一块两百万年前由熔岩喷发后冷却形成的岩石，永久性地演绎出海天一体的浩大气势。济州岛的海水颜色较深，瓦蓝瓦蓝的，干净得让人难以置信。远天碧蓝的海平线上，几只海鸥划过，宝石般的蓝色海面就动起来了。这里随处可见的石头爷爷，憨态可掬，可以算是济州岛的标志了。

作为火山运动形成的济州岛有许多火山，根据统计有三百六十个火山口，最著名的有汉拿山顶的白鹿潭、城山日出峰和山君不离火山坑。城山日处峰在济州岛的正东面，便有迎接日出之义，是伸进海里的一个高耸的火山，一面通过大的斜坡与陆地相连，另一面在海上呈半圆形。我们走过绿草如茵的坡上草地，便可见眼前耸立着陡峭的山峰，顺着山道爬上山顶，站在峰顶，眼前的脚下是一个锅形的盆地，这便是火山口。人是不准下去的，大家只能向下看。盆地里长满了杂草，也有一些松树零星地散布在里面。

自古济州岛上的男子都以出海捕鱼为生，很多人有去无回，村里的孤儿寡母不断增加，女人便多于男人。为了能留住丈夫和父兄，这些做妻子母亲女儿的，甘愿自己下近海捕捞维持一家生计。面对艰苦险恶的环境，她们依旧坚韧不弃不屈服，被称作"海女"。我们沿途看到的房屋都没有院落、围墙和大门，错落有致的房子像彩色积木垒成的，漂亮整洁，温馨恬静。在海女纪念馆里，能看到很多纪实的图片和实物。纪录

片中，最大的"海女"年纪已是六十几岁了，可她们还仍然坚持在十分恶劣的条件下辛苦工作，那吃苦耐劳的精神和毅力，真让我们震撼和敬佩。

济州岛上还有一条神奇之路。这条神奇之路，又叫怪坡，在济州市南面的郊区。这是山坡上的一节公路，两边是山林，除了附近的几家店铺外，这个景点一切都是最自然的状态。它之所以吸引我们，是因为游览车到了怪坡，熄了火之后，车子却神奇地爬起坡来。大家纷纷猜测，有的说是下面有一个特殊的磁场，有的说下面有铁矿石。到怪坡的上端，我们下了车，导游拿来一个水平仪放在公路上，水银球偏到了下坡。路边的一家店铺免费提供自行车，我们一个个骑了，下坡时要用力踩，上坡时则用很小力就行。后来在宾馆里看旅游手册，上面说是因为周围景物的关系使人发生错觉，误将下坡看成上坡，才明白怪坡与地下磁场或矿物并无关系，只是当时观看体验之后，才确实感觉到了神奇之路的神奇。

怪坡附近的一个景点更有文化价值。这是私人创建的一个景点，叫"耽罗木石苑"，里面展示古代耽罗的文化风俗。矮矮的石头围墙里，散布着许多石头稻草屋和石头建筑。我们走在园中，导游指着一个石头雕成的老人像说，这是济州人的祖先，也是当地的守护神，名叫石头老公公，它的身上有灵气，摸它的鼻子生儿子，摸它的肩膀发财运，摸它的帽子身体健康。我们一行人便不管老少，都将石头老公公的这三处摸遍了。

　　韩国泡菜口味独特，绿色健康，它含有丰富的对肠道有益的乳酸菌、维生素 A 和 C、钙磷铁等。在泡菜馆，韩国的泡菜师给我们详细讲解了做泡菜的主要材料和配方后，我们便饶有兴趣地动手做了起来，亲手体验了一次制作泡菜的全过程。想着亲手做的泡菜会送给当地独居的老人食用，就觉得这是一件很有意义很开心的事。

　　离开泡菜馆，我们走盘山公路去位于济州岛北部的韩国民俗资料保护区——城邑民俗村。济州岛城邑民俗村位于汉拿山麓，是完全保存了韩国传统的一处民俗村。村里的导游能说一口流利的汉语，给我们从头到尾讲述起民俗村的故事。

　　我们还专程去参观了村主任家的住宅。村主任家的大门很独特，没有门楣、门脸和大门，在路旁只有膝盖高的两个石墩，石墩上有三个插木棍的圆孔，有三根很长的木棍。插上一根，表明家里人没有走远，一会儿就会回来；插上两根，表明家里人出去干活，晚上才能回来；插上三根，表明家里人出远门，三四天才能回来。这所房子已有三百年的历史，成为民俗村的文物了。盖房子的木料，都是用泥土和一些东西混在一起抹在木料上的，这样既进行了消毒、防虫又防腐烂。房柱是四方形，防止蛇往柱子上攀缠。

　　村主任已经九十八岁了，身体却还是很硬朗。原本正房老人住，儿子住厢房。儿子结婚后，儿子换住正房，老人住厢房。厨房合用，但单独做饭，这样婆媳没有矛盾。客厅有两个门，左边是男人进出，右边是女人进出。男人的地位最高，是

家里的霸王，只管吃饭喝酒，可以娶三四个老婆；女的是劳动者，要上很远的地方背水，还要种地下海抚养孩子。

这里每家每户的庭院中，都长有很多参天大树，相传这些大树有着保护家里女人和出海男人安全的神力。

孩子的悠车，是用藤条编织的。悠车不是挂着，而是放在母亲的身旁，当悠孩子睡觉时，是左右摇晃，这样做是为了从小锻炼孩子，长大出海不晕船。

不知是真是假，听说，来到济州岛有四种东西是不可以拿走的：马肉、石头、兰花和五味子。

民俗村的马特别值钱。济州岛有六处卖马肉的地方，马肉生吃和熟吃一个味道，生吃马肉可预防中风和老年痴呆。有日本游客专门坐飞机来到济州岛吃马肉，一年最好吃上两次。山里的马最纯，马的身上印有编号，马脖子里放芯片，可以随时和马联系，没有芯片的马是不正宗的马。同时还要保证马的数量，杀一匹马就要补上一匹马，这样济州岛的马才不会绝种。据说，这里的马骨粉可以免费提供给海女用来治疗风湿腿疼。

这里还有一个特产，就是五味子。韩国的五味子是黑色的，据说生吃治感冒、咳嗽。五味子要发酵五年才是最好的，民俗村的五味子已有三百五十多年的历史，据说这里的五味子可以补肾，预防近视。

济州岛还有一个在韩国非常有名的徒步道路——偶来小路。这里的每条徒步路线都各有特点：东部的偶来小路以火山石篱笆和郁郁葱葱的树林簇拥的山路为主，漫步小路，你将充分享受阳光，接受山林浴的洗礼；南部的偶来小路则引领你浏览奇特的河海交汇的济州名景，零距离打探掩藏在海岸、乡村、苍山间的自然本色。

当我们融入济州偶来小路自助徒步游的队伍中时，那真正的自然乐趣，那独有的济州韵味，给我们留下了最具浪漫色彩的美好回忆。

古韵水乡今更美

都说乌镇是个美丽的水乡，我曾默默许愿：乌镇，总有一天我会专程为你而来。直到退休以后，我才有时间只身前往乌镇，开始了梦寐以求为期三天的旅行。

当我站在乌镇的客店，推开木窗，但见河水、小桥、摆渡尽入眼帘。清晨的乌镇，到处绿意盎然，清晨的阳光如暗香浮动的光影，将我抛进了一个飘忽游离的世界。

乌镇，是江南水乡六大古镇之一，曾名乌墩和青墩，位于京杭大运河西侧，是浙江的一个水乡古镇，也是一代文豪茅盾先生的故乡。据对谭家湾古文化遗址的考证表明，大约在六千年前，乌镇的先民就在这一带繁衍生息了，那一时期，属于新石器时代的马家浜文化。唐时，乌镇就隶属苏州府。唐咸通十三年（872）的《索靖明王庙碑》首次出现"乌镇"的称呼。乌镇称"镇"的历史可能从此开始，距今已有一千两百多年了。京杭大运河穿镇而过，历史上曾以河为界分为乌、青两镇。河西为乌镇隶属于湖州府乌程县，河东为青镇隶属于嘉兴府桐乡县，直至1950年乌青两镇才正式合并，统称为乌镇，属桐乡县，隶属嘉兴至今。

　　古镇虽历经两千多年沧桑，但古韵犹存，东西南北四条老街呈"十"字交叉，构成双棋盘式河街平行、水陆相邻的古镇格局。秀美的水乡风貌、风味独特的美食佳肴、深厚的人文积淀展示出一副迷人的历史画卷。

　　关于"乌镇"一词的由来，还有一个典故。据说在唐宪宗元和年间，浙江刺史李琦妄想割据称王，举兵叛乱，朝廷命乌赞将军率兵讨伐。乌将军武艺高强，英勇善战，打得叛军节节败退。李琦突然在市河河畔挂牌休战，正当乌将军就地扎营伺机再战时，李琦却于当日深夜偷袭营地。乌将军仓促应战，最后连人带马跌入李琦设下的陷阱，被叛军乱箭射死。虽说仗是打输了，但是乌赞将军那种正直、忠诚、爱国的精神，让老百姓十分钦佩。大家为了纪念他，就把镇名以他的姓氏为名，改称"乌镇"。

　　乌镇景区分为东栅景区和西栅景区两个部分。上午参观东栅景区，前面有条小河名为东市河，水深有三米，是活水，连通京杭运河。河对岸的古民居里现在还有老百姓在居住，所以乌镇是一个真正的活着的水乡古镇。

　　在这边不远处可以看到一座非常有特色的石板桥——逢源双桥，跟一个成语结合起来就是说左右逢源的意思，还可以看到在这座桥上面有一个廊棚，所以也称为廊桥。桥的下面还有一排水栅栏，在古时候这排水栅栏相当于一座水城门的作用。

　　过桥以后，首先看到的是财神湾，原先这不叫财神湾，而叫转船湾。乌镇的水系比较特殊，呈"十"字形，越到栅头河道越窄，船只也不易掉头，所以当地人就在这儿开塘挖河造了一个能转船的地方，同时为了区别于其他地方的转船湾，便借用前面的财神堂命名为财神湾。回过头可以看到的是一家叫"香山堂"的老药店，它的规模虽然小于杭州的胡庆馀堂，但也有一百二十多年的历史了。它是由宁波药商陆庆馀创建的，并由他的孙子陆渠清将药店搬到这里。

　　走过一条古老的全长有一千三百多米由旧石板铺就的街道，我们参观了江南百床馆，顾名思义就是从江浙一带收集过来的各式各样的古床。第一张床是这个展览馆当中年代最久的一张床：马蹄足大笔管式架子床，至少有四百年历史了，明式家具，简洁大方，用料讲究，整张床都是用黄榉木所做的。里面还有一张是百床馆中的镇馆之宝，据说这床叫拔步千工床，若按一天一工计算的话，一千工就是指一个木匠需要做一千天，也就是三年时间了，雕刻之精致真可谓巧夺天工。此床共雕刻了一百〇六个人物，古时以一百〇八为吉祥数字，而且此床为新婚床，加上一对新婚夫妻刚巧凑足一百〇八，亦是吉祥如意的象征了。此床占地面积达六个多平方米。

　　再往里走，看到的是三张风格一样的床，属于中西合璧的，在床两边还有两个罗马柱是西式的。在床挂落上有牡丹花，牡丹花在中国的古代代表富贵。还有葡萄和双喜，葡萄是多子多孙，多子多福；双喜是中国人结婚时用的，代表喜庆，也就是说这床也是当时结婚时所用的喜床。这床是民国初留下来的，材料是红木做成。这边两张小姐床，有"双手要捞天边月，一石击破心底天"两行字。在这张床上还雕刻了蝙蝠和狮子图案，蝙蝠代表了多福，威武的狮子有避邪的意思。

百床馆里还有岁俗厅，这是当地人每年正月初五接财神的地方，中间桌子上摆放的都是接财神所需的供品。此外，还有节俗厅，中间是斋月堂。每逢八月十五中秋节，当地人都要祭拜月神，祈求全家子孙团圆。接下来到了一个比较喜庆的展厅了。据悉这是乌镇人以前结婚举行仪式的地方，尤其展现了早年间新婚夫妻拜天地的情景。中间是个喜堂，供奉了送子观音像，观音前面所放的是：红枣、花生、桂圆和荔枝，象征着早生贵子。最后一个展厅就是寿俗厅了，由于中国人的传统观念比较强，祝寿讲究做九不做十，也就是说逢九做寿比较隆重。六十大寿是在五十九岁时做的，中间桌子上摆放的是做寿用到的东西，三尺三的长寿面，取其长长久久之意，还有乌镇特色糕点定胜糕。正堂中供奉了福、禄、寿三星，两旁分别挂有百福、百寿图和麻姑献寿图等。

穿过传统居民区，便来到了乌镇的传统作坊区。乌镇特产很多，除杭白菊、姑嫂饼外，还有三白酒也是其中之一。古时民间的作坊大都以前店后坊的格局布置。乌镇的三白酒历史悠久，早在朱元璋登基做皇帝时，就有浙江的官员把三白酒进献给朱元璋。他喝过之后大加赞赏，封为贡酒，从此制作三白酒的作坊就开始兴旺发达起来。

　　走进蓝印花布作坊，先是一扇古老的木门，然后是一个天井，这是晾布匹的地方。蓝印花布始于后晋，发展于宋元，鼎盛于明清。旧时，乌镇一带染坊遍布，最多时有十几家之多，可见当时印染业在乌镇是非常兴旺的。再看看旁边的橱窗中，陈列了不少明清时的衣服、布料、蚊帐、头巾等物品，还有一些加入现代工艺的制品"清明上河图"、"世纪上海"等。

　　看过展厅、上浆和拷花工艺所在地，我们走进染坊。一般蓝印花布要经过反复印染七八次之多，最后再把浆刮掉，有浆的地方是白颜色的，而其他地方就是蓝颜色的了。在染窑中央有一根毛竹是空心的，就是烟囱。染坊中，柱子、烟囱上都贴着一张红纸，就是吉祥如意纸，上面绘着梅葛二仙的画像。相传这蓝印花布是他们发明的，所以旧的江南，几乎每家染坊都供着葛洪、梅福画像，奉他们为行业的祖师爷。

　　走过仁义桥，各式各样的民间传统工艺作坊就会映入眼帘。其中的姑嫂饼作坊就很有特色，它是乌镇的传统名点，据考察，已经有一百多年的历史了。姑嫂饼味道鲜美，油而不腻，酥而不散，又香又糯，甜中带咸。这种充满乡土气息的糕点物美价廉，是馈赠亲友的最佳礼品。有一首民谣这样赞美姑嫂饼：姑嫂一条心，同做小酥饼。白糖加焦盐，又糯又香甜。

　　走进一家木雕坊，里面木雕师傅正现场雕刻。东阳木雕名声远播，为浙江的三雕之一。一件件精美的木雕作品伴随着淡淡的木香，给人一种传统、朴素的美。再看这儿的竹器坊，制作的都是老百姓家里常用的一些居家用品和小工艺品，有竹篮子、针线箩、杯垫、首饰盒、斗笠等，样式质朴清新。

在回味坊的旁边就是竹艺斋了。浙江盛产竹子，这边的竹刻和竹根雕都是师傅根据竹子本身特点因材制宜，精心设计而成，所以每一件作品都是独一无二的。这里还有很多折射民间文化璀璨光芒的各式作坊，如真丝手绘的作坊，制作铜器的作坊，还有工艺车木和磨制梳子的作坊等。

从江南木雕馆出来，走过天井看到百花厅院落，长窗、牛腿、挑头、垂柱、月梁等，到处是精美的花纹。廊前的牛腿上是圆雕的明暗八仙，垂柱上的莲花、牡丹、芍药、菊花及四只花篮更是美轮美奂，可谓是木雕工艺中的精品。厅中陈列的是一根巨大的捐梁，原是 祠堂中的旧物，用一根四米多长的香樟木雕刻而成，所刻图案是郭子仪拜寿时的全家福。郭子仪是唐玄宗时的大将，曾率兵平定了"安史之乱"。

走过东大街，我们参观的是被誉为"江南有钱人"的余榴梁先生的钱币馆。余榴梁1942年出生于乌镇，现居上海，四十年中他收藏了世界两百三十多个国家和地区的钱币两万五千多种，其中金属币两万一千多种，纸币三千多种，花钱一千一百多种，他的家犹如一座"万国银行"。余先生与钱币结下如此深厚的渊源，其实与他当时所学的专业有很大关系。1960年，当时十八岁的他进入了上海江南造船厂，在厂内开办的铸造专业技校学习后，便渐渐对钱币收藏产生了深厚的兴趣。在以后四十年的收藏生涯中，他的货币总价值达三百六十多万元，因此亦被称为"江南有钱人"。他不仅收藏钱币而且

也研究钱币，成了钱币收藏界的佼佼者，被评为"全国十佳收藏家"之一。

乌镇名人很多，茅盾先生当属首位，他的故居坐落于镇中心。茅盾故居是由两个部分组成的，一个是立志书院，另一个就是故居了。茅盾是我国现代文学史上杰出的作家、文艺理论家、文学翻译家，他以创造进步文化为己任，辛勤笔耕六十余年，为祖国留下了一千多万字的不朽作品。作为一名文学工作者，茅盾先生为我国现代文学的繁荣做出了卓越贡献。新中国成立后，他被任命为文化部部长。茅盾的中学是在湖州、嘉兴、杭州念的，1913 年茅盾考入北京大学，1916 年大学毕业后进入上海商务印书馆工作，复游历日本，尽管行踪杳远，却始终与故乡保持着较亲密的关系。在文学创作中，茅盾屡屡发表以乌镇为背景的作品。在《子夜》、《林家铺子》、《多角关系》、《霜叶红似二月花》、《春蚕》、《秋收》、《残冬》等小说中，我们都可以看到乌镇的影子，读到乌镇的方言，闻到乌镇的气息。

立志书院，坐落在茅盾故居的东侧，最初由邑绅严辰于同治四年（1865）创建。立志书院前起观前街，后至观后街，直落五进。大门的门楣上嵌着"立志"二字，两旁的柱联分明是院名的注解："先立乎其大，有志者竟成"。进得门来，穿越过道，就见一个小天井，内植桂花树，隐含"蟾宫折桂"、荣登"桂榜"之义。过天井是讲堂，上悬"有志竟成"额，是浙江布政使杨昌濬所题。讲堂后面为当时的教学楼，名"簹云楼",为山长严辰所题。立志书院门前河埠上有一幢楼阁,名文昌阁。文昌阁是立志书院的附属建筑,建于同治十年(1871)。此阁是乌镇读书人心目中的圣地,里面不仅供奉着主持文运科名的星宿和大成至圣先师孔子,也是文人聚会和科举预考的场所。

茅盾故居与书院只有一墙之隔,系四开间两进两层木结构楼房,坐北朝南,总面积四百五十平方米。故居分东、西两个单元,是茅盾曾祖父沈焕分两次购买的。东面的先买,称"老屋",西面的后买,叫"新屋"。门口高悬着陈云同志题写的"茅盾故居"匾额。穿过天井,便是老屋第二进的两间楼房。东边楼下是客堂间,西边是厨房。老屋前楼靠东一间是茅盾祖父母的卧室,靠西一间是茅盾父母的卧室。新屋第一进楼下两间与老屋格式一样,但是打通的,是全家用膳的地方。第二进后面是个半亩地大小的院子,茅盾曾祖父从梧州返乡后,曾在这里建了三间平房以度晚年,他逝世后便一直空着。1933年,茅盾回乡为祖母除灵,决定用刚刚收到的《子夜》的稿费翻建这三间濒临坍毁的小屋。他亲自画了新房草图,请人督造。1934年秋,新屋告成,茅盾从上海赶来察看,并在小径旁亲手栽植了一棵棕榈和一丛天竹。此后,茅盾多次回乡,都住在自己设计的房子里,并从事写作。小说《多角关系》,就是他于1935年秋在小屋的书房里写的。

乌镇还有个别具特色的中心广场,叫修真观广场。它是旧时乌镇的文化娱乐中心,人们迎庙会、看神戏的最好场所。

这里的戏台就是修真观的附属建筑，人们称其为古戏台。奇怪的是，修真观广场门口还挂着一个大算盘，两旁还有一副对联。上联是："人有千算"，下联是："天则一算"。原来这实际上是告诉人们"人算不如天算"的意思，这大算盘就代表了老天爷的算盘。

乌镇曾有两处翰林第，一为北栅的严辰，一为中市的夏同善。夏同善翰林第原是一般的民居，当地人称之为肖家厅。肖家厅大门的门槛很高，中间一节可卸下来，称为"德槛"。跨过石板天井便是肖家的正厅，在正厅匾额两旁供奉的大红镂漆木盒是盛放圣旨皇榜的。

既然是肖家厅，又怎么会变成夏同善的翰林第呢？原来肖家厅是夏同善继母的娘家，夏同善的生母在他五岁时就过世了，他的父亲续娶了乌镇肖家的小姐肖氏，夏同善侍之如生母。在他十五岁时，因家道中落，其父欲弃儒经商，夏同善随继母常住于肖家。他舅舅肖仪斌藏书颇丰，夏同善又酷爱读书，每日手不释卷而懒于酒酱铺的事务。肖老太公非但不责怪，反而认为孺子可教，把他送入塾馆请老师教授。由此夏同善学问大进，科举连连告捷，在二十五岁时考取进士，次年被钦点为翰林。夏同善为报答肖家对他的养育之恩，于是就把翰林第的匾额挂于肖家厅。

这里有一个在当地家喻户晓的故事。1876年，夏同善会同二十七名官员为杨乃武与小白菜翻案，得到当地百姓称颂。乌镇乡绅非常敬重他，出资在肖家厅隔壁建造了一间翰林第，边上是肖家花园，假山、小池、竹子、芭蕉，显得小巧而雅致。花园北边的是"轿厅"，又称"接官厅"，里边停放的是两顶轿子，一顶为冬轿，一顶为夏轿。南边就是翰林第的正厅，里面的一切摆设都是按当年情形布置的，正厅墙上高挂着"翰林第"匾额，里面一幅题有"高风亮节"的竹子图则象征了夏公的为官清廉和为人正直。走过正厅后面的天井就是楼厅，楼下安放着夏同善的塑像，当时夏同善与翁同龢同为光绪皇帝侍读，官拜兵部右侍郎。

在这个翰林第中，还有一间小白菜曾住过的房子，被称之为"白菜楼"。小白菜怎么会住在这里呢？据说，当年"杨葛"冤案昭雪后，裕亲王十分好奇，小白菜究竟是一个怎样的女子，竟使朝廷大小官员近百名被革去顶戴花翎，于是他命刑部带那小白菜来面察。小白菜虽然面色憔悴不堪，但仍掩不住她的天生丽质。裕亲王顿起同情之心，便问她有何要求？小白菜见裕亲王问就说了：她曾在狱中许下一个愿，谁帮她洗清冤情，就服侍谁一辈子。裕亲王一听就为难了，因为慈禧已经下了谕旨，要小白菜到庵堂了却余生。可自己刚才话已出口又很难收回，思虑片刻之后，倒也想了个两全其美的主意，他让小白菜到乌镇去伺候夏同善的母亲夏老夫人三个月的时间，三个月后再进庵堂，以还其心愿，但这段时间必须是不见天日的，悄悄地去悄悄地回。据说这里的后门与长廊就是为了使小白菜"不见天日"而修筑的。

乌镇西栅景区毗邻古老的京杭大运河河畔，占地三平方

公里，由十二个碧水环绕的岛屿和七十二座形态各异的古石桥组成，需坐渡船才可以进入景区。横贯景区东西的西栅老街长一点八公里，两岸临河水阁绵延一点八公里。整个景区内保存有精美的明清建筑二十五万平方米，此乃真正的观光、休闲、度假、商务活动最佳旅游目的地。

这儿除有三寸金莲馆、叙昌酱园等景点外，还有一个大染坊景点。占地两千五百平方米的草木本色染坊，整个地面都是青砖铺就的，上面竖立着密密麻麻的高杆和阶梯式的晒布架，规模庞大。这里除了制作蓝印花布外，还有独特的彩烤工艺流程，而且当时的彩烤色彩十分丰富，都是从当地的草木原料中提取出来的，像茶叶、桑树皮、杭白菊等，都是提取色素的原料。红茶可以染成浅红色，绿茶可以染成浅绿色，杭白菊可以染成浅黄色，桑树皮可以染成浅褐色。因此，这个染坊在当地被叫作草木本色坊。

据传南朝梁昭明太子萧统曾在乌镇学习读书，昭明书院因此得名。萧统编辑整理的《文选》是我国第一部诗歌散文选集。在很长一段时间里，《文选》和《古文观止》、《唐宋八大家文钞》都是古代读书人案头必备的文学读本，影响深远。前方庭院中有四眼水池，四周古木参天，正门入口处有明朝万历年间建立的一座石牌坊，上题"六朝遗胜"。龙凤板上有"梁昭明太子同沈尚书读书处"字样。

夕阳西下后，我们坐上乌篷船，开始了乌镇夜游。坐在摇摆的船里观看岸上的热闹与繁华，随着船夫一下下挥动船桨，喧闹的对岸一点点远去，流水欢歌声愈发清晰起来。这一切，宛若把我们从现实逐渐流淌进静谧的美梦。这样一个乌镇的夜，那些又静又暗的角落，只要一盏浅浅的灯儿，就可以让人坐上一整晚。这样的夜，这样的我，好喜欢。第一次置身乌篷船中，但见那杨柳弱枝飘啊飘，摆啊摆，河水缓缓地流啊流……一个迷人的乌镇，直流进我的心底：婀娜多姿、绚丽多彩的水乡乌镇，你真不愧为我的最爱。

又是一个乌镇的清晨，下起了毛毛细雨的乌镇，仿佛蒙上了一层朦胧的细纱，少了几分娇俏，多了些许温柔与感性。有多少爱就有多少不舍，我真不知道自己是如何离开乌镇的。只记得自己在小巷四处依依不舍地走了走，转了转，细数着古镇那三十多座古桥，穿行于一段古老的飞越尘埃的岁月，我，不能自已。

彩云之南吃米线

要说起来，那还是我刚能行走，并能听知大人说话的儿时，有一天，我家邻居的家中，来了一伙人，把她养母抓走了。听说抓她的理由是，她到云南去贩卖了几百斤粮票，属于投机倒把分子。此后，我就再也没有在村里见过这位名叫桂英的女人。记忆中隐约听说，她是被政府判了很重的罪坐牢去了。这就是我今生第一次听说了在这个世界上，万里之外还有名叫云南的这么一个充满神秘色彩的地方。

五十多年后，在这个桂花飘香的秋天，我和朋友一道，终于坐上了飞机，开始前往云南这个让我时刻梦想的奇妙地方。

一下飞机，我们就深切感受到了云南省会城市昆明这个夏无酷暑、冬无严寒、气候宜人、素有"春城"美誉的高原历史文化名城的温暖。从南昌还只有六度、下着大雨、寒气袭人的地方，两个小时后，来到这儿，天气却阳光灿烂，街上到处繁花似锦，我们好像走进了另一个世界。

谈到气候，导游介绍说：昆明地处云贵高原中部，具有两千四百多年的历史，市中心海拔1891米，南濒滇池，三面环山，属于低纬度高原山地季风气候。由于受印度洋西南暖湿气流的影响，日照长、霜期短、年平均气温15摄氏度，气候温和，夏无酷暑，冬不严寒，四季如春，气候宜人，是极负盛名的春城。为此，前人有诗描写它的特点——

昆明腊月可无裘，
三伏轻棉汗不流。
梅绽隆冬香放满，
柳舒新岁叶将稠。

每年的12月到来年的3月，一群群躲避北方海域寒风的红嘴鸥，万里迢迢地从远方飞来，落栖在昆明城中。

提到历史地位，导游接着说：昆明有着悠久的历史，多元的文化，形成了当今昆明"历史悠久、古迹多，风景秀丽、名胜多，人文荟萃、名流多，开发较早、交往多"的鲜明特色。早在25万年前，就有古人类在昆明地区活动。从公元13世纪起，昆明成为云南省政治、经济、文化中心，是我国内地连接东南的"古南方丝绸之路"以及四川——云南——越南的枢纽和通道，也是伟大航海家郑和、人民音乐家聂耳的故乡。

沿途许多美景，让我们目不暇接。悠久的历史，众多的民族，独特的自然条件，给昆明留下了极其丰富的文物古迹和风景名胜。昆明是中国历史文化名城之一，是自然景观和人文景观的荟萃之地，也是中国最优秀的旅游城市之一。很早以前

就形成了以石林、滇池风景区为重点，沿安宁——石林公路的旅游景区为一线，带动昆明全市，辐射全省的集旅游、度假、娱乐为一体的旅游体系。由于世博会的举办，又再次提升了昆明在世界上的知名度。

因为下午没有安排活动，所以我们就有点空闲时间去昆明街上逛逛。都说金马碧鸡坊值得一游，我们放下行旅便来到这里。昆明山明水秀，北枕蛇山，南临滇池，金马山和碧鸡山则东西夹峙，隔水相对，极尽湖光山色之美。金马山逶迤而玲珑，碧鸡山峭拔而陡峻，被视为昆明东、西两大名山。两山皆有关，明末担当和尚曾赋诗：一关在东一关西，不见金马见碧鸡。相思面对三十里，碧鸡啼时金马嘶。金马碧鸡坊始建于明朝宣德年间，由东坊"金马坊"、西坊"碧鸡坊"组成。原"金马碧鸡坊"于十年动乱中被拆毁，现在的"金马碧鸡坊"是1998年在原址按原风格重建的。金马碧鸡坊位于昆明市区中心三市街与金碧路汇处，高12米，宽18米，北与纪念赛典赤的"忠爱坊"相配，合称"品字三坊"，成为昆明闹市胜景，南与建于南诏的东西寺塔相映，显示了昆明古老的文明。

由于金马碧鸡象征吉祥如意，反映了人们对美好生活的向往和追求，因而千百年来，它的传说一直在广为流传。昆明人更是把金马碧鸡作为自己城市的象征，颂扬它，赞美它，留下了许多优美的诗篇……其中，不乏孙髯翁大观楼长联中"东骧神骏，西翥灵仪"这样的千古名句。人们为了纪念金马碧鸡，在金马碧鸡二山山麓修建了金马神祠和碧鸡神祠，又在昆

124

明城内建造了金马、碧鸡二坊，并把二坊所在的道路命名为金碧路。今天，昆明人把自己的家乡称作"金马钟秀，碧鸡呈祥"，那奋蹄腾飞的金马、引吭高歌的碧鸡代表的不仅仅是历史上一个美丽神奇的传说，更是今天昆明这座城市朝气蓬勃、充满活力的象征。

　　知道了这么多美丽的传说，我们大家开始由观看金碧路这条街道四周的花海，纷纷转向到围绕着牌坊欣赏起来。看上去，新建的金马碧鸡二坊确实气势雄伟，金碧辉煌。一位朋友叫我们大家过来，原来他看到了清代名士赵士麟在这里写下这样一首诗《碧鸡诗》——

　　彩云一片舞天鸡，
　　五色光中望欲迷。
　　化作青山千载碧，
　　王褒空自渡巴西。

　　正当我们拿出照相机拍照之际，在这人潮涌动、古色古香的地方，突然出现了两只"大熊猫"，它们一前一后地向我们走了过来。兴味所致，我们大家便纷纷与它们俩摆起各种姿势合起影来。

　　当晚霞把街道映照的一片红彤彤的时候，我们的兴致又开始转移到另一个话题——肚子上来。

　　都说"过桥米线"最正宗的地方，就在云南，所以叫

"云南过桥米线"。如今置身其间，我们的这顿晚餐当然非它莫属了。没找多时，我们便走进了街边桥香园"云南过桥米线"小吃店。

要说起来，"云南过桥米线"还有一段美丽的故事。过桥米线已有一百多年的历史。相传，清朝时滇南蒙自县城外有一湖心小岛，一个秀才到岛上读书，秀才贤惠勤劳的娘子常常弄了他爱吃的米线送去给他当饭，但等出门到了岛上时，米线已不热。后来一次偶然送鸡汤的时候，秀才娘子发现鸡汤上覆盖着厚厚的那层鸡油犹如锅盖一样，可以让汤保持温度，如果把佐料和米线等吃时再放，还能更加爽口。于是她先把肥鸡、筒子骨等做好清汤，上覆厚厚鸡油；米线在家烫好，而不少配料切得薄薄的到岛上后用滚油烫熟，之后加入米线，鲜香滑爽。此法一经传开，人们纷纷仿效，因为到岛上要过一座桥，也为纪念这位贤妻，后世就把它叫作"过桥米线"。

在云南，米线是各族人民喜爱的风味小吃，真可谓风靡全省，遍及城乡。米线系选用优质大米通过发酵、磨浆、澄滤、蒸粉、挤压等工序而成线状，再放入凉水中浸渍漂洗后即可烹制食用。米线细长、洁白、柔韧，加料烹调，凉热皆宜，均极可口。云南人把米线的吃法发挥到了极致：烹调方法有凉、烫、卤、炒；配料更是数不胜数，单大锅米线就有焖肉、脆哨、三鲜、肠旺、炸酱、鳝鱼、豆花等。滇东有玉溪的小锅米线，滇南有过桥米线，滇西有凉米线、过手米线，等等。

如今，如果说长期在外的云南人，回家第一件事必是下米线馆先过米线瘾，也有的甚至不惜千里迢迢，请人从昆明坐飞机带碗米线解馋。云南人偏好米线，如果不亲眼目睹，简直是难以相信。北方人拿小麦磨面做面条，煮着吃。南方过去不种小麦，因此拿大米磨面做粉条，同样可以煮着吃，而且别有一番风味在口中。到了云南才知道，除了米线，还有一种同样是大米做的"饵丝"，加工方法据说不同于米线，形状是扁平的，因而和米线的口感有点不同。不过，任何店家，都是米线、饵丝齐备，价格、调料完全一样，任凭顾客选择。因此，云南人说米线，也包括了饵丝。经过历代滇味厨师不断改进创新，"过桥米线"声誉日著，享誉海内外，成为云南的一道著名小吃。

听店员讲述着"过桥米线"的传说故事，吃着那香气扑鼻、风味独特的"过桥米线"，我们兴致大增，只恨自己肚子太小了，吃下一大碗，就再也装不下第二碗了。

这真是：彩云之南吃米线，丝丝入口味美鲜。

双廊古村画中游

　　我一直在寻找一个阳光明媚、依山傍"海"、民风淳朴的旅行地，不需要华丽的酒店，不需要喧闹的电子音乐，更不要满街的导游喇叭声和穿行不息的旅行团，只要它拥有一汪平静的海，一朵洁净的云，一壶清幽的茶，和一份温暖、平静的心情。如今，我一来到双廊，就感觉终于找到了它。双廊，一个慢生活的理想王国，在这风景旖旎的地方，晒太阳、发呆、散步、睡觉、看日落……任凭柔软的时光从指尖流走，让灵魂在此做一次深呼吸。

　　据说，被誉为"高原明珠"的洱海，是大理风景区的主要风景资源，也是白族祖先最主要的发祥地。迄今为止，在洱海及其周围的山坡台地上所发现的新石器时代遗址共达三十多处。海东金梭岛就是一个著名的新石器遗址，最近又发现双廊也是新石器时代和青铜器时代的重要遗址，除了出土大量生产生活用的石器、陶器之外，还有青铜器山字形格剑、铜柄铁刃剑，以及铸造这些兵器的陶范。由此可以推断：它或许还是古代白族先民冶炼铸造青铜器直至铁器时代的生产基地。在这里每个时代都有历史的遗留，我们似乎可以听到白族祖先从远古一步步走向文明时代的足音。因此，也可以说，洱海是白族的摇篮。

导游介绍说：双廊位于中国云南省大理市北部，以背负青山，面迎洱海，紧连鸡足，远眺苍山而独秀。既有渔田之利，舟楫之便，更拥有"风、花、雪、月"之妙景，享有"苍洱风光在双廊"的美誉。登上南诏风情岛，更可目睹 17 米高的汉白玉观音拜弥勒佛山的奇观。

说到双廊这个名字的由来，导游又给我们讲述起来：在洱源县的东南和洱海的东岸，古名拴廊，一名良甸村。双廊南有长约 7 公里的弧形海岸，名莲花曲，北有长约 5 公里的弧形海湾，称罗蒔曲，如两条长廊，是洱海著名的九曲中的二曲。双廊地处洱海东岸的"莲花曲"和"罗蒔曲"之上，距下关 35 公里，古称"栓廊"。放眼望去，秀丽的玉几岛、小金梭岛犹如一对鸳鸯，浮在碧绿的洱海之中。两岛位于两廊之间的丽玲峰下，清咸丰年间，人们认为"二岛"、"二曲"皆为"双"，所以将"拴廊"改为"双廊"。

双廊，一个上帝遗落在洱海边的美梦。长约 7 公里的环绕洱海的小村庄，让时间像候鸟一样在此停留。世世代代的白族人远离尘嚣居住于桃花源一般的这里，而让更多人发现双廊并驻足于此的却是艺术家们。他们的到来，让双廊这个梦变得更加奇幻，更加独特。

双廊有着历史悠久、文化灿烂的民族艺术节日。它是大

理地区重要的新石器时代和青铜器时代文明的发祥地之一，是唐宋时南诏大理国的重要军事要塞和水军基地，是唐天宝战争、清杜文秀起义的古战场，是集佛、道、儒、原始宗教等多元文化共融的人间沃土。其拥有毗舍战场遗址、正觉寺、玉几庵、金榜寺、飞燕寺、红山景帝祠、青山摩崖石刻等十四处历史文化古迹，拥有保存完整的明清历史文化街区和百处典型白族明清传统民居院落。

云南洱海沿岸的白族人民，每年农历六月二十四日都要举办一次传统的耍海盛会。在这里，我们还听到了一个神话故事——相传，过去洱海里有条凶残的大黑龙，年年兴风作浪，涂炭人民。聪明智慧的白族人民雕一条黄木龙，放进洱海去同黑龙决斗。两条龙在洱海中展开了恶战，白族人民聚集在岸上为黄龙呐喊助威。黄龙斗累了伸出头来，大家一齐扔去馒头；黑龙伸出头来，大伙丢下石头。于是黄龙越斗越强，黑龙又饥又乏，被咬得遍体是伤，慌忙逃往漾濞江。

从此，海水外泄，风平浪静。为了纪念这一胜利，每年到了这一天，白族人民身穿盛装，撑起花伞，从四面八方乘船或步行赶来耍海。在耍海的日子里，洱海里白帆点点，岸上人山人海。人们吹起唢呐，唱着《大本曲》，对着调子，舞着霸王鞭，跳起仙鹤舞，尽情欢乐。同时，举行一年一度的"赛龙舟"活动，龙舟一般用洱海里大型的木船改装而成，在长约十米、宽约三米的风帆上，披红挂绿，张灯结彩。桅杆上扎有五颜六色的"连升三级"的大斗，并拴上铜锣，尾舵上竖有松枝，船舷上画着叱咤风云的"黄龙"和"黑龙"，中间镶嵌一面圆"宝镜"。随着一声号令，各村寨的龙舟竞发，人们唱着赛舟调，祝愿风调雨顺，五谷丰登。

每年7、8月开海捕鱼是大理环洱海地区人民群众数千年来的传统。2008年开始的大理洱海开海节，以大理渔文化为主线，充分展示大理白族传统的开海祭祀活动、渔猎方式、食鱼文化和双廊白族渔村四千多年的古老习俗和迷人风貌。手摇双橹的渔民、迅捷灵敏的鱼鹰、做工精致的鱼罩、结实耐用的丝网……流传千年的传统捕鱼场景再次展现在人们面前，白族古老的水上竞技活动赛龙舟和开海祭祀活动也同时举行。

迈进双廊古渔村，走入玉几岛，在这迷人的地方，真是叫人身旷神怡。远看，太阳照在洱海上，波光粼粼浪花点点；近观，岸边各种花草争奇斗艳，把个岛上渔村家家户户装点的好似海上花园一般。

不久，我们看到了一个环境特别清静雅致、散发着静谧芬芳的楼房。导游告诉我们，这就是著名舞蹈家杨丽萍原来居住的别墅。靠近这个别墅，我们大口地呼吸着洱海带来的清新空气，让一束束花草唤醒着我们心里的清爽，听着洱海让人内心沉静的水声，大家陶醉了。

下午的时光，我们在双廊小巷子里上上下下地穿梭漫步，钻进玉几岛的太阳宫和青庐，一个又一个的小情调之地，是那么境界至美，叫人流连忘返。不知道在这个清净空灵的状态下，住上十天半月的，是否能够达到天人合一的境界？

　　去到小池塘里赏赏小花草，匆匆瞥见街边探出头的三角梅，我们在琢磨那些房子的墙壁上为什么会嵌入贝壳？去拍那些清新雅致的粉墙画壁，换上新买的衣服在洱海边拍拍照，让一盆花儿成为我们最好的模特……这些曾经觉得如此平凡的事情，在双廊却让你有优雅的心情去配合。

　　当然，我们最爱的时刻还是落日时分，晚霞映红了大家的脸儿，我们就那样自在舒服地坐在客栈的露台上，尽情伸展着四肢，闭上眼睛养养神，或者睁开眼睛看看这百看不倦的洱海和云朵。看着天色慢慢变暗，看着村庄的灯光和星光慢慢点亮，依旧静静地坐在露台上，品味着这世外桃源仙境一般的氛围，想着自己或快乐或忧伤的心事，渐渐陷入人生难得一现的梦境之中。

古城丽江故事多

云南有个丽江，丽江有个古城。凡来过古城的人都说值得一去，于是，我选择云南旅游，因为这里有丽江古城。

从象山山麓澄碧如玉的玉泉公园出来，我们顺着从古城西北端悠悠流至城南的玉泉水来到被称作为"高原姑苏"、"东方威尼斯"的丽江古城。丽江古城就是因为有玉泉水贯穿全城将古城分成西河、中河、东河三条支流，再分成无数股支流，所以城内亦有多处龙潭、泉眼出水。古城利用这种有利的条件，街道自由布局，不求网络的工整，主街傍河，小巷临渠。清澈的泉水穿街流镇，穿墙过屋，"家家流水，户户垂杨"的诗意是这座古城的真实写照。这里虽是云贵高原小镇，却颇有江南水乡的特色。

据说，丽江的世界文化遗产由白沙古镇、束河古镇和大研古镇三部分组成，但对于我们来说，吸引力最大的是大研古镇。大研古城是它们的集中代表，所以人们常常把它叫作大研古城或大研镇，而且大研古城位于丽江盆地的中心，古城的西南角耸立着酷似书天巨笔的文笔锋，丽江盆地则像一方碧玉做

成的大砚台，古时"研"和"砚"相通，所以古城叫大研。

　　说话间，我们便到了古城城口最引人注意的一双水车。有人说它是子母水车，也有人说它是情人水车。过去古城里就有水车，今天在一些偏远之地也在使用。在水车边上，紧接着右边是题有"世界文化遗产——丽江古城"的照壁，再往右是水龙柱，龙是管水的，古城里的土木建筑最怕火，但水能克火，所以这个水龙柱代表古城人民免除火灾的愿望。千百年来，古城人民像爱护自己的眼睛一样爱护古城，也请各位朋友像古城人民一样爱护古城，不乱扔烟头垃圾。再看世界文化遗产标志，圆圈代表地球、自然，方框代表人类创造的文明，圆圈和方框相连，代表人与自然要和谐统一，丽江古城就是人与自然和谐统一的杰作。右边的这些石刻称得上是丽江的"清明上河图"，是一幅浓郁的纳西风情画。我们脚下是"巴格图"，是纳西先民根据五行学说创造的，东巴祭司常用它来定方位和占卜等。

　　从导游解说中，我们了解到，古城形成于南宋后期，已有八百多年的历史，面积3.8平方公里，常住人口约三万人，1986年成为国家级历史文化名城，1997年又被列入世界文化遗产。丽江古城除了同苏州古城一样具有"小桥流水人家"的特色外，还在古城选址、街道和房屋布局、纳西民居等方面别具一格。

　　接下来，我们随导游一同到古城深处游览一番。一条小巷、一户人家，一不小心你就站在了一百年的历史中了，这种感觉，在路上，在各个庭院中，您随处都能感受到。所以这座古城不是因为拍戏或是故弄玄虚而建的，是一座真实地活着的古城，不信您看看脚下，您就会觉得比刚才走的路光滑多了。一块块的五花石板，像是有许多碎石粘在一起，但它是一种丽江特有的乐角岩，采自周围的山上，因为五颜六色，所以当地人称五花石，人行马踏，经过几百年，磨得光滑透亮，雨水一流，诗意就在你脚下了。这条街就叫新华街。在街道两旁，偶尔会看到一些人家门上贴有不同颜色的对联。纳西人有人仙逝，都要纪念三年，第一年白联黑字，第二年绿联黑字，第三年贴正常对联。这是纳西人对死去亲人的怀念。经过一些林立的铺面，清澈的河水、小桥垂柳便印入大家眼帘，而在各位都没有见过的这么清澈的河边看到了一排排的桌椅和一阵阵的音乐传入耳中，这便是客人所谓的"洋人街"。但这条街上的铺面并非洋人所开，这里的酒吧有书生气的，有叛逆性的，有纯生意性的，各人可各取所需。

城市里的人到丽江"充电"的方便之处就是在酒吧找感觉，尤其以外国人为多。有酒有朋友，有小桥流水，只要不醉，人生是可找到一刻逍遥的。

在经过酒吧街之后，我们便看到了一座小石桥，因为早先这里是卖豌豆的，所以称为豌豆桥。桥西的小门楼便是科贡坊，清朝嘉庆年间，巷内杨家有两兄弟同时中举，到道光年间，弟弟又中举。此事是丽江人得意之事，官府为了表彰杨家，激励来者，特立此坊。站在这里向东望去，眼

前一片开阔，这便是中心四方街。四方街是古城的中心广场，占地约五亩。

为什么这里叫四方街？我们问导游。

导游说：这主要有两种说法，一种说法是因为广场的形状很像方形的知府大印，由土司取名叫四方街，取"权镇四方"之意；也有人说这里的道路通向四面八方，是四面八方的人流、物流集散地，所以叫四方街。

那么四方街为什么这样有名呢？有的朋友又提了个问题。

导游接着说：如果说我国北方有一条世界闻名的贸易通道——丝绸之路的话，我国南方也有一条被称为"茶马古道"的贸易通道，它是藏区以及丽江的马匹、皮毛、藏药等特产和南方的茶叶、丝绸、珠宝等商品的一条贸易通道。丽江古城就是茶马古道上的重镇，四方街则是这个重镇的贸易中心。从古到今，四方街都是一个露天集市，这个集市从开始至今有三百年的历史了。

有谁知道四方街有哪四种称谓吗？这次导游卖起了关子，先不说，考考游客，看有谁能答上来。

"这我知道。"有位年约四十岁的中年人如数家珍，"要体会到四方街的一天，才能领略到其中的奥妙。清晨，早起的人们开始买早点，是朦朦胧胧正在伸懒腰的四方街；午间，买铜、买山货、买小吃的商贩组成繁荣的市面，这是精力旺盛的四方街；天刚黑，生意人回家了，又经过一天摩擦的五花石板还剩着阳光的余温，在桥头晒太阳的老人换成了孩童嬉戏，两侧酒吧又透出夜色的油光，这是化了妆的四方街；深夜两点左右，四方街人去街空，小巷深不可测，只有流水之声高低起伏，这是素面朝天的四方街。"

"你怎么会知道的这么多呀？"导游好奇地问，"是不是故地重游呀？"

这位中年人感慨地说："我还知道，丽江男人一生有三件大事：盖房子、娶媳妇、晒太阳。丽江男人对种花、养鸟、写字、画画、打麻将有着特别的嗜好和特别多的时间，男人擅长一切在院内的活动。除此之外，他们最爱的一项户外活动便是做客，而纳西女人一年当中只有在大年初一才能睡一天的懒觉。从'盼吉妹'到'阿奶'眨眼的工夫，却单纯的只有两个字'勤劳'。纳西女人从早到晚干活，从体力活到小生意，从收拾田地到杀猪，从缝补衣服到生火做饭，个个像下凡的仙女，而男人们则闲了下来。这一闲就不得了，纳西人中文人辈出，令人目不暇接，不能不说是纳西女人养出了纳西文化。"是呀，"丽君从来喜植树，山城无处不飞花"。

还有呀，这位中年人面对古城的民居建筑，又给我们上起了一堂纳西族民居建筑课：纳西族民居善于学习也可反映在古城的民居建筑上。古城民居在广泛吸收汉、藏、白等民族建筑风格的同时，也把本民族的建筑文化和审美意识融于其中，形成了许多具有纳西特色的三房一照壁、四合五天井、前后院、一进数院等建筑风格，并在门楼、前廊的设置和天井铺地、六合门及其装饰等方面形成了浓郁的地方特色和民族特

色。如果问四合院里哪一部分最富有特色，那就是堂屋的六合门和六合门上的窗蕊——"四季博古"。虽说这些也是学习汉、藏、白等民族文化的结果，但是到了现在，已没有哪一个民族像纳西族这样每家都必有六合门和"四季博古"。您看这六合门，可装可卸，方便灵活，开则为门，闭则为窗。平时只开中间两扇，如遇家中有红、白事客人较多，行走不方便时，则六扇门均可卸下。六合门上所雕的窗蕊称为"四季博古"，构图上用名花异卉、吉鸟瑞兽、美好典故，以此寄托纳西人民四季吉祥、福禄寿喜、耕读传家的美好意愿。大家看到这六扇门上都有各自不同的图案，这是"松鹤同春"，寓"春"和"寿"；这是"喜鹊争梅"，寓"冬"和"喜"；这是"鹰立菊丛"，寓"秋"和"福"；这是"鹭鸶天莲"，寓"夏"和"禄"；这是"孔雀玉兰"、"锦鸡牡丹"……

"你是这里人吗？"我们也开始怀疑起这位朋友怎么就知道的这么多呢？

这位中年人深情地说："我也不瞒大家了，我是东北人。15年前我曾在这里做生意生活了好几年。我本来是可以留下来成为这里市民的，因为我在这里爱上了一位好姑娘。当我们爱得死去活来正要谈婚论嫁时，谁知道她父母坚决反对我们结合。万般无奈之下，我女朋友提出要和我私奔。我没同意，只好在一个无人知道的夜晚，我只身一人悄悄地离开了这个让我爱又让我恨的古城。"

"那你这次来是不是想和她见上一面？抑或是想旧梦重

圆？"我们大家问他这次来古城的动机。

"什么都不是。"那位中年男子大度地一笑，"我只是忍不住，想来这儿回味一下当年的美好时光，重温一下过去我所留恋的那段初恋情缘，呼吸一下当年我所依恋的城区清新空气，感受一下当年在这里让我着迷的每一块石板和古楼中的美好生活。"

经他这么一说，我们才回过神来。是呀，我们自己不就走在这千年古城之中么？这么幸福的一刻，却浑然不知身处何地？还来得及，这回我们可要好好地看，静静地听，慢慢地走呢！

穿过五一街，我们便看到了许多小桥。在有"百岁坊"字样的小石桥旁，有一位朋友又问起了一个问题："这古城怎么就没有看到城门呢？"

导游接过话题说："其实你们是看不到的，这也是丽江古城的一奇，即看不到城门，也看不到城墙。因为古城根本没有城墙和城门。为什么呢？因为纳西族的头领姓'木'，如果建了城墙和城门就变成了'困'字，所以古城没有城墙，也就没有城门了。"

"哦，原来是这么回事。"大家自言自语地说。

住在丽江，这个晚上，大家肯定又少不了再度出来，欣赏一下古城的夜色，这是另一种风采了。

是呀，晚上的丽江，又是一番风情。我们漫步在丽江古城的石板路上，跨过灯笼倒影的一瞬间，心里波平如镜，思绪

里遇见随性的自己，不自觉中微微上扬的嘴角，在丽江的水里点开了一圈涟漪；远远的丽江消遣的一瞬间，依恋却不伤感的音波袭来，依稀神迷的灯光让人恍然情醉。又是一个温柔的丽江之夜，张开双手拥抱丽江，留住印象中的一抹丽江之情吧！

一条玉龙雪山卧

早晨，我们正在饭店吃自助餐，这时，一位同行游客在外面惊呼："我看到玉龙雪山了。"他这一呼，让我们大家一起放下碗筷，飞到饭店门前。大家伸着头，向西侧望去，果然看到了那座被雪覆盖了的雪山。原来，玉龙雪山它早早地就起了床，正在等待着我们这些远道而来的客人了。

"玉龙雪山"，这名字是怎么来的呀？坐到前往雪山的车上，有位朋友问导游。

"玉龙雪山位于丽江西北，呈南北走向，东西宽约13公里，南北长约35公里，与哈巴雪山对峙，汹涌澎湃的金沙江奔腾其间。全山13峰，各峰终年积雪不化，如一条矫健的玉龙横卧山巅，有一跃而入金沙江之势，故名'玉龙雪山'。"导游解释说。

听导游讲，玉龙这座雪山不仅巍峨壮丽，而且随四时的更换，阴晴的变化，会显示得奇丽多姿，时而云雾缠裹，雪山乍隐乍现，似"犹抱琵琶半遮面"的美女神态；时而山顶云封，似乎深奥莫测；时而上下俱开，白云横腰一围，另具一番

风姿；时而碧空万里，群峰如洗，闪烁着晶莹的银光。即使在一天之中，玉龙雪山也是变化无穷。凌晨，山村尚在酣睡，而雪山却已早迎曙光，峰顶染上晨曦，朝霞映着雪峰，霞光雪光相互辉映；傍晚，夕阳西下，余晖山顶，雪山像一位披着红纱巾的少女，亭亭玉立；月出，星光闪烁，月光柔溶，使雪山似躲进白纱帐中，渐入甜蜜的梦乡……

经导游这么一说，我们大家都恨不能一下子就赶到雪山去。去雪山的山路弯弯，坡高林密，随着我们一步步向雪山靠近，云雾之中，我们大家的心也随之涌动起来。

"来，跟我走，现在我们要坐登山缆车上云杉坪。"下车后，导游对我们说。

大家走过沿着林间铺设的木板栈道，就到了玉龙雪山的又一佳境——云杉坪。栈道两旁树大参天，枯枝倒挂，树上的树胡子，林间随处横呈的腐木，枯枝败叶，长满青苔，好像千百年都没人来打扰过。云杉坪，就像一个天然的乐园，令许多人拿起照相机在这里拍照。

云杉坪是玉龙雪山东面的一块林间草地，约 0.5 平方公里，海拔 3000 米左右。雪山如玉屏，高耸入云；云杉坪环绕如黛城，郁郁葱葱。好像是做梦一样，不一会儿，我们真的就来到了日思夜想的玉龙雪山脚下。

走近雪山，朔风疾劲，寒气袭人，雪山上的雪是美丽晶莹纯洁的，但雪是冰冷的，何况有从雪山上飘下来的风，这一切，让我们处在秋季的人们提前迎来了寒冷的冬天。

嵯峨雄峻的雪山高耸入云端。雪山巅上，白光闪亮处，团团的雾霭，飘飘悠悠，任风扯拽，就是不能断开雪山而去，那是雪与云扯不断的情和爱。

这么高大的雪山，呈现在大家面前，大家一下子雀跃起来。有的前往雪山脚下的最近处拍照，有的带上哈达跳起舞来，也有的坐在草坪上休息一会儿，更有几对新人可能是来雪山度蜜月的，美女摆出各种姿势，帅哥忙前忙后地拍了起来。

我也毫不犹豫地加入到这个雪山活动中来了。因为，我平时就有个爱好，到了一个地方，就要拍起一组精彩景色照片保存，作为人生轨迹，放到自己博客"我的风景"之中。此外，凡到一个风景区，回家后我就会写一篇游记散文。当这些照片和游记散文达到可以出一本书的分量时，就可以投给有关出版社，让他们选择出版。所以，今天能够来到玉龙雪山，这是我一生中最向往的地方，我能不一次拍个够吗？

"朋友们，到时间了，与玉龙雪山相会的时间结束了。"在导游的再三催促下，大约1个小时之后，我们依依不舍地与高入云霄的玉龙雪山再见了。

说是再见，其实，还真有再见之时。这不？下午3点左右，我们又来到与雪山相距较远的另一处山脚下，真切地感受到了雪山的壮观。

我们坐在一个靠在雪山脚下建成的大型场外剧院，观看了一场著名导演张艺谋策划的大型实景原生态民族表演——《印象丽江》。

　　在那空旷的露天场地，四百多人豪华的群众演员阵容，宏大的演出场面，服装与场地颜色和谐的唯美的演出色调，再现了藏族、彝族、纳西族、白族等民俗文化符号。尤其是那成群结队的少数民族姑娘背着竹篓，唱着山歌穿行在雪山之下，还有那无数的少数民族青年骑着高大的白马，飞奔在雪山脚下等恢宏的画面，将少数民族各种文化元素打造成一场视觉盛宴，精彩表演，印在我们的脑海中，虽早已远离开那些场面，却至今不能忘怀。

雪山脚下玉水寨

　　玉水寨以自然景观和人文景观交相辉映，融为一体，形成天人合一的生态文化旅游景区。当地有句俗语，说的就是："看遗产到古城，看风景到玉龙雪山，看纳西文化到玉水寨"。如今这句话已成为广大中外游客的自然选择，我们也不例外。

　　吃完早餐，我们便向玉水寨而来。其实，玉水山寨对于居住于丽江市区的人来讲并不是很远，只有15公里，美丽的玉水山寨就在县城北面的玉龙雪山山麓。宽敞的柏油大道，一伸出市区，尘嚣和烦喧便远离人而去了。越往前走，越显得树林稠密，南面的山腰上则树高林密，如绿色的屏障，泻绿泼翠。车子驶到半山腰上，往回看丽江城，丽江城就被抛在一派苍茫氤氲之中。车子行走在山腰上，前面不远处就是越来越陡峭的山峰了，也不见有路通向山顶，玉水寨藏在哪儿？

　　美丽的雪山离我们又越来越近，只有咫尺之遥了。玉水寨就在玉龙雪山山下，海拔2500米，也是丽江古城河水主要源头之一。正在纳闷不解之际，前面的山岭下闪出一块似谷非谷的地形来，也听到了哗哗的流水声。谷中是潺潺流淌的河

水，河水被围堤筑坝，形成梯形明澈如镜的许多溪塘和层层叠叠的飞瀑，这就是玉水。看到玉水了，我们这才知道，已到达玉水寨了。

在玉水两边的山腰草甸上有几院黄瓦白墙的院落和一些蒙古包似的圆形建筑，这就是饮食城、娱乐城，烧烤城，用来生火熏肉或取暖。

在西面的枯黄的草甸上有一块木头上飘着五颜六色的布条，那是纳西族顶礼膜拜的祭风场。祭风场往南面走几步远就是东巴村。

想不到的是，这个名不见经传的玉水寨，却给了我们一个大大的惊喜。一见那风景如画的玉水寨，我们就可以肯定地说，相比举目是景的丽江，玉水寨的地位尤为突出。除了其秀丽不比其他景点差之外，更重要的是玉水寨还是丽江东巴文化的传承圣地和白沙细乐传承基地及勒巴舞的传承基地，玉水寨有众多富有民族、地方特色的景观。在这小小的山沟之地，景点之多，景色之美，叫人目不暇接，流连忘返。

"山有多高，水有多高"，这是人们对玉水山寨的赞誉。这股偌大的山泉从崖岭间奔腾而出，而且海拔近三千多米，令人十分惊奇。溯水寻源，就将人引到浓荫深处，只见水源从荫翳蔽日的两株大树底下冒出。树是枫树，都是千年古树，只见大树虬枝盘曲，枝叶婆娑，绿荫匝地。树苔上生长着的寄生植物证明着岁月的悠久和枫树的浓荫，两棵大树伸展枝叶紧紧遮住源头窝，大树底下是东巴祭祀之地，而那棵特大的枫树被称为母神树。因为纳西族对自然生态的崇拜和保护，使得这棵千年古树被保护下来。

这里溪泉越积越多，明镜般的梯次垒成的水潭镶嵌在山腰上，波光潋滟，清澈如镜，如同琼瑶玉露一般，蓝天白云尽在其中，潭中沙石清晰可见。天气真好，太阳朗朗地悬在苍穹，天空湛蓝而明澈，玉水寨就那样如诗如画般地静静躺在山岭之中。

这树这水，这山这景，煞是美妙、壮观，怪不得美国大自然保护协会将玉水寨指定为东巴文化传承基地和白沙细乐传承基地及勒巴舞的传承基地，并在这里进行纳西民族古文化的挖掘、整理、传承、研究、展示等工作，原来这里藏有众多富有民族、地方特色的景观，如神龙三叠水瀑布群、三文鱼养殖生态观光、古树和玉龙山最大的神泉、东巴壁画廊、东巴始祖庙、白沙细乐展示、纳西族古建筑和传统生活展示、东巴祭祀活动、传统祭祀场、东巴舞展示、纳西族传统水车、水碓、水磨房、高山草甸风光等。

抬头望去，玉龙雪山就在不远之处，来到这里，人们已无意再看雪山，而是被这位藏入深闺中的少女全给迷住了双眼。

青山抱玉，景区东、西、北三面，是常年郁郁葱葱的青翠山林，南面朝丽江坝子倾斜，景区北端一道山崖下，两株被列入云南古树名录的千年古树，枝叶繁茂，双树成林。古树下一股流量为每秒 0.5 立方米的清泉喷涌而出，带着水花向南

流，注满一个又一个玉水潭，形成三叠水瀑布群。

玉水寨的南面，雄峻的山岭如同贴上一幅绿色的山水画，叠翠泼绿，都是常绿针叶林，向北面望去，云遮雾绕的地方现出了晶亮的白雪，在阳光底下熠熠闪耀。低头向叠嶂的深潭中望，是团团飘动的美丽白云，也见到了鸟翼振翅的影子。

向不远处的坎下鸟瞰，在苍茫的氤氲之中，一条如线般的柏油路穿过坝子中心，蚂蚁般的车子在路上疾驶，除了风声，听不到任何声音，万籁自然和谐，一切皆在图画中。

玉水潭内让游人驻足依恋的还有那稀有名贵的虹鳟鱼，既能观赏虹鳟鱼鱼水欢谐的情景，也能供游客品垂钓之乐并一饱口福。到了这里，虹鳟鱼的稀有名贵亦不算什么了，这种贵族鱼，成群结队，麇集在潭边自由自在地游弋。游人伸手去捞，鱼到手上，立刻重重一摆就跃入水中，溅得人一身水花。这些鱼黑背红腹，颇通人性，人到潭边，它们一摇一摆，憨态可掬地游到人的身边。面对黑压压的数千数万条鱼儿，端详它们的姿态，水中尤物的性情能尽情领略。如果有闲，人们还可以在这儿垂钓，钓上一条八九斤重的大鱼就在当地的餐馆里烹饪，名贵美味肯定让人有下次还要来的念想。

据悉，这里是纳西文化最集中的地方。一是东巴文化的传承。以云南省社会科学院东巴文化研究所编辑出版的100卷东巴古籍文献为基本教材，培养新一代东巴人。为了搞好东巴文化的传承，在硬件上，这里建设有展示东巴民居，开展祭仪的东巴什罗殿、祭天、祭署（自然神）、祭风等场所。二是东巴文物展览，现景区已建成一个东巴文物展览厅，正在布置把多年搜集起来的东巴文物展览出来，供人们参观。三是古代纳西族生产生活展示，有展示古老造纸法的东巴纸造纸坊；有展示古老酿酒法的东巴酒酿酒坊；有展示古老织布法的织布机；有大量传统生产生活用品展示。四是纳西传统歌舞展演。景区有30人的纳西传统歌舞展演队，以保留纳西族原汁原味的代表性传统歌舞为指导思想，搜集、整理、排练出三十多个歌舞节目，为游客演出。包含了纳西古乐《北石细哩》(《白沙细乐》)、原始歌舞《仁美蹉》、《喂蒙达》、《谷器》、《呀哈里》等代表性歌舞节目。《勒巴舞》是纳西族歌舞中独具特色的一个大型系列舞蹈，共有72节舞蹈、20多支唱曲。景区聘请了纳西族中唯一健在的掌握全部《勒巴舞》舞蹈和曲子的李文先舞蹈师，组建了勒巴舞队，开展勒巴舞的传承与展演活动。

美丽的玉水寨，在金色阳光照射下，显得更加娇艳、光鲜。这个大自然中的天然盆景，为我们拍摄的照片背景，增添了许多精致的画面。尤其是那古老的水轮，那排排错落有致的瀑布群，还有那一束束叫不出名来的水中碧绿水草，竟让我们陶醉其间，久久不能自拔。

蝴蝶泉边找金花

　　穿行在两排高高的竹林之间，我们身披太阳从竹林间隙射来的万道云彩，来到了大理蝴蝶泉公园。

　　大理蝴蝶泉公园，位于巍峨壮丽的苍山云弄峰麓神摩山下，这里泉水潺潺，古木参天，花香蝶飞，空气清新宜人。置身于此，远离了尘世的喧嚣与嘈杂，让人充分感受到大自然的纯净、高远和宁静。这是一处人与自然和谐相处的地方。蝴蝶泉公园建有泉池、牌坊、徐霞客雕像、望海亭、蝴蝶馆、八角亭、大月牙池、咏蝴碑等几处景观。

　　蝴蝶，是我们生存的这个地球上最普通不过的生物。然而，与其他昆虫不同的是，这种身着五彩斑斓的花衣、常年在花丛中采撷芳菲的小精灵，被人们称为会飞的花朵。多少与爱情有关的故事，无不以蝴蝶来借喻忠贞的爱情，无数感天动地的爱情故事演绎出一个个化蝶的传说。因此，蝴蝶常常被人们视为忠贞爱情的象征，古往今来一直是文人墨客吟咏的对象。

　　明代著名地理学家徐霞客在遍览祖国大好河山时，曾游历过蝴蝶泉，亲身感受到蝴蝶泉独特的神韵。大家看到公园右侧那座精神矍铄、须髯飘飘的长者，就是徐霞客的雕像。

导游介绍，蝴蝶泉最早叫"无底潭"，因为发生在这里一个动人的"雯姑与霞郎"的爱情传说，这潭爱的泉水才被称为"蝴蝶泉"。我们来到蝴蝶泉边，大家眼前看到的这一池清澈见底的泉水，就是从苍山山麓的岩缝砂层中渗透出来的，水质特别清冽，一出地表便汇聚成潭。一眼看去，在潭底洁白如银的细砂上，泉水从细沙中的无数个泉眼中涌出，不时升腾起一串串气泡。这泉水奇就奇在冬不枯竭，夏不满溢。泉壁上方的大理石上，刻有一代文豪郭沫若题写的"蝴蝶泉"三个潇洒自如的大字。

导游指着蝴蝶泉对大家说：人们喜欢将蝴蝶泉看作是爱情的幸福泉。你要是忠贞于爱情的话，那您投出的硬币一定会飘飘摇摇落在那一个个汨汨流出的爱的泉眼之上。于是，青年男女们纷纷将硬币投向池塘中，一试"运气"。

游蝴蝶泉当然要说到"蝶"。据科学工作者考证，蝴蝶聚会是自然界生物传宗接代的一种自然现象。在蝴蝶泉，蝴蝶种类繁多，每年阳春三月到五月之间，正是蝴蝶泉边合欢古树开花释放花蜜的季节，也是各种蝴蝶交配繁殖后代的时间，它们从各处飞来采花蜜，同时雌雄相互交配，所以出现这种蝴蝶聚会的奇观。大的大如巴掌，小的小如蜜蜂，成串挂在泉边的合欢树上。彩蝶翻飞，如梦如幻。徐霞客在他的《滇游日记》中写道："有峡泉之异，余闻之已久。泉上大树，当四月初即发花如峡蝶，须翅栩然，与生蝶无异。又有真蝶无数，连须勾

足，自树巅倒悬而下，及于泉面，缤纷络绎，五色焕然"。徐霞客笔下这一生动的描述，让我们感受到一幅蝴蝶与奇花竞相争艳的美丽画图。

著名诗人郭沫若1961年秋游蝴蝶泉时，曾写："蝴蝶泉头蝴蝶树，蝴蝶飞来万千数，首尾连接数公尺，自树下垂疑花序"的著名诗句。

每年的农历四月十五，是白族人民自古相传的"蝴蝶会"。每年的这一天，远近的白族男女群众都要到此赶会，唱调子，弹三弦，观看彩蝶。四面八方的彩蝶也飞来朝贺，栖息在蝴蝶泉边，首尾相连，从树上直垂到泉中，争奇斗艳，蔚为壮观。

据说，新建的"蝴蝶大世界"，如果蝴蝶飞来的不多时，这里每天都会放飞上万只彩蝶，为公园增添一道新的风景。

有关"蝴蝶会"的由来，导游饶有兴致地给我们讲述了一段美丽的传说。传说在苍山云弄峰下的村庄，有一户白族人家，有父母女儿三人，女儿名叫雯姑，一家靠打柴为生。花容月貌的雯姑和玉局峰下武艺高强的青年猎人霞郎真心相爱。后来，榆城世袭主榆王仰慕雯姑的美貌人才，便杀死了雯姑的双亲，将她抢进宫中霸占为妾。雯姑抗拒不从，被关在宫中。霞郎得知此事后，冒死于深夜翻墙入宫救出雯姑。他们骑上马儿逃到蝴蝶泉边，后来榆王的兵丁追赶到，霞郎和雯姑无路可逃，寡不敌众，面对围上来的兵丁，他俩相抱跳入无底潭中。顷刻之间，电闪雷鸣，暴雨交加，吓得追兵落荒而逃。雨过天晴，彩虹飞跨，他俩化为一对彩蝶从潭中飞出。此后人们就把无底潭叫作蝴蝶泉，并将这对情人殉情的农历四月十五日定为蝴蝶会。

因为有了雯姑和霞郎忠贞爱情化作蝴蝶的传说，因此在漫长的岁月里，在蝴蝶泉边演绎了一出出动人的爱情故事。

在 20 世纪 50 年代末，大理地区白族人民全身心地投入到生产建设的热潮之中，勤劳、善良、能干，成了白族青年男女互相倾慕的标准。来自剑川的英俊而又多才多艺的白族小伙阿鹏，在一年一度的大理三月街的赛马会上出色的表现给来自洱海边的副社长金花留下了难忘的印象，而贤惠漂亮的金花也同样吸引了阿鹏的眼光，他俩双双约定明年再相会。一年相思，使阿鹏在第二年的大理三月街到来时急欲寻求金花，在几次与养殖金花、炼铁金花等四位金花发生了戏剧性的误会后，几经挫折，命运终于使这对恋人在蝴蝶泉边相会，有情人终成眷属。

哎⋯⋯

大理三月好风光，

蝴蝶泉边好梳妆；

蝴蝶飞来采花蜜，

阿妹梳头为哪桩？

这首我们耳熟能详的优美动听的歌曲《蝴蝶泉边》，就是

早在 20 世纪 50 年代末就蜚声海内外的电影《五朵金花》的插曲。歌曲中美丽的金花与英俊的阿鹏约会定情的地方，就是我们马上要游览的大理著名景点——蝴蝶泉公园。

"苍山脚下找金花，金花是阿妹。"金花蝴蝶泉边对镜梳妆，阿鹏弹着龙头三弦与金花情歌对唱，爱情在这里谱写了完美的篇章。

导游说完这个传说，又给我们讲述了一段现代版爱情故事——

随着时光的流逝，五十多年后的 2011 年一个春光明媚的日子，蝴蝶泉又一次引来了一对音乐"彩蝶"，这就是世界著名小提琴家盛中国先生和他的爱妻、日本钢琴家濑田裕子。这对把音乐与美、音乐与爱完美结合在一起的异国恋人，千里迢迢"飞"到这里，实现了他们梦寐以求的一个夙愿，那就是在这方爱情与蝴蝶完美结合的天地，深情演绎他们音乐生涯中的结晶——小提琴协奏曲《梁祝》。

在一阵阵如泣如诉的动人旋律中，一只只扑动着美丽翅膀的蝴蝶轻轻地落在盛先生的臂膀和濑田裕子夫人的肩上，似乎这些爱的精灵也被人间的爱情故事感动而翩翩起舞。天人合一，竟是这般绝妙的结合！让人顿觉如梦似幻，柔肠百转，心里不觉涌动着爱的波涛，心灵受到爱抚，情操为之升华。

随后我们游览"蝴蝶馆"。从"蝴蝶馆"中，我们真实地看到了蝴蝶泉边蝴蝶的生态、品种以及与蝴蝶有关的蝴蝶文化。这一切，更为那些不能亲临蝴蝶会的游客提供了一份了解蝴蝶奇观的珍贵资料。

在泉池上方，大家看到一株横卧于泉池上方的粗大古朴树。

大家询问导游这叫什么树？导游介绍说：这叫"夜合欢树"，又叫"蝴蝶树"，已有两百多年的历史。每当春末夏初时节，古树开花，状如蝴蝶，且散发出阵阵诱蝶的清香味。此时蝴蝶群集飞舞，一只只，连须勾足，从枝头悬至泉面，形成一条条五彩缤纷的蝶串。这些蝴蝶，人来不惊，投石不散，令人称奇。古往今来多少文人墨客赞美过这株奇树，说这合欢树的花朵是"静止的蝴蝶"。蝶与花争艳，花与蝶共舞，遂成为蝴蝶泉的又一大奇观。

千古之谜大理藏

　　这天下午约3时，我们来到了闻名遐迩的大理古城南大门。不等导游解说，我们便三三两两地赶到城门前，与盼望已久的古城墙拍照留影。

　　站在古城门前，我们的眼睛在不停地扫射着这一砖一石、一瓦一牌匾，恨不能把这里千百年来的历史沧桑尽收眼底。导游介绍说：大理古城简称叶榆，又称紫城，其历史可追溯至唐天宝年间，南诏王阁逻凤筑的羊苴咩城，为其新都。从779年南诏王异牟寻迁都阳苴咩城，已有1200年的建造历史。现存的大理古城是以明朝初年在阳苴咩城的基础上恢复的。大理古城方圆十二里，城墙高二丈五尺，厚二丈。城呈方形，东西南北各设一门，均有城楼，四角还有角楼。上建城楼，下有卫城，更有南北三条溪水作为天然屏障，城墙外层是砖砌的。城内由南到北横贯着五条大街，自西向东纵穿了八条街巷，整个城市呈棋盘式布局。解放初，城墙均被拆毁。1982年，重修南城门，门头"大理"二字是由郭沫若先生书写而成。

　　据悉，大理古城地处云南省中部偏西，海拔2090米，地处低纬高原，四季温差不大，干湿季分明，以低纬高原季风气候为主，常年气候温和，土地肥沃。从苍山俯瞰大理古城，文献楼、南城门楼、五华楼、北城门楼一字排开，巍峨雄壮，使古城透出一种诱人气韵。大理古城东邻楚雄州，南靠普洱市、临沧市，西与保山市、怒江州相连，北接丽江市。东巡碧波荡漾的洱海，西倚常年青翠的苍山山脉，形成了"一水绕苍山，苍山抱古城"的城市格局。所辖大理市和祥云、弥渡、宾川、永平、云龙、洱源、鹤庆、剑川8个县以及漾濞、巍山、南涧3个少数民族自治县，是我国西南边疆开发较早的地区之一。

提到城内情况，导游接着说：城内由南到北，一条大街横贯其中，深街幽巷，由西到东纵横交错，全城清一色的青瓦屋面，鹅卵石堆砌的墙壁，显示着古城的古朴、别致、优雅。由南城门进城，一条直通北门的复兴路，成了繁华的街市，沿街店铺比肩而设，出售大理石、扎染等民族工艺品及珠宝玉石。街巷间一些老宅，也仍可寻昔日风貌。庭院里花木扶疏，鸟鸣声声，户外溪渠流水淙淙，"三家一眼井，一户几盆花"的景象依然。古城内东西走向的护国路，被称为"洋人街"。这里一家接一家的中西餐馆、咖啡馆、茶馆及工艺品商店，招牌、广告多用洋文书写，吸引着金发碧眼的"老外"，在这里流连忘返，寻找东方古韵，渐成一道别致的风景。

走进古城，街道两旁绿树成荫，白族民居古香古色的韵味立即扑面而来。大理古城的城区道路仍保持着明清以来的棋盘式方格网结构，素有九街十八巷之称。南北对峙的两座城楼

被修复一新。

我们来到古南诏的"天下第一楼"——五华楼。导游接着介绍：五华楼是古代南诏王的国宾馆，又叫五花楼。从南诏开始，五华楼多次烧毁，又多次得到重建，也越建越小。今天的五华楼这一带，已经形成一定规模的书画市场，经营品种包括书法、国画类的山水花鸟、人物，等等，还有皮画、油画等交易也十分活跃。

在古城复兴路与和平路交叉处，我们看到一座古基督教堂。这座教堂主体结构为土木结构，四撇水瓦屋顶，保持着西欧教堂的风格，又具有浓郁的白族建筑特色，是一座中西结合式教堂。导游说：大理古城基督教堂始建于 1904 年 6 月，当时称"中华基督教礼拜堂"，2004 年更名为"大理古城基督教堂"。

早就听说大理古城内有条驰名中外的"洋人街"，当我们漫行至古城内东西走向的护国路时，看到路的东西两头各有一个大牌楼，牌楼上均书有"洋人街"三个字。这里中西餐馆、咖啡馆、茶馆及工艺品商店鳞次栉比，不时有几位金发碧眼的"老外"或进或出或坐在街边桌椅上边喝咖啡边看书。这里馆、店门前那招牌、广告多用英文书写，我也突发奇想，在这里流连踯躅，想和那些老外一样，坐在街边桌椅上看书，让同游者给我拍下一张值得纪念的照片。我拍后，也有几位同游者仿效我那样拍照留影。虽说这叫"洋人街"，有着一道别致的风景，但我还是感觉到，这条街东方古韵很浓。老外都喜欢夜生活，也许到了晚上，这里才是那别开生面的真正的"洋人街"。可惜晚上我们不能留下来，游览完古城，就要赶到下一个景点石林去住了。

因为大理是云南白族人民的聚居地，所以古城内保留了大量古代建筑，古老的街道旁青瓦白墙，民居、商店、作坊相连，一派古朴风貌。我们看到，其内的建筑布局极富民族特色。白族民居十分注重门楼的修饰，飞檐翘角，斗拱彩画，风格特异。尤其是那门窗、照壁多用剑川木雕以及大理石、彩绘和水墨画装饰，工艺精致，清新典雅，在西南民居建筑中堪称一流。

我们参观时还注意到，白族民居特别注重门楼、照壁建筑和门窗雕刻以及正墙的彩绘装饰。是的，门楼是整个建筑的精华部分。门楼建筑艺术水平的高低，可以显示其主人的经济地位，也是一种光宗耀祖的标志。它通常使用泥雕、木雕、大理石屏、石刻、彩绘、凸花砖和青砖等材料组成一座串角飞檐、花枋轻巧、斗拱重叠、玲珑剔透、雄厚稳重的综合性艺术建筑。白族门楼建筑不仅富有民族特色，而且在建筑结构技巧上也独具风格。有的地方整个门楼不用一颗铁钉或其他铁件，而联结却十分牢固，几十年风雨如故，再装上两扇较有厚度的铁黑色木大门，甚是庄重威严。

木雕是我们国家汉民族传统的文化艺术瑰宝之一。想不到的是，我国古代白族居民的门窗木雕，无处不闪现着剑川木匠高超的手艺，一般均用剔透和浮雕手法，层层刻出带有神话

色彩和吉祥幸福的白鹤青松、鹭鸶荷花、老鹰菊花、孔雀玉兰，以及几何图案。门窗的表面上还涂有褚红色的油漆，显得光滑明亮，古朴典雅。室内清洁、整齐，左右为卧室，当中为客厅，放有嵌镶彩花大理石的红木桌椅和画屏。

照壁是白族居民建筑不可缺少的部分。我们看到，白族居民建筑院内有照壁，大门外有照壁，村前也有照壁，可见照壁的作用和重要性。照壁均用泥瓦砖石砌成，正面写有"福星高照"、"紫气东来"、"虎卧雄岗"等吉祥词句。照壁前设有大型花坛，花坛造型各异，花木品种繁多，一年四季，花香四溢。

行走闲逛之时，导游还时不时给我们穿插讲述了一下白族人民三个传统节日——

民族节庆三月节。因在每年农历三月十五至二十一左右举行，故叫三月节，地点在大理古城西苍山中和峰东麓。相传唐永徽年间某年三月十五日，观音菩萨为白族制服了危害百姓的魔王，人们感其功德，年年相聚焚香祭祀，进而发展成为贸易集市。如今每逢"三月节"，中外客商云集，并举行民间体育活动，规模达百万人次，俨然已经成了一个当地经济和文化交流的盛会。

大理白族绕三灵。这个节日，在每年农历四月二十二至二十四三天举行。因其第一天在大理古城崇圣寺（佛都）附近绕"佛"，第二天在喜洲庆洞（神都）绕"神"，第三天在海边（仙都）绕"仙"，故叫绕三灵。实际上，它成了农闲季节白族民间的自娱性迎神赛会。绕三灵节流传于云南省大理白族自治州苍山洱海周边地区的白族村寨，也是当地白族人民农忙前游春歌舞盛大集会，迄今已有一千多年历史。

火把节。每年的六月二十五举行。当天，人们在村寨所有的大树上，系上成团、成束的红花，象征"红花火树如炬燃"。到了晚上，当天空出现第一颗星星之际，人们便各舞一把点燃的小火把，载歌载舞，环绕"红花火树"唱颂一通。

有朋友问：大理有"风花雪月"四景，你能给我们谈谈吗？导游说：大理自古即以"下关风、上关花、苍山雪、洱海月"这风花雪月四景著称。所谓下关风是因下关位于垭口，风季时狂风呼啸穿街扫巷，一出下关，则风烟寥寥，不见稻浪。而其中上关花，据《大理府志》记载："山茶树高六丈，其质似桂，其花白，每朵十二瓣，应十二月，过闰月则多一瓣，俗以先人遗种，在大理府和山之麓，土人因其地名之"。苍山山势雄伟，山顶积雪银装素裹，璀璨夺目，这便是大理苍山雪；洱海清澈如镜，宜泛舟漫游，每当皓月当空，苍山银峰粼粼闪烁，银光月色交相辉映，白族渔姑出没于波光树影之间，这就是大理洱海月。

大理人杰地灵，素有"文献之邦"的美誉，外雄内秀的大理古城内外，悠久的历史和璀璨的文化处处闪现。有关大理城外历史文化景观，导游也一一向我们做了介绍。

位于大理古城南门外一公里处的文献楼，素有古城第一门之称，是大理古城的标志性建筑，始建于清康熙年间。楼额

悬挂云南提督偏图于康熙四十年 (公元 1701 年) 所题的 "文献名邦" 匾额，故名文献楼。文献楼横跨在南面进入大理古城通道上，道路两旁柳树成荫，拂面依依，颇有诗情画意，是官府迎送达官贵人的门户。文献楼为两层歇山式土木石结构的镝楼，具有典型的白族建筑特色，它矗立在砖石结构门洞上面，雄伟壮丽。

接着，导游又向我们讲述了大理崇圣寺三塔：悠久的历史造就了大理众多的历史文化古迹，大理崇圣寺三塔，距离大理城 1 公里。"胜地标三塔，浮屠秘鬼工。" 三塔的主塔名叫千寻塔，高 69.13 米，为方形 16 层密檐式塔，与西安大小雁塔同是唐代的典型建筑。塔下仰望，只见塔矗云端，云移塔驻，似有倾倒之势。塔的基座呈方形，分三层，下层边长为 33.5 米，四周有石栏，栏的四角柱头雕有石狮。上层边长 21 米，其东面正中有石照壁，上有 "永镇山川" 四个大字，庄重雄奇，颇有气魄。

导游说：苍山位于洱海之西，又称点苍山，古时称为熊苍山、灵鹫山。苍山是云岭山脉南端的主峰，北起洱源邓川，南止下关天生桥，长约 50 千米，东西宽 20 千米，东临洱海，西濒黑惠江。苍山有 19 峰，海拔都在 3500 米以上，最高的马龙峰海拔为 4122 米，每两峰之间，都有一条溪水，下泻东流，注入洱海；有 18 溪，溪水清澈，四季长流，形成飞瀑叠泉。巍峨雄伟的点苍山，向来以云、雪、泉、石著称。这里的云，变幻多姿，独具特色。这里山顶上终年积雪，熠熠生辉。这里的清泉，甘甜可口，四季奔流。这里的石，更是苍山之魂，天下一绝，"大理石"名便由此而来。

大家一定知道，实际上，我们几乎是围着洱海转了一个圈。导游说：洱海是风光明媚的高原湖泊，呈狭长形，南北长40公里，面积约240平方公里。风平浪静时泛舟洱海，给人以宁静而悠远的感受。在洱海最南端的团山有一座洱海公园，是观赏苍山洱海景色的好处所。其东北部是一片种植着云南山茶、报春、雪莲等名贵花木的花苑苗圃。北面沙底浅海，围作海滨浴场。草坪之后，用花岗岩砌起两百多级登山石级。石级之上，有飞檐出角的望海楼。望海楼又贯串着一列画栋长廊，在林木葱葱的团山顶部，构成一组古色古香的民族形式建筑。站在望海楼上，漫步长廊，极目眺望，苍山洱海的壮丽风光一览无余。

回程路上，我们感觉，虽然大理也是一个著名旅游地，但大多数当地人并没有变得精于生意和市侩，他们依旧守着自己的土地辛勤劳作，依旧因为油盐酱醋而精打细算。大理古城环绕在一片田野中，无论是春天黄澄澄的油菜花还是微风拂过绿色的麦子，都充满了生机和希望。在这样一座充满了生活感的小城，无论你对它是爱还是恨，都影响不了在岁月的脚步声中，城头的樱树红了又绿，绿了又红，而那映衬在蓝天白云下的城门，还依然是那样魁伟、壮观。

也许是受我们感染兴奋所致，在车上，这位导游还给我们提了个问题：你们去过台湾博物馆的人，是不是见过其中有

一件宋美龄捐献价值连城的翡翠手镯？

"是的，这东西我见过，美艳无比。"一位朋友说，"听说它的来历很不寻常，能给我们讲讲吗？"

于是，导游便又打开了话匣子——

当年吴三桂坐镇云南时，这翡翠手镯是南方一小国让吴三桂转交进贡给皇帝的。他没给皇帝却留给了自己心上人陈圆圆。后吴三桂兵败，陈圆圆戴着这枚翡翠手镯跳进住地大理吴府河塘自尽。第二天陈圆圆被人打捞上来后，手腕被砍断，翡翠手镯不翼而飞。若干年后，在旧上海黑帮头目杜月笙夫人开生日 party 舞会上，杜月笙看见蒋介石夫人宋美龄眼睛一直看着夫人手腕，第二天便将夫人戴着的翡翠手镯奉送给了宋美龄。

至于这翡翠手镯是怎么弄到杜月笙夫人手腕上来的？导游说："我也不知道。今后如在座各位知道了翡翠手镯的来龙去脉，拜托一定要告知我一下唷，因为我也很想解开这个千古之谜。"

天下奇观属石林

　　早就听到有人说过："不到石林，等于未到过云南"。这话充分说明石林之美，壮冠云南。未来之前，我一直都在怀疑这句话的真实性。可不？不就是在一片山脉之上，长出了一些高低不平的光秃秃的小山峰吗？这样的小山峰又能美到哪儿去呢？更让人难以置信的是，云南石林，还号称为"天下第一奇观"，这就更让我非要去一下此地，来亲自揭开它的"庐山"真面目。

　　据悉，石林位于云南省昆明市石林彝族自治县境内，距省会昆明 78 公里，是首批中国国家重点风景名胜区、世界地质公园，与北京故宫、西安兵马俑、桂林山水齐名，成为中国四大旅游胜地之一，也是世界上最壮观的石林景区之一。

　　一进入石林景区，导游指着桥下的流水向我们介绍说："1962 年周总理陪同外宾来石林，看到这么好的山石没有水，提议说有山，就该有水，于是便有了这个当代老百姓称为'恩来湖'的水域。"

　　我们看到在绿树丛中随处可见峭石插天，石笋丛集，石

柱挺立，奇形诡质，各呈异姿，俨然一片林海，蔚为壮观。没过多久，我们到了石林公园。穿过天访屏风的桂华林，更有无数巨石顶天立地，巨石上留下很多名人墨宝，为石林石光增色。这时映入眼帘的，是雕刻于巨大石柱上的"石林"两个通红大字。据导游介绍，这两个字乃是当年云南省政府主席龙云的亲笔题字。在他任职期间，于1931年创建了石林公园。经过天访屏风，在往前走，一簇簇顶天立地的巨石，兀地出现面前，在巨石的石峰上可以看到1962年6月朱德委员长挥笔留下的"群峰壁立，千嶂叠翠"八个大字。四处望去，"天造奇观"、"大气磅礴"、"天下第一奇观"等苍劲洒脱的墨迹为石林增添了一抹靓丽的色彩。

随后，跟随导游开始游览。如果不听导游的讲解，就只能是"远看大石头，近看石头大"，根本看不出什么故事，但经过导游的一番讲解，就会觉得趣味盎然。一路前行，我们看到了"排山倒海"，一排倾斜的石山；看到了"千钧一发"，据称这是百年前的一次地震而形成的奇观，巨大的落石横躺在两根石柱上，构成一个门，抬头一望，毛骨悚然，真担心它随时会掉下来，以至于走过后还长时间的心有余悸。看到了"猫捉老鼠"，猫对老鼠说："你知道我在等你吗？"老鼠则说："为什么受伤的总是我？"看到在一处石围的基部出现一石屋，屋内石床、石桌、石凳一应俱全，屋外一泓清水，清澈澄明，沁人心脾。传说只要在石床小坐一会儿，顷刻间百病全消。

我们看到峥嵘峻峭的山石鹤立，石峰、石柱、石笋、石花，千姿百态，这里怪石林立，有的像只巨大的乌龟，有的如同刀山火海，有的像一只活灵活现的小象，还有的看着像一只竖起的大拇指，而转过山去竟然变成了一只正在啃腊肠的老鼠。大自然这造化之神鬼斧神工地雕出了如此神奇的景观，让人已经无法用语言形容了。

如果说此前在石林间行走，欣赏的是石林之奇之妙，那么在亭上凝望，感受的就是石林的雄宏、气势。看过石屋，我们来到望峰亭脚下，径直攀登上去，再过天桥，就到了莲花峰。莲花峰层层叠叠，鬼斧神工，石片层叠成貌似莲花的景象，远处望去恰似一朵高洁的莲花在盛开。变幻无穷的石林拥入我的怀抱，满眼辉煌，满眼神奇，满眼迷醉。身处这一大片形态各异的石林，看得我们如临仙境一般。游到此时，我不得不承认，这地方太让我感到意外了。奇观多得叫人目不暇接，那一排排纵横交错的石柱，奇特、壮观、就像一把把尖刀，直插云端。

望峰亭是一座建在石峰顶上的六角亭，它位居景区的最高处，是观看大石林全貌的绝佳之地。登亭展望，一种摄魂震魄的感觉从心头涌起，只见一支支、一座座、一丛丛巨大的石笋、石峰从眼前一直向远处延伸，视野之内满是锐利的、密密麻麻的石尖，如刀如枪，凝神间时光好似回到了远古，一只雄壮的、望不到头的军队在树林间排兵布阵，士兵们长矛高举，虽鸦雀无声却气势如虹。此时身边纷扰的游人好像渐渐隐退，嘈杂的声音成了淡淡的背景声，只有心灵与远古的寂

静回应着。

亭不大而游人多，亭上人满为患。在苍烟残照里，夕阳的余晖给黛青色的石尖点染上一丝淡淡的血色，深沉、肃杀的气氛中便平添上几分神秘、怪异。此时站立亭上，如置身百万军中，四周一片寂然却杀气四伏，心中自然涌上一种震颤。古人就曾有过这种感觉，清康熙年《路南州志》记述："石林，岩高数十仞，攀缘始可入，其中怪石林立，如千队万骑，危檐逐窟，若九陌三条，色俱青，嵌结玲珑，寻之莫尽，后有伏流清冷如雪。"

眼望峰底，曲径通幽，踞石台、凤凰梳翅、双鸟啄食、羔羊跪乳等如许自然形成的惟妙惟肖的形象，栩栩如生，别有洞天。一经叩击这里的几个巨大钟乳石，悠悠回响，神驰心往，空幽灵动。攀登天梯，节节登高，几经曲折，便到达了"望峰亭"，凭栏远眺，层峦叠嶂，参差错落，此处簇簇林峰似长剑直指天穹，彼处如刚出鞘的短剑，形态迥异，林林总总，间或叠有斜峰侧影，缠绕迂回，盘根错节。林峰间回廊缭绕曲折，波折起伏，天堑石桥跨越，群峰衔接有致，蓝天碧云下，石林清秀俏丽，一幅重墨着色的山水画卷尽收眼底。

从峰顶下来，来到了被誉为"阿诗玛"石林的小石林。这里另有一番天地，地势不再起伏迭沓，而是平坦如砥，此处绿草荫荫，鲜花怒放。几块草坪四周点缀着奇峰怪石，有的似蘑菇群耸立，有的若动物匍匐，有的像利刃竖起……尤其引人注目的是，在圆形碧池之旁有一座石峰，宛如头包淡红色的头帕，着一身彝族民族盛装，身背盛着药材的小竹篓，深情地眺望着远方的撒尼少女。这勤劳美丽、风韵天然的少女造型，被当地人民亲切地将她称之为"阿诗玛"。这尊美丽丰韵的少女造型石，唤起了游客对撒尼民间叙事长诗女主角阿诗玛的怀念与遐想。

进入风景区时，导游告诉我们，石林是阿诗玛的家乡，遇到当地女孩要叫"阿诗玛"，遇上当地男青年，就叫"阿黑哥"。"阿诗玛"是撒尼人的女神，《阿诗玛》电影故事就是在这里拍摄的。她这一句话，不由让我们想起了20世纪60年代儿时的电影《阿诗玛》的美丽神话故事——

阿诗玛是彝族——撒尼人的经典故事。云南阿着底地方有个彝族姑娘名叫阿诗玛，她聪颖美丽，与青年阿黑相爱。头人热布巴拉之子阿支，贪婪阿诗玛的姿色，心存歹念。一次，阿支在传统舞会上戏弄阿诗玛，遭到严厉斥责。阿支贼心不死，央媒人海热带着厚礼前去逼婚，又被断然拒绝。于是，阿支趁阿黑去远方牧羊之机，派人将阿诗玛劫走。阿诗玛乘隙将与阿黑定情的山茶花掷入溪中，溪水立即倒流，阿黑获讯赶回救援，途中被大山所阻。他用神箭射穿大山，开出通道，纵马驰骋，快速前进。阿支用尽种种威胁和利诱手段，都不能使阿诗玛屈服。阿支恼羞成怒，正要举鞭毒打阿诗玛，阿黑及时赶到。阿支提出要和阿黑赛歌，一决胜负。阿支赛输，但仍不甘心，又企图用暗箭杀害阿黑。阿黑愤怒地用神箭射穿寨门和大厅的柱子。箭射在神主牌位上，阿支命令众家丁用力拔箭，箭

却纹丝不动。阿支慑服，只得将阿诗玛释放。阿诗玛和阿黑喜悦地同乘一骑回家。他俩来到溪边，下马小憩。阿支带人偷走了阿黑的神箭，放洪水将阿诗玛淹死。阿黑悲愤地呼唤着她的名字，阿诗玛回归大自然——变成了一座美丽、巍峨的石像，千年万载，永驻石林。

大石林遍布着上百个巨石群，有的独立成景，有的纵横交错，连成一片。只见奇石拔地而起，参差峥嵘，千姿百态，巧夺天工，真的是"天下第一奇观"。石林的排布并不齐整，忽而险峻，忽而平坦；有的是小象依偎着大象妈妈；有的是尖尖的刀山，衬托着勇敢的阿黑哥；有的是熊熊的烈火，仿佛让我们感受到爱情的力量。由于云南刚经历了地震，所以，石林的姿态益发的险峻，增添了石林的魅力。

小石林显得秀美多了，小石林里有阿诗玛等待阿黑哥化为石头的石像，侧着脸庞，背着背篓，翘首盼望。导游介绍说，大石林的气势就好比阿黑哥，充满阳刚之气；小石林则代表了阿诗玛端庄美丽。在石缝间处处可见花草树木，姿态也是绮丽无比。如果说，大石林是刚强俊美的话，那么小石林就是纤秀柔美，尤其是阿诗玛的化石，仿佛看到阿诗玛头带秀丽的包头，身背美丽的背篓，穿着艳丽的民族服装，在遥望着她心爱的阿黑哥，脉脉深情的双眼是那么的吸引人们，打动人们的心。在这块绮丽的石头下，我们许下美好的愿望，愿和心爱的人永远相爱，相守一生。

我站在"石林"下，感觉更像是在熙攘的舞台上，一个个穿着彝族艳丽服饰、背着花篮的阿诗玛们，都是游客们的换装打扮，都想成为美丽的撒尼姑娘。有趣的是，从望峰亭下来后来到一广场上，游人们不管是否相识，手拉着手围成一圈，与当地的"阿黑哥"、"阿诗玛"们，随着"打跳"舞曲跳了起来。这种快活有趣的活动，让所有劳累在这很有特色的舞曲中都抛到九霄云外去了。

在石林后门出口，眼见一石峰，状如一得道高僧，峰顶似僧帽端庄，往下看去如高僧在合十打坐，惟妙惟肖。旁边有一石峰神似沙僧，不离师父唐僧左右，紧紧守护着。附近还有一块悟空石，与旁边猪八戒酣睡之态呼应，形成一幅栩栩如生的唐僧西行取经的画面。

我们在迷宫般的林间行走，一样的峰回路转，一样的曲径通幽，直至来到天然舞台———一处石林间的开阔地。还未到此处时就听到阵阵弦乐声和人声，节奏简单、欢快，来到后，果然有两队人在跳舞，一队男，一队女，都是"非常资深的"阿黑哥和阿诗玛。不少游客在观看，一两个老外还排在队中跟着跳。我不懂欣赏舞蹈，就只看热闹了。

这石林岩石是怎么形成的呢？我问导游。导游讲解说，石林是世界上单体最高的喀斯特岩地质奇观，是云南独具魅力的风景名胜区。大约在两亿多年以前，这里是一片汪洋大海，海底逐渐形成石灰岩沉积区。经过各个时期的造山运动和地壳变化，岩石露出了地面。由于石灰岩的溶解作用，石柱彼此分离，又经过千百年的风雨侵蚀，无数石峰、石柱、石笋、石芽

拔地而起，远望犹如一片莽莽森林，故而形成了今天这种千姿百态的石林。其实，石林就是一座名副其实的由岩石组成的"森林"，是喀斯特地貌的一种特有形态。

走到天然舞台时其实离入口处的石屏风很近了，原来我们绕着望峰亭转了一个大圈，只是没有再回到石屏风，而是朝另一个方向行进，三折两转却从莲花池出了大石林。这期间的景致留下印象的有二：一处是癞蛤蟆想吃天鹅肉，不敢说栩栩如生，却是真有七分像；一处是电视剧《西游记》中孙悟空三打白骨精时，举着金箍棒从其上跳下的那块巨石，是一块耸立于山涧中的石笋，高三四十米，挺拔秀丽。

莲花池是一个椭圆形小湖，一座曲折的长桥穿湖而过，桥头一亭秀立。湖中虽无石，但南岸却是秀石林立，黛青色奇峰映入碧绿的湖水，煞是好看。其中一峰，状如莲花，故此湖名莲花池。在桥头亭中选好角度，可拍出坐于莲花台上的佳照。

沿长桥穿湖而过，又走上景区大道——环林路，路北便是小石林。与石峰密集的大石林相比，小石林便显得疏朗、清雅、秀美。这里地势平坦，林木葱茏，绿草如茵，景区中石壁像屏风一样，将小石林分割成若干园林。艳丽的花朵不甘寂寞，不时从崖间探出头来。几块草坪四周点缀着奇峰怪石，有的若天设屏障，壁立一方；有的若牛蹲兽伏，在林间静卧；有的若香菌丛生，万年不朽。最大的一块草坪叫"跳月坪"，也叫"阿细跳月广场"。所谓阿细跳月是云南彝族的民族风俗，也称"阿西跳月"、"跳月",流行于云南弥勒、路南、泸西等地。它是一种舞蹈,男舞者弹大三弦或吹笛子,女子合着节拍与男对舞,或者牵手围圈,左右摆动,拍掌蹦脚,旋转而舞。前面我们在大石林天然舞台看到的那两队老人便是在"跳月",可惜宽阔的、铺着绿毯的跳月坪却无舞者,而且游客不让进入,不然虽不会跳舞,更不会"跳月",但在那绿茵茵的草坪上躺会,也是一种莫大的享受。

离开跳月坪后,便来到小石林另一个、也是最有名的景点——玉鸟池。玉鸟池是一个不大的池塘,四周石峰环绕,只在南边有一入口,入口处两座巨峰相对而立,形成一个天然石门。

当路过一处四周长满绿色植物、幽深阴冷的地方,导游让我们止住脚步回忆,对这块地方是不是似曾相识。看着脚下的绿色植物,潮湿的感觉自然而生,不远一座山整个都爬满了绿色植物,相隔很近有一座山正对着它,却是山上什么也没有,是一座石山,一块圆石悬于山顶边缘。看到我们大家猜想不出来,导游只好自己为我们揭开这个谜底:那不就是《红楼梦》片头里的那个石头么?经她这么一说,大家才恍然大悟。原来,这就是《红楼梦》片头里的那个石头。这时的我们大家,再仔细看着这块石头,真的越看越像,这块石头就像老朋友一样,在我们心中感觉也特别亲切起来。

石林,确实是个名副其实的人间奇境,到过这里的国家领袖、世界名人,无不叹为观止,豪情满怀。周恩来、朱德、

邓小平、江泽民、基辛格、李光耀……一个个流连忘返。他们或观赏它的壮美，领略它的风情；或吟诗作赋，歌咏它的史迹；或研究考察，探索它的奥秘。石林就像一座巨大优美的艺术迷宫，激发着无数文人墨客的灵感。公刘、刘白羽等诗人借景抒怀，留下了许多美丽动人的诗篇。

这趟石林行，真的没有白来。由于时间所限，我们虽然是走马观花，但已经从中领略了石林的雄伟和神奇，应该说，云南石林，真不愧是名副其实的天下第一奇观。

石林神奇迷人的自然风光与独具魅力的民族风情的完美结合，就像一幅美妙绝伦的天然风景画，如磁石一样吸引着我们，叫我们久久不愿离去。

世博园中好风景

世博园到了，请大家随我下车，现在我们来到了大门口的迎宾广场。导游对我们说。

享誉全国、闻名世界的世博园是昆明1999世界园艺博览会的简称。它靠近昆明北郊的金殿风景区，占地面积216公顷，会期从1999年5月1日至12月31日，共184天，共有95个国家（地区）和国际组织参展。半年内共接待海内外游客达943万人。在园区面积、筹展时间、参展单位、参观人数等方面创造了8项吉尼斯纪录。导游在车上早已告诉了我们。

我们来到了世博园的中心广场：世纪广场。这个巨大的不锈钢造型重达30吨，高19.99米，是一朵抽象的马蹄莲，螺旋向上的花朵，体现了新世纪到来欣欣向上的精神和希望。它是由昆明市盘龙区政府赠送的，是世博会的主题造型。

走过这条花园大道，我们看到前方是一艘正扬帆起航的巨大花船。它是由香港特别行政区赠送的，据说是仿造当年郑和下西洋的宝船而建成的。这五根巨大花柱和地面四条花带分别象征了五大洲四大洋，体现了世博会是全世界人民友好往来

的盛会。

在这花的世界里，纵观世博园，可以用以下几点来概括——

一个主题：人与自然迈向 21 世纪；

二个标志：会徽和吉祥物"灵灵"；

三大展区：国际、国内、企业展区；

四大广场：迎宾广场、世纪广场、华夏广场、艺术广场；

五大展馆：中国馆、人与自然馆、大温室、科技馆、国际馆；

七大专题园：竹园、茶园、盆景园、药草园、树木园、蔬菜瓜果园、名花艺石园。

这届世博会的会徽，是由中央工艺美术学院的王世文创作的。它的造型犹如一只手掌轻轻托起一朵绿色生命之花，又似大自然的星、云、气、风的运转，还像一只翩翩起舞的孔雀，象征了人与自然的和谐相处，体现了本次世博会的主题。

大家看到，这只手持鲜花，正朝着我们微笑的小猴，就是本届世博会的吉祥物滇金丝猴"灵灵"。滇金丝猴是国家一类重点保护动物，目前仅存于滇西的白马雪山自然保护区当中，取名为灵灵，喻指集天下万物之灵气，也指云南的风光秀美、人杰地灵。

进入大门，我们首先看到的是这座"世纪花坛"。这个花坛其实是一座花钟，钟面上覆盖着五颜六色的鲜花，其中有云南八大名花之一的报春花。花钟直径 19.99 米，象征了 1999

世博会，由上海市人民政府赠送。

据说，这花钟创下了三个纪录：一是时针、分针、秒针最齐全，世界上也有许多花钟但很少有秒针的；二是它的指针都是由航天材料所制成，重量很轻；三是花钟采用卫星定时，误差仅为百万分之一秒。听到此时，我们大家纷纷拿出自己的手表或手机，乘这个机会对一下自己的表。

我们来到五大展馆之一的中国馆。中国馆占地面积33000平方米，总建筑面积19927平方米，它的建筑风格融合了汉代宫苑建筑和南方居民建筑特色。绿色的瓦象征了生命和园艺，白色的墙是纯洁的颜色，代表了和谐与和平。3600平方米的观景台上，竖立着一对由北京市人民政府赠送的华表。华表在古时又称为诽谤木，尧、舜时期为了方便人民纳谏，就在一些交通要道和朝堂上树立木柱，让人们在上面书写谏言，而后来演变成为具有标志和装饰作用的华表。华表的上方有一对望天吼，北京天安门前后的华表，吼的头朝处，表示望君归，希望国君不要留恋外面的山水而废弃朝政。后面的一对吼头朝内，表示望君出，希望国君不要沉湎于声色，应外出巡视、体恤臣民。门口的这对石狮是由河北省人民政府赠送的。

一楼沿内走廊一共安排了六个展厅，34个展位充分展示了我国包括香港、澳门和台湾省区的园林、园艺精品及生物、环保等方面的代表性成果。

这个被称为"安园"的院落，代表着我们中国特色的院落建筑。眼前的五根龙柱代表了五个不同的主题：百鸟朝凤、

单龙二十四孝、九龙八仙、双龙十八罗汉和龙凤呈祥。这里还展示了云南建水的花厅、大理的照壁墙和纳西族的"三潭井"，分别为饮用水、洗菜水和洗衣水，暗指了纳西族人民节约用水的传统美德。

看见思园，人与自然的主题确实带给我们无限的思索。

穿过走廊，我们看到的是乐园。这里的三曲桥、人字桥、石桌等建筑小品充分体现了江南园林的玲珑雅致。

我们来到沁园，这是一个典型的文人园，园中的梅、兰、竹、菊四君子，体现了文人淡泊名利的气质。

在零号展厅里，我们主要看到展示的各省市赠送给世博会的珍贵礼物：河南的陶瓷花瓶，山西的漆屏风，贵州的烙画"黄果树瀑布"，陕西的铜车马等。这幅"人与自然"的紫砂壁画，它是由729块紫砂陶块拼制而成，长27米，高3米，是目前我国最大的紫砂壁画。画面包括"百日"、"劳作"、"欢聚""收获"、"吉日"五个部分，表现了各民族团结和睦、繁荣昌盛的情景。

"七彩云南"本是云南省的美称，对此有许多传说，其中之一说诸葛亮一擒孟获时天边突现七彩祥云，诸葛亮观之以为上苍暗示：须得七擒，方能收服此地人心，于是有了"七擒孟获"的历史，也有了七彩云南的典故。

七彩云南依山而建，占地360公顷的大院内，一个人工湖占去了大部分面积，沿湖建有七处金顶白墙、四重屋檐的傣族风格建筑，便是购物城，正中的翡翠珠宝商城最为宏伟。院后山坡上有一处名园——七彩云南孔雀园，据说园中景色秀丽，驯养孔雀千余只，可惜此日未开放，不得入内一观。院中间湖水荡漾，湖畔绿树掩映，湖水清澈见底，水中锦鱼成群。湖中心是一四方平台，台上却又是一椭圆形浅池，名叫许愿池。据说此处是当年诸葛亮南征时安营扎寨之地，所以池中山水间站立着七尊三国人物的雕像，从北到南分别为赵云、关羽、刘备、张飞、诸葛亮、孟获和关兴。

世博园内万千世界，别具一格，异国风情，景色众多，我们不可能一一看完，趁还有点时间，我相约几位朋友，便来到世博园中心花海地带。我们各人寻找着用花制作而成的12个属相中自己的属相，与之合影留念。我赶紧找到那只大花猴，与之亲密无间地拥抱了起来。

香格里拉天堂行

人们都说，香格里拉是世界上最美丽的地方，今生不去一趟，那将是终生的遗憾。选择一个假期，我终于踏上了这片神奇而又美丽的土地。

据悉，香格里拉古城，曾称建塘古城，建成于唐朝初年，后来称独克宗古城，历史长达千余年，又名"白色石头城"，它坐落于云南北部城市中甸。古城是中国保存得最好、最大的藏民居群，而且是茶马古道的枢纽。我们看到，城内房屋设计，处处展现了藏族风情，凹凸不平的石板路，像八瓣莲花般伸向不同的方向。石砌的民居，在大龟山周遭错落有致地散布着，整个地方，在岁月的浸渍下，泛出了灰旧而不破败的颜色。

听导游说，香格里拉县地处青藏高原南缘，横断山脉腹地，是滇、川及西藏三省区交汇处，也是举世闻名的"三江并流"风景区腹地。香格里拉成为两头窄，中间宽，"雪山为城，金沙为池"的雄伟态势。县境地形总趋势西北高、东南低，最高点巴拉格宗海拔 5545 米。县境地貌按形态可分为山地、高原、盆地、河谷。香格里拉县除主体民族藏族外还有汉族、纳西族、彝族、白族等十几个民族，全县总人口近 13 万人。海拔在 4000 米以上的雪山有 470 座，较为著名的有巴拉更宗雪山、浪都雪山、哈巴雪山等。

问起香格里拉名称由来，导游说，"香格里拉"一词早在一千多年以前藏文文献资料中就有记载。香格里拉一词的含义与中甸古城的藏语地名"尼旺宗"（意为"日光城"）、"独克宗"（一个藏语发音包含了两层意思，一为"建在石头上的城堡"，另为"月光城"）相一致。后来英国作家詹姆斯·希尔顿所著小说《消失的地平线》中，虚构了一个地名，就叫"香格里拉"。这主要讲的是 20 世纪 30 年代，四名西方人闯入了神秘的中国藏区，经历了一系列不可思议的事件。这部小说使得"香格里拉"成为西方世界"世外桃源"的代名词。巧合的是，第二次世界大战期间，美国飞行员因飞机失事"飘落"在虎跳峡北面金沙江支流的一个小小的山谷中，奇异而且美妙的自然景色使飞行员完全忘记了刚刚从死神的手中挣脱的惊恐，脱口说出，这真是世界上独一无二的地方——"香格里拉"。在第二次世界大战之后，"香格里拉"一词便不胫而走。

虽说"香格里拉"一词不胫而走，但具体在哪儿还是一个未知数。追根寻源，导游说，那就说来话长了。他说，进入 20 世纪 90 年代以来，人们在迪庆有了神奇的发现，藏经中的香巴拉王国，以及詹姆斯·希尔顿描绘的香格里拉，就在迪庆。于是，一股香格里拉的旋风席卷了中国，震惊了世界，世

界各地的香格里拉信仰者及游客纷至沓来，竞相争睹香格里拉这一人间仙境。

我们看到，香格里拉那无垠的广坝、连天的草甸、遍地的黄花、成群的牛羊，一步景色，就是一幅终生难忘的美丽画面。在那并不辽阔但宽敞的草甸上，青稞架随意散落。这里还有大多数中国人不喜爱的乌鸦——在藏乡却被誉为神圣的黑鸟，成群结队地"晾"在青稞架上晒太阳。

不久，我们便来到了普达措。普达措，本身即是佛法之意。这座地处高原、海拔四千多米的神山，温度很低。上山前，我们每个人都租了件军大衣套上，一大群人走在一起，形成了当地另一道风景。我们身体虽不能靠近那圣洁的空气，灵魂却走进了肃穆的天堂。

在这片世间少有的净土上，沿途的风景令人窒息。在山林的间隙，一条条白练横空而下，那是圣洁的雪铺陈的自然的造化。我们贪婪地吸取着这完整原始森林的氧气，心旷神怡。成群的牛羊睡卧在公路两旁的草地，悠闲地啃食草汁，安然地踱到公路上，慢慢悠悠，踱近泛黄的草原，或回草，或沐雨，或远视，或进食，一派安谧，完全不理会欣喜若狂的我们。

说到境内河流湖泊，导游口若悬河：境内河流全属金沙江水系，除金沙江干流外，境内共有大小河流244条，分别在不同河段注入金沙江。香格里拉有高山湖泊（含冰碛湖）298个，其中面积最大、景观最美的是纳帕海、碧塔海、属都湖和三碧海四个高原湖泊和湖群。

　　不知不觉中，往前一望，我们看到，一条清澈透底的河流横穿宽阔无垠的大草原腹部。导游说，这就是属都湖。属都，藏语意为"石头一样结实的奶酪"。相传很早以前，有位高僧云游至此，觉得牧民布施的奶酪非常好吃，就祈祷说："愿这里的奶酪像石头一样结实。"于是，便有了"属都岗"这个名字。因为湖在属都岗牧场湖边，人们便称之为属都湖。

　　我们看到，碧波万顷的属都湖，从天而降，镶嵌在茂密的丛林中，也镶嵌到我们的心里。这里，四周丛林围绕，中间却突兀一湾塘，盈满了水，清澈无瑕，蛮横的让你小心翼翼，怕一个不和谐的声响，破坏了此处的圣境。远方巨大的蓝色天幕，看上去，感觉伸手就能触摸。若隐的雪山，包围在无法接近的纯净之中，呈现在我们的眼珠里。那白色的雪，绿色的树，青色的水，蒙蒙的雾，若现的雨帘，像极了一幅神采飞扬、荡气回肠的水墨画，在无意间完成，看似随意的组合，却独具匠心，浑然天成，让我们不得不惊叹这大自然的鬼斧神工。

　　要说起来，如此青翠的森林，如此茂盛的树干，在高原上实属难见。一般高原的树，矮小乱窜，这里的树苍劲挺拔，刚直睥睨，此起彼伏的群林，霸道地铺陈，一棵棵，一片片，灵韵毓秀，要说起来，真可以与台湾的阿里山原始森林一比高下。

　　湖净心静，佛意天成，山幽情悠，物华灵空，放眼处山清水秀，显得尤为清静。云雾在水面飘动，飘逸秀美，蓝天下

漫山遍野厚重而浓烈的黄，浓墨重彩渲染出秋的气息。此刻呈现于眼前的，是完全不同的另一种绝美景观，这不由得让我想起"欲把西湖比西子，淡妆浓抹总相宜"的句子来，感慨大自然妙手偶得了。我们沿着湖面慢慢走过栈道，真是惬意极了。美名传天下，神法耀古今。这一望无际的绿浪、神山、神水，千万年来不曾改变。白塔蕴藏着金法，五彩斑斓的风马旗随风飘扬，空气中飘荡着诵经的梵音，那样的分明。不同颜色的经文幡代表着不同寓意，绿色代表河流，红色代表海洋，黄色是大地，蓝色是天空，白色是白云，祈求着苍天保佑虔诚的信徒，保佑这神山、神水、神林、神畜，永远不会停止，世代传承，永葆香格里拉的神奇魅力，永护香格里拉的世外桃源。

乘车继续前行，经过弥里塘牧场不久，我们就到了碧塔海。"碧塔海"是藏语，意思是"像牛毛毡一样柔软的海"，从这里我们开始了全程4.2公里的栈道徒步。四周青山郁郁，原始森林遮天蔽日，外面世界的"酷热"与这里无关，我们好像穿越了时空隧道，阵阵清冷迎面袭来。好在拉姆早就提醒过，我们也做好了防寒准备，倒也就继续悠游了。

行进中，整条栈道几乎都沿着湖水延伸，湖面平静如镜，波澜不起，翠绿山峰倒映水中，湖光山色，融为一体，蓝天白云恬然为伴，如此独具神韵，自有"林涛载水声，鸟语花为伴"的意蕴。漫步栈道有些忘怀了自己，好似心也渐渐沉静下来，再无外界的嘤嘤聒噪。

在香格里拉，有一句话，那就是，山有多高，水有多高；

哪里有地，哪里就有家。不错，我们看到，为了种那山坡上的一小片庄稼，一户人家孤零零地出现在田边。在山腰，甚至山顶之上都有民舍，对他们吃水的担忧是多余的。藏民的家畜基本是自然放养，牛、羊和马们散落在草场悠闲地吃喝，道旁山林的小树丛中经常隐现几只小黑猪在寻寻觅觅。放眼眺望这里的山川平地，大棵的酥油花、黄色的狼毒花、深紫的鸢尾花，还有许多不知名的野花生长在香格里拉的每一寸土地上，分外妖娆。

香格里拉人民能歌善舞，神奇灵秀的山川，古老的民族文化积淀，孕育出香格里拉县各民族善良、旷达的性格，也使得这一地区的民族节日独具魅力。早就听说了，这里的每一位藏民，只要能说话就一定会唱歌，只要能走路就一定会跳舞。每一个人，随意吼上几句，会把你震住，把你深深折服。饭前喝酒敬酒，他们都要唱歌。那张口就来的嘹亮歌喉，激越曲调，直冲云霄。骏马的蹄声，草原的风声，夹杂着牦牛的奶香，白云的飘逸，那曼妙的言语，直逼你的灵魂，让你全身为之一颤。空灵的氛围，一切释放萦绕在歌声里。

导游进一步介绍说，农历五月初五的赛马会，是全县最隆重的节日，这时好手云集，名马长嘶，赛马场成为英雄会。"丹巴市"、"格冬节"是两个宗教色彩浓郁的节日，形式奇特而神秘，内蕴丰厚而耐人寻味。纳西族的"二月八"、彝族的"火把节"等节日都成为各民族人民宣泄自己情感的最佳方式。香格里拉县各民族人民以自己独特的审美方式，创作出自己的

优美歌舞，有着极强烈的区域特点。大中甸的锅庄、尼西的情舞、五境的热巴同属藏族舞蹈，但风格、形式迥异，或深沉凝重，或潇洒飘逸，而热巴舞则热情奔放。纳西族的阿卡巴拉舞舞步古朴，彝族的葫芦笙舞，傈僳族的对脚舞，节奏明快，极富感召力，最能唤起观众的参与热情。历史上各民族文化的频繁交流，造就了多姿多彩的民族服饰，立体的气候锻造了丰富的建筑形式。境内藏族服饰有七种之多，纳西族服饰有三种之别。境内藏族民居建筑样式几乎囊括了除傣楼外的中国民居样式，而藏传佛教寺院建筑则规范厚重，气势宏大。

说到这儿的气候，导游说，这境内，实际上就在北回归线相差三度的边上。一年四季太阳投射角度变化幅度不大，全年可接受太阳辐射能量充裕，日照时数及太阳辐射总量季节性差别不大，气温年差小，全年无夏季。高原上空气层透明度高，太阳辐射比同纬度低海拔地区强，白天增温剧烈，夜间降温剧烈，气温的日差较大，可谓"一年无四季，一天有四季"，高原气候特点十分明显。据悉，这里主要受西南季风和南支西风急流的交替控制，晴天多，光照足，蒸发量大，形成干季。县境山高谷深，气候随海拔升高而发生变化，从海拔 1503 米的金沙东河谷到海拔 5396 米哈巴雪山和海拔 5545 米的巴拉格宗山山顶，依次有河谷北亚热带、山地暖温带、山地温带、山地寒冷温带、高山亚寒带六个气候带。气候幅宽，带窄，形成"一山分四季"、"隔里不同天"的典型立体气候。

导游性情所致，还为我们说起了这里群山的藏宝。香格里拉地处三江褶系与扬子准地台交接地带，全县矿产资源十分丰富，已知有金、银、铜、铁、钨、铍、钼、锰、铅、锌、滑石、小晶、石棉、白云石、大理石、褐煤、泥炭等矿种 25 种。境内种子植物、被子植物、用材树种、花卉植物各种植物应有尽有。

不知不觉中，我们已经来到哈巴雪山自然保护区。它位于香格里拉县东南部，主峰海拔 5396 米，海拔最低点为江边行政村，仅 1550 米，海拔高差达 3896 米。整个保护区 4000 米以上是陡峭的悬崖和高山流石滩，地貌呈阶梯状分布，依次为亚热带、温带、寒温带、寒带等气候带，山脚到山顶的温差达 22.8℃。该保护区是以保护高山森林垂直分布的自然景观及栖息于此的野生动植物而设立的寒温带针叶林类型自然保护区。

据悉，保护区系"三江并流"世界自然遗产片区之一，植被自然垂直分带明显，自然景观完整，有纬度最南最低的第四纪冰川，年融水达 664 万立方米，山上有众多的苔藓湿地。区内哈巴雪山与玉龙雪山隔江相望，共同构成举世闻名的虎跳峡。峡长 20 余公里，江水落差 213 米，分为上虎跳、中虎跳和下虎跳三段，共有险滩 18 处，江面最窄处仅 20 余米。哈巴雪山蕴藏着丰富多样的珍稀动植物资源，有云杉、冷杉、铁杉、红豆杉等上百种乔木；有虫草、贝母、天麻、雪莲等名贵中药材；有杜鹃、报春、龙胆、百合等各种高山名贵花卉；有松茸、羊肚菌、猴头菌等 136 种野生食用菌。原始森林里还栖

息着小熊猫、毛冠鹿、林麝、岩羊、藏马鸡、红腹角雉等珍禽异兽。全世界约有杜鹃属 850 种，中国约有 560 种，云南约有 250 余种。横断山一带的杜鹃花品种竟占到全国总数的 41%，而这些杜鹃品种在哈巴雪山地区则随处可以看到。

沿途，我们又看到了梅里雪山。梅里雪山又称雪山太子，位于云南省德钦县东北约 10 公里的横断山脉中段怒江与澜沧江之间，处于世界闻名的金沙江、澜沧江、怒江"三江并流"地区，北连西藏阿冬格尼山，南与碧罗雪山相接。平均海拔在 6000 米以上的有 13 座山峰，称为"太子十三峰"，主峰卡瓦格博峰海拔高达 6740 米，是云南的第一高峰。梅里雪山主峰卡瓦格博为藏传佛教宁玛派分支伽居巴的保护神，峰型如一座雄壮高耸的金字塔。被誉为"雪山之神"的卡瓦格博以其巍峨壮丽、神秘莫测作为"藏区八大神山之一"而闻名于世，早在 20 世纪 30 年代美国学者就称赞卡瓦格博峰是"世界最美之山"，享誉世界。

香格里拉，一个名字，一处神秘而引人幻想、惹人向往的净土，成为一笔取之不竭、用之不绝的巨大财富，从一个侧面印证了詹姆斯·希尔顿《消失的地平线》一书在人文学上的伟大意义。我们要感谢六十多年前那一次意外，使几个外国人来到了这一个四面雪山环绕、大峡谷底有金矿的藏区，和他们在这个似乎与世隔绝的地方，那一段短暂的生活。当然首先要感谢作者抓住了现代人类的心理特征，着力刻画了峡谷中人们与世无争，活得逍遥自在，无欲无求，尽管信仰和习俗各不相同，却彼此团结友爱，和睦相处，处处遵从着"适度"美德的一个多民族、多宗教、多文化、各种气候、地貌兼容并存的当代"乌托邦"。

我们可以清楚地看出，香格里拉这里的人们安分地享受着阳光和雪山的恩赐，却对峡谷的黄金不屑一顾。由喇嘛寺僧侣管理着整个山谷，活佛是当地的精神领袖，形成了一个"香格里拉"社会。要说起来，本来香格里拉是藏语的英语音译，意为"心中的日月"，但因为注入了作者的美好愿望，把那种原始的淳朴发挥到了极致，加之好莱坞制片公司买下版权后搬上银幕，立刻风靡全球。特别是主题歌《这美丽的香格里拉》也很快唱遍了全球。"香格里拉"一词已经成了一种永恒、和平、宁静的象征，成了"伊甸园"、"世外桃源"的代名词，成了一片人们渴望已久的人生理想的归宿地。

是的，在几十年里，世界各地的向往者都在寻找这片圣境的真实所在。印度和尼泊尔曾先后宣称，他们在喜马拉雅山脉的冰峰下找到了传说中的香格里拉，印度的巴尔蒂斯坦镇、尼泊尔的木斯塘都以香格里拉的魅力招引了成千上万的旅游者，而香格里拉的巨大商业价值更被马来西亚的郭氏家族买断，用于酒店商号，从而成为世界级酒店的至高象征。近些年，更多的游客对比发现，川滇藏交界地区的风景和风情，基本与希尔顿小说中的描述一致，因而越来越倾向这片有起伏连绵的雪峰、幽深雄峻的峡谷、金碧辉煌的庙宇、林环水静的湖泊、草丰花艳的冈坡、牛羊成群的草原的祥和宁静的土地，才

是最接近本真形貌的香格里拉。

　　也许，希尔顿并没有到过中国，他的小说纯粹缘于一个作家穿越时空的神奇想象。当然，这种想象的触点源发于接踵而至的传教士和探险家对东方神秘地域的精彩描绘，尤其是在川滇藏一带游历生活了三十多年的洛克发表在美国《国家地理》杂志上轰动西方的文章。希尔顿妙笔生花，也许是杜撰的精彩，抑或是阴差阳错，将佛教传承了几千年的香巴拉魔幻成了香格里拉，以至于近年出版的《藏族大辞典》这样表述香巴拉：佛教一净土名，意译极乐世界，又称香格里拉。

　　佛经里的净土，小说里如梦如幻的幻境，很美，朦胧缥缈。现实中的香格里拉，你到底在哪里？人们可能会永远找寻下去，毕竟那是人类追寻的极乐地，文学描绘的伊甸园。

　　我依依不舍的还是走了，心却顽固地留了下来。其实，每个人的心里都会有一个香格里拉。于我而言，不管世人怎么争议，川滇藏地区气势磅礴的自然风光和神秘多样的民族风情，这就是我心中永远向往的香格里拉。

西双版纳"神秘国"

第一次来云南，因旅游路线不同，失去了一次去西双版纳的机会，后来抓住机会，我又第二次踏上了云南的土地，来到了魂牵梦绕的西双版纳。

嗬，走进西双版纳，我感觉被一种莫名的震撼所俘获。哦，是版纳神秘的雨林和婀娜的傣家风情，还有那掩映在凤尾竹下的庄严佛塔、佛寺，让人不能自己。

位于云南省西南端的西双版纳，古代傣语为"勐巴拉那西"，意思是"理想而神奇的乐土"，这里以神奇的热带雨林自然景观和少数民族风情而闻名。西双版纳是全国唯一热带雨林自然保护区，林木参天蔽日，珍禽异兽比比皆是，奇木异葩随处可见。西双版纳又是傣族之乡，由于临近泰国、缅甸等佛教国家很近，所以，西双版纳充满了佛风，佛塔寺庙与傣家竹楼、翠竹古木交相辉映，一派神圣景象。

傣族是西双版纳人口最多的少数民族，有精巧的竹楼，优美的孔雀舞，特别是傣族少女服饰精美，容姿秀丽，能歌善舞，是西双版纳迷人的景致之一。

导游介绍说，西双版纳境内佛寺、佛塔星罗棋布，曼飞龙白塔是西双版纳佛塔的典范，极富东南亚情调；景真八角亭亦是西双版纳有名的佛教建筑，酷似傣家竹楼；其他如曼阁佛寺等历史悠久，是小乘佛教有名的会所，香火极盛。西双版纳小乘佛教深入人心，处处可见充满东南亚风情的佛寺、佛塔，傣族人基本上都是虔诚的佛教徒。

据悉，西双版纳的原野隔绝了中原文化的教化，与泰国、缅甸等东南亚诸国却近在咫尺，于是小乘佛教随风潜入。西双版纳境内，人人都是俗家子弟（男子少年之前都必须剃度侍佛，成年后还俗），佛风有别中原而酷似东南亚，又融入傣族人的文化风格，从寺庙建筑可见一斑。飞龙白塔是西双版纳佛塔的典范，圆形尖顶，塔身如玉，塔尖金黄，到过曼谷的人们可似曾相识？景真八角亭亦是西双版纳有名的佛教建筑，基座高筑，锥型屋檐，又酷似傣家竹楼。西双版纳人笃信佛教又不拘泥细节，因此，寺庙并没有很多清规戒律，对佛的信仰更体现在与大自然的和谐共处之中，真正是时时有佛，处处是佛。

关于西双版纳名字的由来，导游说，西双版纳中的西双，傣语为十二的意思，西双版纳即为十二个版纳，也就是版纳景洪、版纳勐养、版纳勐龙、版纳勐旺、版纳勐海、版纳勐混、版纳勐阿、版纳勐遮、版纳西定、版纳勐腊、版纳勐捧、版纳易武。西双版纳是明代隆庆四年（1570年），宣慰司（当地最高的行政长官）把辖区分十二个"版纳"（傣语"版纳"，是指一千亩之意，即一个版纳，一个征收赋役的单位），从此便有了"西双版纳"这一傣语名称。

西双版纳属北回归线以南的热带湿润区，热量丰富，终年温暖，四季常青，具有"常夏无冬，一雨成秋"的特点。一年分为两季，即雨季和旱季。雨季长达5个月（5月下旬—10月下旬），旱季长达7个月之久（10月下旬—次年5月下旬），雨季降水量占全年降水量的80%以上。这里又因距离海洋较近，受印度洋西南季风的控制和太平洋东南季风的影响，常年湿润多雨，所以森林繁多，植物茂密。从世界地图上一眼看去，会发现在西双版纳同一纬度上的其他地区几乎都是茫茫一片荒无人烟的沙漠或戈壁，唯有这里两万平方公里的土地像块镶嵌在皇冠上的绿宝石，格外耀眼。

西双版纳景观以丰富迷人的热带、亚热带雨林、季雨林、沟谷雨林风光、珍稀动物和绚丽多彩的民族文化、民族风情为主体。这里有着300多万亩自然保护区，其中70万亩是保护完好的大原始森林，森林占全州总面积近60%，到处青山绿水，郁郁葱葱，以其美丽和富饶闻名遐迩。西双版纳境内共有植物2万多种，其中属热带植物5000多种，有食用植物1万多种，野生水果50多种，速生珍贵用材树40多种。许多植物是珍贵用材或具有特殊用途，如抗癌药物美登木、嘉兰；治高血压的罗芙木；健胃虫的槟榔；风吹楠的种子油是高寒地区坦克、汽车发动机和石油钻探增粘降凝双效添加剂的特需润滑油料；桐子油可替代柴油；被誉为"花中之王"的依兰香可制成高级香料；有1700多年前的古茶树；有天然的"水壶""雨

伞"；会闻乐起舞、会吃蚊虫的小草；见血封喉的箭毒木……

到西双版纳旅游，这里随处即景，让人目不暇接。有时会看到美丽的孔雀、白鹇、犀鸟在林中飞翔；有时会看到大象在公路上漫步；有时会看到羚羊、野鹿、野兔在奔跑……那情那景，真叫人开心，这是在其他地方难以想象得到的奇观和乐趣。

西双版纳还盛产橡胶，是全国第二大胶区，橡胶单产居全国之首，另外还盛产大米、多种热带水果和砂仁等珍贵药材，所以说，西双版纳是名副其实的"植物王国"、"动物王国"、"绿色王国"、"南药王国"。由于西双版纳有这么多独特的资源，引起了国内外游客和科研工作者的极大兴趣。1993年10月8日，联合国教科文组织正式接纳西双版纳国家级自然保护区为国际生物圈保护区。

傣族历史悠久，在长期的生活中创造了灿烂的文化，尤以傣历、傣文和绚丽多彩的民族民间文学艺术著称于世。早在一千多年前，傣族的先民就在贝叶、绵纸上写下了许多优美动人的神话传说、寓言故事、小说、诗歌等，仅用傣文写的长诗就有550余部。《召树屯与楠木诺娜》《葫芦信》等是其代表作，被改编成电影、戏剧等，深受群众的喜爱。傣族的舞蹈具有很高的艺术水平和鲜明的民族特色，动作为多类比和美化动物的举止，如流行广泛的"孔雀舞"、"象脚鼓舞"等。

傣族的音乐悦耳动听，除了为舞蹈伴奏外，常与诗歌相结合，雕刻、绘画也具有鲜明的特点。傣族信仰上座部佛教，在傣族地区，佛塔和佛寺随处可见。傣族民居——竹楼，是我国现存最典型的干栏式建筑，造型古雅别致，住在里面清凉舒爽。傣族男子有文身的习俗，表示勇敢、美观，亦能吸引异性的爱慕。

这里著名景点极多，如景洪、曼飞龙佛塔、澜沧江畔、曼阁佛寺、曼景兰旅游村、依澜度假村、猛仑植物园、民族风情园、野象谷、热带作物研究所、傣族风味菜、傣族园、景洪原始森林公园、红旗水库、打洛原始森林公园、动物奇观、植物奇观、热带雨林、傣族泼水节。

说到傣族泼水节，导游介绍说，泼水节是傣族一年一度的传统节日（阳历4月13至15日）。傣语叫作"楞贺尚罕"，即"六月新年"或"傣历新年"。实际上泼水节就是傣历的元旦，因为傣文历法，新的一年是从6月开始计算的。

关于泼水节的来历，导游说，当地流传着这样一个传说：很早以前，一个无恶不作的魔王霸占了美丽富饶的西双版纳，并抢来七位美丽的姑娘做他的妻子。姑娘们满怀仇恨，合计着如何杀死魔王。一天夜里，年纪最小的姑娘侬香用最好的酒肉，把魔王灌得酩酊大醉，使他吐露自己致命的弱点。原来这个天不怕、地不怕的魔王，就怕用他的头发勒住自己的脖子。机警的小姑娘小心翼翼地拔下魔王的一根红头发，勒住他的脖子。果然，魔王的头就掉了下来，变成一团火球，滚到哪里，邪火就蔓延到哪里。竹楼被烧毁，庄稼被烧焦。为了扑灭邪火，小姑娘揪住了魔王的头，其他六位姑娘轮流不停地向上面

泼水，终于在傣历的六月把邪火扑灭了。乡亲们开始了安居乐业的生活，从此，便有了逢年泼水的习俗。

有关泼水节的传说，还有另一个版本，与这第一个版本有点相似但又有所区别。那是我们在听我们的导游介绍时，听到了边上另一旅游队伍的带队导游讲述。他说，民间传说，远古时候，傣族居住的地方遭受一场灾难，夏无雨，春无风，秋无艳阳，淫雨满冬，需晴不晴，需雨不雨，四季相淆，庄稼无法种，田荒地芜，人畜遭疫，人类面临灭顶之灾，那个被人们称为帕雅晚的人，见到如此光景，决心到天庭弄清缘由，禀告天王英达提拉。

他以四块木板做成翅膀，腾空而起，冲入天庭，将人间遇到的灾难报告了天王英达提拉。英达提拉闻状一查，知道是负责掌管风、雷、电、雨、晴、阴的天神捧玛点达拉乍无视捧玛乍制定的旱、雨、冷三季之规，凭借广大神通，蓄意作乱。而这个捧玛点达拉乍，法术高明，众天神均对他无可奈何。

为惩处这个乱施淫威的天神，英达提拉装扮成一个英俊的小伙，到捧玛点达拉乍家里去串姑娘。被捧玛点达拉乍长期禁闭在深宫中的七位女儿，对这位英俊小伙子一见钟情。英达提拉便将捧玛点达拉乍降灾人间，使人类面临灭顶之灾告诉了他的女儿们。得知实情后，七位平日已对父王心情愤懑的善良姑娘，决心大义灭亲，拯救人类。

她们天天围在父王身边撒娇，探查他的生死秘诀。面对娇女，捧玛点达拉乍终于吐露了秘密：他不怕刀砍、箭射，也不怕火烧水淹，他怕的是自己头上的发丝。姑娘们探得秘密之后，将自己的父亲灌得酩酊大醉，乘机剪下他的一撮头发，制作了一张"弓赛宰"（直译为心弦弓，褛必弦弓）。她们刚把弓弦对准捧玛点达拉乍的脖子，他的头颅便倏然而落。然而捧玛点达拉乍的头是只魔头，落地喷火，火势冲天。七位姑娘见状，不顾安危扑向头颅抱于怀中，魔火顿灭。

为扑灭魔火，七位姑娘只好将魔头抱在怀中，不断轮换，直到头颅腐烂。姐妹每轮换一次，便互相泼一次水冲洗身上污迹，消除遗臭。捧玛点达拉乍死后，树鲁巴的麻哈捧重修历法，执掌风雨，使人间风调雨顺，人民安居乐业。传说，修订的历法是由帕雅晚于傣历六月托梦给他的父亲宣布的，因此，傣族便把公布新历法的六月作为辞旧迎新的年节。人们在欢度新年时，不忘相互泼水，以此纪念那七位大义灭亲的善良姑娘，并寓驱邪除污，求吉祥如意，流传至今。

傣历新年，一般要过三天或四天，通常称为"宛麦"、"宛恼"、"麦帕雅晚玛"。"宛麦"是辞旧岁之日，有些类似农历的除夕。这天，人们要打扫卫生，准备过年的食品，辞旧岁，迎新年。"宛恼"多数年份为一天，有时为两天，意为空日，不属于旧年报天数，也不属于新年的天数，民间通常把"宛恼"说成是捧玛点达拉乍的头颅腐烂之日。

不管是哪个版本，最后结果都产生了泼水节这个民族风俗。现在，泼水的习俗实际上已成为人们相互祝福的一种形式。在傣族人看来，水是圣洁、美好、光明的象征。世界上有

了水，万物才能生长，水是生命之神。每到泼水节来临，西双版纳欢度新年的时候，要举行热烈而隆重的泼水祝福活动，外地人都把它称为泼水节。

节日期间，傣家人便忙着杀猪、杀鸡、酿酒，还要做许多"毫诺索"（年糕），以及用糯米做成的多种粑粑，在节日里食用。在这期间，人们穿戴一新，载歌载舞，欢度佳节。这里无论在竹楼、村寨里，还是在街道、公路上，也不论男女老少，过路行人，到处都是热闹的泼水活动。他们有的端着脸盆，有的提着水桶，互相用手泼水，每个人都是水淋淋的。按当地的习俗，这意味着用水冲洗掉身上的污垢，消除灾难，得到幸福。在过泼水节的日子里，人们还尽情地唱歌、跳舞、饮酒欢宴。去西双版纳参加泼水节，已成了一个十分吸引人的旅游节目。

每到节日，妇女们各挑一担清水泼到佛像身上为佛洗尘。接着，男女老少提着水桶，端着脸盆，互相泼洒，互相祝福，认为这样可以消灾除病，平安吉祥。成千上万的人随着优美的傣族音乐翩翩起舞，边跳边呼喊"水！水！水！"，喊声动地，鼓锣之声响彻云霄，场面十分壮观。

泼水节期间，傣族青年喜欢到林间空地丢包做游戏。花包内装棉纸、棉籽等，四角和中心缀以五条花穗，是爱情的信物。先是无目的地抛来掷去，后渐渐有了固定的目标，等姑娘有意识地让小伙子接不着输了以后，小伙子便将准备好的礼物送给姑娘，双双离开众人到僻静处谈情说爱去了。

泼水节还要举行划龙舟比赛，成千上万的中外游客聚集到澜沧江边，观看一组组披红挂绿的龙舟竞赛。傣家儿女在"当！当！当！"的茫锣声中和"嗨！嗨！嗨！"的哨子声中，劈波斩浪，奋勇向前，为节日增添了许多紧张欢乐的气氛。

放高升和孔明灯是傣族地区特有的活动。人们在节前就搭好高高的高升架，届时将自制的土火箭点燃，它一边喷出白烟，一边"嗖嗖嗖"的尖啸着飞上蓝天，引得人们举目张望，不时发出喝彩声。高升飞得越高越远的寨子，人也觉得更光彩，更吉祥，优胜者还将获奖。

入夜，人们又在广场空地上，将灯烛点燃，放到自制的大"气球"内，利用空气的浮力，把一盏盏"孔明灯"放飞上天。一盏盏明亮的孔明灯在漆黑的夜晚越飞越高，越飞越远，人们以此来纪念古代的圣贤孔明。放河船、跳象脚鼓舞、孔雀舞，斗鸡等，也是泼水节的活动内容。近几年，还增加了民俗考察、经贸洽谈等内容，使得泼水节的活动更加丰富多彩。

从前的傣历年，多以村寨为单位举行，规模不大，西双版纳傣族自治州成立以后，各级政府已把傣历新年作为一个加强各民族文化交流、展示民族风情、招商引资、吸引国内外游客和商贾的有组织的活动，不仅开展泼水、放高升、龙舟竞渡、放焰火、飞灯、堆沙等传统活动，还增加了文艺表演、商品展销、贸易洽谈等内容。各个公园也利用优势，开展剽牛、斗鸡、大象表演和民俗表演、射弩等各种活动，使节日活动规模宏大，丰富多彩，引人入胜。国际友人、海外侨胞、省内外

游人、商家纷至沓来，与西双版纳各族人民一起欢度佳节，欣赏浓郁的民族风情活动，观赏当地迷人的风光，开展经济贸易活动。傣历新年已成为增强文化经济交流，增进友谊和民族团结的重要节日。

游玩过程中，我们看到最多的是那别致的傣族竹楼。傣族竹楼，是一种竹木结构的空中楼阁，面积相当大。整个楼阁用几十根大木柱支撑着，地板用竹片铺砌。楼下四面敞开，不住人，只是堆放杂物和养牲畜。楼上住人，房顶盖着很薄的小平瓦，其形状很像古代人戴的帽子。据当地人说，这是孔明帽，说是当年孔明曾教会当地人种水稻，当地人为了纪念他，便把竹楼的房顶设计成孔明的帽子那样。

在这里除了可以欣赏到热带雨林的景致之外，您还可以领略到奇木异草的风姿，如跳舞草、含羞草、望天树、桫椤树、箭毒木、铁力木、王莲、旅人蕉、神秘果（树）、四数木、大板根……还可以观赏到"鱼赶摆"的场面，可以碰到开屏的孔雀，可与野象合张影……

由于西双版纳孔雀很多，所以，人们又把西双版纳说成是孔雀的家园。说到孔雀，导游又给我们讲述了一个孔雀的传说。

据说是在一千多年前，在奔流不息的澜沧江边，盛开着101朵最美的大鲜花。茫茫的大森林里，有101个国家。在这101个国家中，最美丽、最富饶和治理得最好的是勐董板，即人人都向往的孔雀国。

孔雀国位于茫茫的热带原始森林边缘，那里的山最绿，水最清，花最香，人也长得最漂亮，并且每个人都有一件孔雀羽衣，穿在身上便可以飞。在这个国家里，人人有事做，个个有饭吃，没有吵架，没有盗窃，大人知书达理，小孩天真活泼，村村寨寨和睦相处，官家百姓都以善待人。这样美的地方，谁不称赞，谁不喜欢，谁不向往？

孔雀国的国王和孔雀王后是两位慈祥的老人，他们共同生育七个女儿，被称为孔雀七公主。孔雀七公主长得一模一样，每隔七天，她们便要告别父母，飞到金湖里洗一次澡。金湖坐落在茫茫森林里，隐藏在绿色群山之间，湖的上空云雾缭绕，在阳光照耀下金光闪闪。湖面宽阔无比，一片碧波，像一面镶着宝石的明镜，倒映着蓝天白云和四周的鲜花绿叶。孔雀七公主每次飞到金湖里洗澡，都十分快乐，总想多玩一阵，但又担心父王母后挂念，不得不依依不舍地离去。

有一天，她们照例来到金湖里，七姐妹游呀游呀一会儿潜入水底，一会儿浮出水面，一会儿相互泼水，一会儿相互追逐，玩得十分开心，差点儿忘了回家。当她们想起父母正在焦急等待，急忙返回岸边穿衣时，最小的妹妹孔雀七公主南穆努娜的羽衣却不见了。她们找遍了周围的草地，也找不到。

这是怎么回事呀，茫茫森林杳无人迹，难道是天神盗走了？孔雀七公主哪里知道，盗走羽衣的不是天神，而是勐板加王子召树屯。原来，召树屯王子七天前带领随从到森林里打猎，为追逐一只金鹿来到这碧波荡漾的金湖边，看见孔雀七公

主正在金湖里洗澡。那美丽的身影，花一样的笑容，深深地迷住了他。他一见钟情，爱上了最小的七公主南穆努娜，可是，正当他想唱一首情歌表达爱意时，孔雀七公主穿上羽衣飞走了。

王子一片茫然，站在湖边发呆，此时，王子的好朋友神龙看出了他的心思，急忙跑来对他说："七天以后，孔雀七公主还会再来的，你可以在湖边搭一个竹棚，住在那里，耐心等待。等到孔雀七公主再次飞来洗澡时，你便悄悄走过去，取走羽衣，这样她便无法飞走，你就有机会表达爱情了。"

王子召树屯按照神龙的安排，搭了个简易的竹棚，在里面等了七天七夜。到了第七天早晨，只见天边出现一道彩虹，孔雀七公主果然又飞来洗澡了。云雾弥漫的金湖立即金光闪闪，七姐妹脱下衣裙像七朵睡莲飘入湖中。

王子召树屯想起好朋友神龙的话，悄悄地从竹棚里走出来，取走了年纪最小的七公主南穆努娜的羽衣。此刻，孔雀七姐妹已经洗完澡，踏上绿茵茵的湖边，六个姐姐已穿好衣服，正在慌慌张张地帮助小妹妹寻找羽衣。王子召树屯的心反而有点不安起来。"不能让她们太着急。"于是，他从容地从树荫里走出来，归还了羽衣，然后走到七公主南穆努娜身边，很有礼貌地作了道歉，说明自己取走羽衣并无恶意，而是为了表达爱慕之情。

南穆努娜公主抬头一看，只见召树屯王子英俊魁梧，容貌像宝石般闪光，心想这不是普普通通的人，一定是个有理想，有智慧而又心地善良的青年，不觉一见钟情，也深深地爱上召树屯。于是，两颗纯洁的心碰在一起，如两股甘甜的水流在一起，俩人都用明亮的眼睛交流了相互爱慕之情。六个姐姐见小妹妹爱上了召树屯，不知如何是好，更加焦急，一次又一次催促小妹妹快点从召树屯手中接过羽衣，飞回孔雀宫殿。可是，孔雀七公主却一动也不动，微低着头，默默地站着，她已把点燃爱情之火的心，交给了召树屯王子，无法再离开了。

六个姐妹明白：善，能使人献出一切财富去帮助他人；爱，能使人产生巨大力量去创造幸福。她们了解小妹妹的心，理解小妹妹的爱。六个姐姐都认为：不能拆散已经交了心的恋人，不能毁掉刚刚建好的花园。于是由大姐姐做主，同意将小妹妹南穆努娜留在召树屯身边。召树屯和南穆努娜立即双手合十，感谢六位姐姐成全了他们的爱情。六个姐姐又一次向小妹妹祝福后，挥泪告别，飞回孔雀国去了。

召树屯与孔雀公主的结婚大典刚结束，边境地区就爆发了战争，为了保卫国家和百姓的生命财产的安全，召树屯只能依依惜别新婚的妻子，带领士兵到前线抗击敌人。临行前，他一再嘱咐妻子："请多保重，如果感到寂寞孤单时，可回忆我们在金湖边相见的情景，这样，爱神就会飞到身边，给你无限力量与温暖。"孔雀公主牢牢记住丈夫的话。

人间既洋溢着幸福，也充满了灾难。当召树屯一离开心爱的妻子，灾难就落在孔雀公主南穆努娜的头上。负责祭祀的摩祜拉在国王面前诬陷会飞的孔雀公主为"妖女"，是她给勐

板加带来了无穷的灾难，并恶毒地说："只有用孔雀公主的血祭勐板加的神灵，勐板加才会消除灾难。"老国王不明真相，误听了摩祜拉的谗言，决定忍痛处死自己的儿媳——孔雀公主。这突然降临的灾难，令孔雀公主南穆努娜十分伤心，她并不怕死，但决不能被冤枉而死。那么如何才能远离这次危险呢？美丽善良的孔雀公主在冷静地思索着。

当士兵将她押到刑场时，她猛然想起丈夫临走时的嘱咐："如果你感到寂寞孤单时，或回忆在金湖边相遇的情景，这样你就会获得无限力量和温暖。"哦，有了！正是在金湖边召树屯取走了羽衣，一想到这里，她立即取出羽衣向国王恳求道："父王让我最后再跳一支孔雀舞给大家吧！"然后她翩翩起舞，这是多么绚丽的舞呀！渐渐，一阵微风拂过，只见孔雀公主已经飞离地面，在天空向勐板加的头人和百姓告别之后，便飞回自己的家乡——勐董板孔雀国去了。

打败了入侵的敌人，召树屯王子胜利归来，一走进宫殿，就听到妻子南穆努娜被陷害的消息，十分悲痛。父王为了安慰他，把全勐板最漂亮的姑娘都召到宫里，任由他挑选一个做妻子。但召树屯一生只爱孔雀公主，不会再娶另外的女人。他决心要去寻找妻子，哪怕孔雀国远在天边，沿途有无数艰难险阻，他也要去。

爱情使他产生巨大的力量。召树屯挎上战刀，毅然离开了宫殿，踏上了漫长而又艰辛的寻找爱妻的路途。他走了999天，在神猴和神龙的帮助下，从巨蟒身上越过了能熔化刀剑的黑河，翻过了像风车一样不断旋转的大风山，终于到达了孔雀公主的家乡——孔雀国。

爱情的力量最终战胜了邪恶势力，失散的夫妻终于又团圆了。此时，满天彩霞，百鸟歌唱，孔雀国的所有男人都为纯洁的爱情而欢呼，所有姑娘都为夫妻团圆而起舞。在孔雀国住了一段时间，召树屯便告别了岳父岳母和孔雀国的所有臣民。由于治国有方，勐板加年年风调雨顺，丰衣足食，全国的子民都安居乐业。大家都说，这都是美丽善良的孔雀公主带来的。

从此，傣族人民更加崇拜孔雀，热爱孔雀，把孔雀视为吉祥幸福的象征。由于这一缘故，又派生出一系列的习俗：家里添了女儿，父母亲喜欢起个孔雀的名字，希望女儿的心灵犹如孔雀公主一样纯洁；在城镇里，人们常常在主要的街道塑上一尊孔雀公主的雕像，认为吉祥的孔雀会给城镇带来繁荣和昌盛。

随着导游的脚步，我们走进了西双版纳最美景点——中科院植物园。这里展示着许多热带植物、热带雨林、热带花卉的最经典景点，它是西双版纳目前唯一通过 AAAAA 初评的景点，还是中国热带植物研究的最权威科研机构。

参观了真正的傣族家园——傣族园。这是千年古寨，被世人誉为"傣族民俗博物馆"。这里为游客展示着许多知名的傣家民居、傣族风情、傣族民俗景点。

我们还见识了北半球唯一的热带雨林球场——野象高尔夫。球场周边世居着 13 个风情各异的少数民族，有 500 亩茶

园，100多亩咖啡园，700多亩原始森林，100多亩水库。球场海拔1300米，夏无酷暑，冬无严寒，夏天最高温度不超过摄氏28度，最冷天气不低于10摄氏度，特别适合草的生长。置身此处，我们分明体验到了"车在林中行，人在画中游"的那种无比美妙的感觉。

看到了珍惜树木——望天树。景区中笔直冲天、非常雄伟的望天树是热带雨林保持完好的树冠走廊。这里四周环境优美，湖光山色、山水林溪、时隐时现的桃花水母，尽收我们眼底。尤其珍贵的是那世界最大的雨林溶洞群——勐远仙境。勐远仙境是典型的热带雨林溶洞，如果说望天树的树冠走廊是登高上天的话，那么，勐远仙境则是入地寻福。它们那各具特色的优美身姿，都给我们留下了不可磨灭、鬼斧神工的天然画面。

身临其境感受到了东方多瑙河——澜沧江游船。澜沧江——湄公河一江连六国，被誉为"东方多瑙河"。景洪港至橄榄坝段两岸山高峡长，植被丰富，我们乘游船沿江而下，欣赏沿岸热带雨林、傣家村寨、橡胶林菠萝地，目不暇接的风景，一下子就让我们大家陶醉了。

我们还走进了世界最大规模的连片普洱茶园——万亩茶园中。这里的大度岗茶园旅游小镇，拥有广袤而神秘的热带雨林景观和四万余亩普洱茶园奇观。烟雾缭绕的景致，让我们感觉到了人间仙境。

漫步八百年古茶树的故乡——南糯山，虽说八百年古茶随风逝去，但是普洱茶奇异的功效和源远流长的历史文化，总是吸引着一批又一批的爱好者纷至沓来，流连忘返。这里没有繁杂，没有喧嚣，有的只是百年古茶园承载着的文化内涵和历史厚重。

虽然我们错过了西双版纳泼水节那欢欣鼓舞的日子，但当我们来到曼迈桑康时，想不到这里却为我们补上了这一课。原来，每年4月中旬傣族人民的新年——泼水节，很多游客朋友没有时间前来参加，人们感到非常遗憾。为了弥补这一不足，曼迈桑康寨子却为游客特意安排了这样一个节目，那就是，他们这儿每天到一定时间，都举行一次丰富多彩的泼水节活动。也就是说，他们这儿天天都过泼水节。

听到这个好消息，我们一车人立即群情振奋，都兴高采烈的投身到了泼水节那相互泼水、孔雀放飞、划龙舟、放高升、吃长桌宴等节目中去了。在这异族节日互动气氛中，我们洗去了一身疲惫，换来了一天欢乐，更留下了一份一生都值得回味的难忘神秘之旅。

几度梦台终成行

做梦都想去台湾走走，几度梦游台湾，此梦近日就可实现了。开心之余，起程前往台湾前夕，才想起自己对台湾了解并不多，于是，抓紧时间，补了一下功课。

台湾是我国最大的岛屿，本岛南北长而东西狭，南北最长达394公里，东西最宽为144公里，呈纺锤形。

台湾也是世界上少有的热带"高山之岛"。除西岸一带为平原外，其余占全岛2/3的地区都是崇山峻岭。中央山脉、玉山山脉、雪山山脉、阿里山脉和台东山脉（又称海岸山脉）是岛上的五大山脉。这些山脉的走向与祖国大陆沿海地区的山脉走向一致，都是有规律地从东北向西南方向平行排列。玉山山脉的主峰玉山，海拔3997米，为台湾第一高峰，也是我国东南地区和东亚各岛中的最高峰。最著名的是阿里山，为台湾秀丽俊美风光之象征。打小学读书起，我就知道阿里山这个名字，稍长大一些后，又从邓丽君《阿里山的姑娘》歌声中听到这个名字，这让我心中对阿里山这地方有着很深的影响。这次能踏上这座大山，也算了却了我这桩五十多年来一直神游阿里山的心愿。

地处亚热带海洋中的台湾，气候温和宜人，长夏无冬，适宜于各种植物的生长，因此岛上大部分土地都覆盖翠绿的森林，有"海上翠微"之美誉。崇山峻岭间，植物种类繁多，森林风姿多变，原始森林中的千岁神木，比比皆是，世所罕见。这不就是神仙之地嘛，世上竟然会有这么一块好地方，我若不去亲自体验一下，也算白来这个世界走一回了。

来到台北后，导游就向我们推介起来，台湾四周沧海环绕，境内山川秀丽，到处是绿色的森林和田野，加上日照充足，四季如春，所以自古以来就有"美丽宝岛"的美誉，早在清代就有"八景十二胜"之说。这八景是：玉山积雪、阿里山云海、双潭秋月、大屯春色、鲁阁幽峡、清水断崖、安平夕照、澎湖渔火；十二胜则是：清流见底的碧潭、温泉汹涌的北投、风光明媚的大溪、群峰错落的角板山、高耸入云的五指山、佛教圣地狮头山、扼控南北的八卦山、波光闪闪的虎头埤、古朴清幽的旗山、奇岩怪石的大里筒，翠绿可爱的太平山、素有樱都之称的雾社。台湾省现存历史古迹340多处，它们展示了台湾开发历史的业绩，也反映了台湾与祖国大陆之间的密切关系。

作为著名的世界旅游胜地，导游接着说，台湾岛上的风光，可概括为"山高、林密、瀑多、岸奇"等几个特征。我们台湾山峻崖直，河短水丰，瀑布极多，且各种形态，应有尽有，十分壮观。除了瀑布，岛上更是温泉磺溪密布，具有很高

的疗养治病功效。关仔岭温泉还有"水火同源"的胜迹，而宜兰苏澳冷泉，更是世之稀有。西部平原海岸，宽广笔直，水清沙白，柳林成群，极宜泳浴。阳光白浪，轻风椰林，充满着海滨的浪漫情调。北部海岸，又别有洞天，被台风、海浪冲蚀的海蚀地貌，鬼斧神工，千奇百怪，构成一幅幅天然奇境，具有"海上龙宫"的雅号。

还没神游台湾，就让这位导游讲得我们心花怒放。是呀，台湾的山山水水被大自然的神工鬼斧打造得婀娜多姿，如此美妙的地方，我们怎能不快乐走一回呢？

台湾之行，因大雨天航班当晚不能起飞，我们只好在福州市住了一个晚上，第二天11点多钟才到台北。所以，我们上午的野柳行程取消，下午来到士林官邸公园。

台北是一座花园城市，共有大小花园一百二十多处。由于台湾的地理位置，一年四季都有怒放的鲜花打扮城市。台北最负盛名的花园，要数士林花园了。自士林花园1996年正式对外开放以来，它就成为人们休闲游览的好去处。

士林官邸坐落于士林区中山北路五段与福林路口东南侧，原来是园艺所用地。国民党撤退到台湾前夕，当时的"省主席"陈诚看此地环境清幽，三面环山，山清水秀且交通便利，便选定这里作为总统官邸。蒋介石来台后，先居于草山行馆。据说，蒋介石对"草山"的名字很反感，住在草山有落草为寇的感觉，为此下令将草山改名为"阳明山"。1950年初，蒋介石迁居士林官邸，直至1975年病逝，他在官邸度过了整整26

年。1996 年，士林官邸才正式对外开放。

士林官邸分为花园与官邸两部分，花园部分有生态园区，以栽培兰花为主的温室盆栽区，以栽培玫瑰为主的玫瑰园区等。我们参观的时间正是玫瑰开放季节，整个院落植被茂密，古木参天，清幽雅静。园中的玫瑰园、兰花园、生态园、园林景观园等大小景点，更是吸引人们驻足留影的好地方。园内种植有许多我们叫不出名来的珍贵花木品种，走进花园，处处可见奇花异木，花团锦簇，鸟语花香，沁人心脾。

官邸包括了"官舍"、"招待所"、"凯歌堂"、"慈云亭"等。"官舍"及"招待所"合称为"正房"，为二层楼洋式住宅，过去为已故的蒋介石与蒋夫人宋美龄的住所。"凯歌堂"兴建于 1950 年，是蒋介石、宋美龄做礼拜的教堂。

在台北市市政府西面，有一座公园，名叫中山公园。公园内矗立着一座巍峨的纪念馆，这就是纪念伟大的革命先驱孙中山的台北中山纪念馆。台北中山纪念馆是为纪念孙中山先生百年诞辰而兴建，仿中国宫殿式建筑，于 1972 年落成。全馆用地约 4 万平方米，占中山公园总面积的四分之一，是当今台湾罕见的宏伟建筑物。纪念馆高 30.4 米，每边长 100 米，由每边 14 支灰色大柱，顶起翘角像大鹏展翼的黄色大屋顶，安静地坐落在十万平方米见方的平地中央。四周丛林、花草、广场围绕，突显建筑物和环境的对比，引人注目，给人第一个感觉是宏伟，很有气势。巍峨庄严的建筑本体，粗犷刚强，朴素中又不失应有的细致，所以台北中山纪念馆外观宏伟、高雄、

简洁、明爽、有力，不但使人产生景仰，也令人感到力与美的结合。

纪念馆的正门高敞轩宏，入门是长方形的大纪念厅，安置着孙中山先生的纯铜坐姿塑像，高 5.8 米，重 17 吨。大厅后为纪念馆实用部分，上下二层，包括大会堂、图书馆、画廊、展览室、演讲室以及其他文化服务建筑。馆内设有四百个座位的图书馆，藏书十四万册。中山廊长达百米，四大展览室装潢精美，设计新颖，经常展示现代名家艺术品及史迹资料。表演厅经常举办高水平的音乐、戏剧演出。

孙中山铜像台座上镌刻着孙中山先生题写的《礼记·礼运》上孔子论述"大同"社会的一段话："大道之行也，天下为公，选贤与能，讲信修睦。故人不独亲其亲，不独子其子，使老有所终，壮有所用，幼有所长，矜（鳏）寡孤独废疾者皆有所养，男有分，女有归。货恶其弃于地也，不必藏于己；力恶其不出于身也，不必为己。是故谋闭而不兴，盗窃乱贼而不作，故外户而不闭，是谓大同。"

我们穿越海峡，夹杂在人流中来拜谒，心中别有滋味。我们看见，黄河的面孔，长江的欢笑……一起汇聚到中山先生的坐像跟前，他的面色有几分刚毅和肃然，但目光中却透着几分安详与宁静。他的神情总像在告诫人们："革命尚未成功，同志仍须努力"。为推翻封建帝制，创建民主共和，中山先生屡败屡战，数度流亡海外，艰苦卓绝奋斗一生。

据悉，这里每隔一定时间，也会像中正纪念堂一样举行三军仪仗队交接仪式。大厅左右两边，是宽敞、明亮又气派的史迹展东室、西室。东室是以中山先生与中华民国为主题的展览室，西室则是以中山先生与台湾为主题，并有有关台湾历史的介绍。

台北中山纪念馆被面积共计 11 公顷的中山公园环绕。中山公园的造型，是以公园正中央升旗台、喷水池与馆建筑物为轴线，两边采用对称方式设计，其主要植物的配置也采用对称方式种植。北面是健康步道区，西面是中山碑林展示区，南面是喷泉池、花坛区、草坪区，西南面是绿意盎然、垂柳摇曳的翠湖区。翠湖面积约有 8000 平方米，是台北市最大的人工湖，湖上建有香山桥与翠亨亭。香山桥原名山而桥，后为配合纪念孙中山先生的出生地，改名为香山桥。

翠湖北面，有台湾北部低海拔原生植物展示区和于右任铜像。

在中山公园，可以看到台北地标建筑——台北 101 大楼。101 大楼位于中山公园东南面，原名台北国际金融中心。大楼地上有 101 层，地下 5 层，高 509 米，曾是世界第一高楼。

初到台湾，给我的印象是：这儿城市街道狭窄，几乎没有多少高大建筑，即使是省会台北，也是这样。

而当我们来到台北 101 大楼时，我们垂直仰望云天不禁惊呆了。这，不仅是因为 101 大楼与周围建筑的巨大反差，显得鹤立鸡群，更是因为这 101 是曾经的世界第一。

近年来，先后登临过上海东方明珠、上海环球金融中心，

都曾隐约听到工作人员介绍世界第几高，然后说到台北 101 大楼，今有幸面见，真是三生有幸。台北 101 大楼，位于台北市信义区，101 层，简称台北 101（Taipei101）。2010 年 1 月，被当时建成的 141 层 828 米的（阿联酋）迪拜塔所超越。大楼每层外墙均外斜 7°，加上处处可见的传统风格装饰物，有节节高升、花开富贵的意象。

来台北必游 101，因为它是集世界"三个第一"于一身：除了曾是世界第一高楼的头衔之外，还有世界速度最快的电梯，可以在 30 秒内急升至观景台。更有值得大书特书的世界第一，就是拥有世界独一无二的风阻尼器……

"啥叫风阻尼器？"没等导游介绍，一位朋友便急急地问。

导游说，如果你在这大楼 85、86，与 88 楼用餐可以看到，这个带有装饰且直径 5.5 米外形像大圆球、重达 660 吨的阻尼器，这是针对台湾特殊的地理环境设计的。台湾尤其是台北盆地，每年都有强台风和数次六级以上的地震，所以，建摩天大楼不难，难的是能不能挡风抗震。装风阻尼器，就是一旦因强风、强震建筑物产生摇晃时，可以通过风阻尼器的驱动装置控制配重物的动作进而降低建筑物的摇晃程度，使大风、强震时加在建筑物上的重力降低 40% 左右。虽然我们一时还不能明白其中的工作原理，但这风阻尼器的代价、用途算是清楚了。

听到这里，有的朋友又问导游："您说建摩天大楼容易，台湾土地资源紧缺，多建高楼不就得了？"

导游笑着说："这也是很多大陆朋友来台问的问题。台湾和大陆不同，我们是土地私有制，不像大陆是国有制。再就是因为台湾台风、地震频繁，自然不宜建高层建筑。"

参观之余，我们在台北的街道上行走起来。我们看到，这台北道路虽说是那么狭窄，路面却是那么干净、整洁，尽管看不见交警，但车来车往一点也不拥堵，井然有序，这与我们大陆城市道路修的那么宽敞，车辆却总是那么拥堵相比，让我们看得有点汗颜。

看得多了，我们就有了发现，台北骑摩托车的人特别多。但有一点，他们放在行人道边上的摩托车却整齐划一。而在我们大陆城区，骑摩托车的人将车到处乱停乱放，常常会影响交通。

虽说这些看起来都是小事，但从这里小事中，我们却能看出一个城市市民的文明程度。从这些看来，我们大陆还要大力提高人们的行车等各项文明素质。

穿越时光隧道中

　　有生以来，脚第一次踏上台湾的土地，有种亲近，像在走亲戚，又有种自豪，似到了久违的家。我们早就知道，北京有一座古老的故宫，那里有长长的城墙，美丽的角楼，十分漂亮，每天都吸引着许多中外的游客来参观，然而，台湾也有一个故宫博物院，据说宫内收藏宝贝和文物珍品很多。今天我们就去了台湾的故宫博物院。

　　台北故宫，原名中山博物院，位于台湾省台北市士林区外双溪，始建于 1962 年，是一座仿北京故宫式样设计建造的钢筋水泥大厦。伫立在院前大眺台上观瞻全院，令人恍若置身于北京故宫。紧贴博物院的是覆盖浓密树林的陡峭山势，又令人宛如站在南京紫金山麓。台北故宫博物院占地总面积约 16公顷，依山傍水，气势宏伟，碧瓦黄墙，充满了中国传统的宫殿色彩。台北故宫博物院建筑设计吸收了中国传统的宫殿建筑形式，淡蓝色的琉璃瓦屋顶覆盖着米黄色墙壁，洁白的白石栏杆环绕在青石基台之上，风格清丽典雅。

　　从外形看，建筑物似为两层，实则四层，建筑平面成梅花形。第一层分别是讲演、办公室、图书馆；第二层是展览室、大厅及画廊，用来展示书画，四周共有八间展览室，陈列铜器、瓷器及侯家庄墓园模型及墓中出土文物；第三层陈列书画、图书、文献、碑帖以及玉器、珐琅器、雕刻和织绣等；第四层为各种专题研究室。巧妙的是，第三层楼后面架了一座长廊天桥，直插后山之腹，原来那里是一个深180米、高6米、宽3.6米的山洞。洞内分为一个个小室分类收藏文物，全部设有空气调节系统、防潮系统、防火系统和防盗系统。

据悉，台北故宫博物院是我国著名的历史与文化艺术史博物馆，藏品包括一千多年来宋至清代北京故宫、沈阳故宫和原热河行宫等处旧藏之精华，以及海内外各界人士捐赠的文物精品，共约70万件，分为书法、古画、碑帖、铜器、玉器、陶瓷、文房用具、雕漆、珐琅器、雕刻、杂项、刺绣及缂丝、图书、文献等14类。瓷器2万多件，包括从原始陶器到明清瓷器。院内收藏的中国古代瓷器是全世界各博物馆中最精、最多的。收藏铜器有1万多件，包括历代钱币，其中有商周到春秋战国时期的青铜器4300多件，如商代蟠龙纹盘、兽面纹壶、西周毛公鼎、战国牺尊等。玉器5万多件，其中有著名的新石器时代的玉璧、玉圭、玉璜以及闻名海内外的清代玉雕"翠玉白菜"、"避邪雕刻"、"三镶玉如意"等。书画真迹近1万件，其中有从唐至清历代名家的代表作，如王羲之《快雪时晴帖》，黄公望的《富春山居图》后部长卷，怀素的《自叙帖》，颜真卿的《刘中使帖》，苏东坡的《寒食帖》等。善本古籍有近2

万册，包括中国仅有四部的《四库全书》较完整的一部。明清档案文献近 40 万件，其中有清朝历代皇帝批奏折、军机处档案、清史馆档、实录、起居注等，以及世界罕见的满文老档40 巨册。

到了故宫博物院，只见里面人山人海，非常热闹。为了能更清晰地听清导游的介绍，我们每个人都带上了一副耳麦和一个接听器。一戴上耳麦，我就完全听不清人群中喧闹、嘈杂的声音，只听见导游的介绍声，真是趣味无穷。

我认真观赏了许多名贵的文物，有西周晚期的宗周锺，有乾隆皇帝题诗的玉圭，清代的翠玉白菜，像极了猪肉的玛瑙石，中国历代各具特色的陶瓷器……最有趣的就是一个"魁星踢斗"的玉器。它还有一个有趣的传说，有一个叫魁星的人，他非常聪明，每次考试都名列前茅，长大了进京赶考，考上了状元。有一天，他去朝拜皇帝，皇帝见他长得丑陋无比，觉得他不能当状元。魁星连忙站起来为自己申辩。皇帝见他这么大胆，就砍掉了他的头。后来，玉皇大帝便封他为"魁星"。从此，凡是进京赶考的人都要拜一拜他，以求能考上好成绩。

故宫博物院收藏的文物琳琅满目，绚丽多彩，在这里面是不让拍照的。随着导游详细的介绍，我们参观了无数春秋战国时期和更早时期的陶器和宫廷珍宝等。从中我们深知，我们国家博大精深，历史悠久，有着灿烂辉煌的文明，这是每一位炎黄子孙的骄傲。

我们跟着导游边走边看。导游重点给我们讲述了几件稀世藏品。毛公鼎，是据今2800多年前周宣王时期的"国之重器"，因刻器者为毛公而得名，于清道光末年在陕西岐山出土。在中国，有两件青铜器堪称青铜器之最，一件是保存在北京国家历史博物馆的司母戊大方鼎，它是迄今为止发现的最大最重的青铜器；另一件就是铭文最多的这件毛公鼎。毛公鼎鼎身只有30.75厘米高，却铭刻了32行497个篆书文字，洋洋洒洒记录了毛公辅佐周宣王，后来获得天子赏赐而做此鼎的史实。鼎铭字迹清晰工整，篆文字字笔力遒劲，全篇一气呵成。该铭文是一篇西周真实史料，是研究西周史最珍贵的文献，同时也是我国"造字时代"最经典的作品。因此，毛公鼎可称是价值无双的瑰宝重器。

"翠玉白菜"是这里镇馆三宝之一。它由一块半白半绿的翠玉为原料，运用玉材自然分布的色泽，雕琢出一颗几乎乱真的白菜。该物为光绪皇帝瑾妃的陪嫁之物。白菜寓意新娘清清白白。菜叶上还雕有两只螽斯虫，属飞蝗科，俗名"纺织娘"或"蝈蝈儿"，善于高声鸣叫，繁殖力很强，寓意"多子多孙"。可以说这是件别有含义的嫁妆。

在这里，我们看到，在一个小小的橄榄核雕中，竟然刻出了带篷的小船，以及船中的游客，个个栩栩如生，让人惊叹不已。而在那一个小小的象牙神奇球体中，竟雕刻出高达17层精美绝伦的楼台。

我们来到一块木雕前面，导游介绍说，这是乾隆香山九老。这件比一本书还小的沉香木上，竟然也雕刻出九位老人在

危岩洞壁边的活动，形象传神，岩壁间还刻有乾隆皇帝的诗句和印章。其中一人于壁题字，两人旁观，后方四人绕几相谈，再往外又有两名立者倚石而望，角落有童子烹茶。根据题识可知，这是香山九老的题材，即唐代诗人白居易与八位老友聚会吟诗的情景。

穿行在台北故宫博物院，我们不能不想到北京的故宫博物院。比较两个"故宫博物院"，一道海峡分割了两岸，无数"国宝"也因此被典藏在两家"故宫博物院"内。两个故宫博物院都以清室宫廷收藏为基础，也都将1925年的开院视作诞生的标志来追溯自己的历史。

北京的故宫博物院坐落在北京的紫禁城，据悉，现有藏品150余万件。台北故宫虽小，但收藏的物品却是珍稀国宝中的"细软"。北京故宫的文物依托于紫禁城古建筑群，这些无与伦比的古代建筑本身就是最伟大的文物，其中的藏品与之表里相应，在文化上是不可分割的统一整体，这是台北故宫所不及的。

再来欣赏台北故宫的建筑，我们明显感觉到，不论是展厅还是楼梯，抑或卫生间，丝毫没有"故宫"的感觉，倒觉得是一座现代化的博物馆。也许设计者深知在台北建立一座"故宫博物院"，本身就缺乏厚重历史现场来承载这些"宫廷国宝"，那就以一种现代化理念来进行设计。当我们在这豪华的现代建筑里，欣赏着中华民族几千年文明史中的最宝贵的精品时，仿佛是在历史的时间隧道中穿越。

有人说：北京故宫是"有故宫，没文物"，台北故宫是"有文物，没故宫"。这虽然有些夸张，但它反映了故宫中的瑰宝所经历的战乱和颠沛流离，这本身就是中华民族历史的一部分。

不管怎么说，尽管我们中华民族的许多瑰宝分隔在两个故宫，但总算保存下来了，这就是值得庆幸的事情。据说，为了保存下来这些瑰宝，尤其是在战乱时期，许多仁人志士历尽了千辛万苦，有的甚至付出了宝贵生命。所以，我们今天能看到这些瑰宝，除了更要好好珍惜之外，更要缅怀那些仁人志士们。正是他们的不懈努力，历经那风、那雨、那雪、那霜、那情、那爱、那悲、那喜，才使得这些瑰宝，能够在我们自己的国土上重见天日，自然地流淌到我们心里。

游子亲吻日月潭

一直以来，很想到祖国宝岛台湾去欣赏一下日月潭这位美丽仙女，今天终于实现了多年来的这个梦想。

这天上午，一早起来，天空有些阴云，并下起了毛毛细雨，但这并不影响我们的行程。雨中的日月潭，倒让这位仙女看上去显得更加婀娜多姿。我们来到了向往已久的日月潭，虽然之前在书本上见过描写它的文字，但此刻近距离地欣赏它的美景，还是被深深地吸引住了。

日月潭，位于台湾省南投县鱼池乡水社村，是由玉山和阿里山之间的断裂盆地积水而成的台湾唯一的天然湖泊。这个湖泊湖面海拔748米，最大水深27米，湖周长约35公里。这个神来"天池"，也是台湾外来生物种类最多的淡水湖泊之一。日月潭中有一小岛，远望好像浮在水面上的一颗珠子，名拉鲁岛（旧名珠子屿、光华岛）。以此岛为界，北半湖形状如圆日，南半湖形状如弯月，日月潭因此而得名。我们再仔细看来，如今好像已经没有了日月之分，湖水的形状也变得像一张枫叶，更叫迷人。

　　置身这美妙的湖泊仙境，环湖胜景殊多，诸如涵碧楼、慈恩塔、玄奘寺、文武庙、德化社、山地文化村及孔雀园等，美景让人目不暇接。潭水碧蓝无垠，青山葱翠倒映，环山抱水，形势天然。潭中泛舟游湖，让人赏心悦目。其地环湖皆山，湖水澄碧，湖中有天然小岛浮现，圆若明珠，形成"青山拥碧水，明潭抱绿珠"的美丽景观。清人曾作霖说它是"山中有水水中山，山自凌空水自闲"；陈书游湖，也说是"但觉水环山以外，居然山在水之中"。300 年来，日月潭就凭着这"万山丛中，突现明潭"的奇景而成为宝岛诸胜之冠，驰名于五洲四海。

　　日月潭四周群山环抱，层峦叠嶂，潭水碧波晶莹，湖面辽阔，群峰倒映湖中，优美如画。听导游说：每当夕阳西下，新月东升之际，日光月影相映成趣，更是优雅宁静，富有诗情画意。

　　日月潭之所以如此曼妙动人，不仅在于它的光艳身姿，还在于她有说不完的美丽传说。对于日月潭的由来，就有一个传说中的版本——

　　从前，此地曹族有一对非常勤劳的夫妻。男的叫大尖哥，女的叫水社姐，他们以种植玉米为生。有一天，他们正在田里工作着，忽然地动山摇，紧接着一片黑暗，所有的人都叫了起来"怎么了？太阳不见了！"等了又等就是不见太阳的影踪，人们的心里担心极了。直到晚上，月亮出来后，人们才趁着月色，赶紧完成白天未完成的工作。忽然不幸的事再次发生，一阵地动天摇后，月亮也不见了。

　　这是怎么回事呢？没有了太阳和月亮，农作物都会死亡，人们可怎么活下去？勇敢的大尖哥和水社姐决定去寻找太阳和月亮。他们经过长途跋涉，在一个大水潭里发现了太阳和月亮。原来是两条五彩巨龙正在水中把玩着月亮和太阳。大尖哥和水社姐愣住了，不知道如何制服这两条巨龙，夺回太阳和月亮。正在这时，一位被巨龙抓来做杂事的老爷爷告诉他们有一个办法。在阿里山上藏着一把金剪刀和一把金斧头，只有找出这两件宝物才能制服巨龙，夺回太阳和月亮。

　　于是，他们来到阿里山用双手刨土刨了一天一夜，双手都刨出了血，终于找到了宝物。他们把金剪刀和金斧头丢进潭里，金剪刀剪破了巨龙的肚子，金斧头劈开了巨龙的头。可是怎么把太阳和月亮送上天呢？老大爷告诉他们只要吞下巨龙的眼珠子就可长高。于是大尖哥跳下潭，挖出巨龙的眼珠。他们各吞下一颗，立刻变成巨人，把太阳和月亮抛上了天，大地又恢复了平静。人们把太阳落下的潭叫日潭，把月亮落下的潭叫月潭，而守护在潭旁的大尖山和水社山就是他们夫妻的化身。

　　听导游说，相传日月潭的发现归功于一只神鹿。300年前当地有40位山胞集体出猎，发现一只体型巨大的白鹿窜向西北，于是尾随追踪。他们追了三天三夜，白鹿在高山丛林中失去踪影。山胞们又在山中搜了三天三夜。第四天，他们越过山林，只见千峰翠绿的重重围拥之中，一汪澄碧湖水正在晴日下静静地闪耀着宝蓝色的光芒，就像纯洁的婴儿甜蜜地偎依在母亲怀中酣睡。山胞们又发现，碧水中有个树林茂密的圆形小岛，把大湖分为两半，一半圆如太阳，其水赤色；一半曲如新月，其水澄碧。于是他们把大湖称为"日月潭"，那小岛叫作"珠仔岛"。他们发现这里水肥土沃，森林茂密，宜耕宜狩，于是决定全社迁居此地。

带头的部落首领就是现在当地部落酋长"毛王爷"毛信学的祖先。环潭一带地方古称水沙连，分属南投县鱼池乡。

翻开历史一页，我们知道了，日月潭原来没有这么大的水域面积。在此建立水电站，水位上升淹没了当地部落用以祭祀供奉的拉鲁岛，日潭月潭合二为一。没有建水电站前，日月潭的湖水面积为4.4平方公里，平均水深约4米，湖面海拔726.8米。电站建成后提高水位30余米，潭边低地尽被水淹，湖水面积扩大了70%，平均水深达19米，最大水深40米。发电厂拦河大坝长91米，高48.5米，蓄水量为1.47亿立方米的水库，水库的泄水通过15公里长的隧洞注入日月潭，起到枯水时补充水源的作用。1918年开始建坝至今已经近百年，几经磨难，至今仍然在运行使用。

日月潭的水主要用于发电，不太大的水库，年发电量竟达50亿度，占台湾水力发电的一半以上。由于它是少见的活水库，每日通过抽蓄发电循环使用，不但发电效益奇佳，而且变死水为活水，水质透明度也佳。在朝雾码头乘上太阳能快艇游湖，我们看不到发电厂的大坝、隧洞和站房。导游说，这些原来都藏在深山里，当年的设计有意无意间还是完好地保存了日月潭的旅游资源。

日月潭发电厂经历过三个历史时期：第一次是日据时期的发电工程，形成了辽阔的湖面与明媚的湖光山色；第二次是台湾光复后，蒋介石对日月潭的钟情，奠定了日月潭的繁荣发展；第三次转折点则是"9.21 大地震"后的重建，让日月潭风华再现。

现在景区看到的旅游设施基本是灾后重建的。日月潭在1999 年遭受大地震的摧残，但风景区经升格并成立管理处之后，即投入大量的人力、物力重建日月潭。如今日月潭就像一颗被擦亮的明珠，再度闪亮发光。

日月潭的四周群山环绕，山间云雾迷蒙，远处的山峦若隐若现，潭心有一座苍翠欲滴的小岛，叫光华岛。听导游介绍，这个美丽的小岛又叫珠子屿，因它嵌在潭中，形成了一幅"青山环绿水，明潭抱绿珠"的动人画卷，就像一颗绿珠因而得名。

潭面上微风徐徐，水波荡漾。潭水整个呈蓝绿色，如同一块温润的翡翠。风儿吹在身上很舒服，周围的美景让我深深地陶醉。随着船的快速行进，船尾溅起了大片晶莹的水花，水中不知名的鱼儿一会儿潜入水底，一会儿跃出水面，一会儿在水中嬉戏，空中不时掠过几只可爱又不知名的鸟儿。看样子，这里真是它们快乐的天堂啊。

乍看湖面，除了湖边之外，湖心竟也有一排排青翠欲滴的绿草。许许多多的蓬勃青草，把整个湖面装点的碧绿一片，生机盎然。然而，仔细观察，才发现湖中这些景色，却原来全是用一种可以在水面上浮起的浮板托了起来的人工造景。这些人工造绿，镶嵌在这大自然造就的美景之中，真可谓给这片湖泊增色十分。这不由让我想起杭州西湖，湖畔中心如果说能仿效此处造景，不也更能显现出西子美女那美妙身姿来吗？

我们在日月潭玄光寺码头下船，不一会儿，就到达了光华岛。我们上了岛，从高处俯瞰日月潭的美景，只见一边像弯弯的月亮，另一边像圆圆的太阳，而我们所在的小岛正是日月潭的分界线。

我们饶有兴致地登山参拜玄光寺和玄奘寺。在玄光寺的左面有条小路，一路砌石为阶，有六七百米，可以直达玄奘寺。玄光寺和玄奘寺都是为纪念玄奘法师而建的，只不过前者是临时存放玄奘灵骨的地方，后者是永久存放其灵骨的地方。山上和山下各有一个石碑刻着"日月潭"，专供游人拍照。山上的"日月潭"石碑另一侧刻着玄奘的负笈像。

总想来日月潭一游，终于如愿以偿。日月潭，我心中的天堂，我梦中的偶像，你令我流连忘返，你让我心旌摇荡。你那美轮美奂的卓越风采，我会带回祖国大陆永远将你珍藏。

尽管心中依依不舍，可我们还是乘上游船踏上了归程。日月潭，日月潭，让我再一次好好地欣赏一下你这美丽的容颜吧！当我们深情地回首望去，蒙蒙细雨早已离潭而去，晴空万里之间，只见天边那抹玫瑰色的霞光，已经洒满波光潋滟的潭面……

爱河畅游春心荡

　　高雄的爱河是我们这次参观台湾的行程之一。从阿里山下来，又到佛光山，抵达高雄时都将接近华灯初上，灯火阑珊了。这时的人很是疲惫不堪，加上天公又不作美，突然间竟下起了绵绵细雨。但即便是这样，我们在雨中，饿着肚子，还是开始了夜游爱河之行。

　　傍晚时分的高雄，绿树葱茏，香风拂面，极具现代化气息。据悉，美丽的高雄是台湾第二大城市，也是台湾南部重要的经济、文化、政治中心，更是重要的海路大门。这里有着台湾最大的港口高雄港，第二大飞机场。高雄也是台湾主要的重工业城市，建设的比台北要现代时尚，既有摩天大楼鳞次栉比，又是一个有山有树有海有河、风情迷人的城市。

　　据悉，台湾岛是在地质时间第三纪后期与第四纪的洪积期，也就是现代冲积层时期上升的，随后打狗山与半屏山形成高位珊瑚礁的小山，时间约四十余万年前，高位珊瑚礁的内陆浅海，就诞生了爱河。这个年轻貌美的"小姑娘"，如前所言，此时的河沟并不明显，因为造山运动所致的地层不断上升，海岸线也不断退后，再加上沿海地区的淤积作用，低洼地区的河沟终得显现。溪沟的两边，是沼泽、泥滩、盐湖，与分流交错存在。这时，前镇河与后劲溪也同时形成，高雄的三山与三河正式跃上舞台。

提起爱河名字的由来，导游说，爱河随着岁月的流逝，它有着不同的名称。最早称为打狗川，高雄因当地人的刺竹文化而称打狗，这条河被称为打狗川，可见当时就与高雄的住民有着唇齿相依的关系，而后日本人占领高雄后，嫌名不雅，逐转换为高雄二字，于是爱河有了第二个名字—高雄川。自1908年基隆到高雄的火车全线通车后，开发了爱河以西170万平方米为市区，也就是现在的盐埕区，爱河于是进行了第一次的美容瘦身，缩窄了河面，加深了河床，开发了爱河的运输功能。爱河中壮观的原木溯河而上的景象，成为许多老高雄记忆扉册里荡漾的一页，爱河摇身变为高雄运河。

导游接着说，台湾光复后，政府将运河两岸辟为河畔公园，逐渐吸引观光客来到爱河旅游观光。1948年，陈江潘先生在中正桥附近经营划船所，并请人命名为爱河游船所，某日的台风将招牌吹落，只剩爱河两字，当时又有情人于此殉情，新闻记者报道成"爱河殉情记"，于是，这便成了高雄人对爱河认知的图腾，渐渐地高雄运河的名称便走入历史。1968年，杨金虎市长为蒋介石夫人宋美龄祝寿再度改名为仁爱河。1992年市议员陈武勋在议会提议下将名字正式改回爱河。

我们几十人坐上"爱之船"，靠在软软的椅背上。游船慢

悠悠地在爱河上行驶、荡漾，没有机械声，只闻潺潺的船头船尾激水声。船上的电视机放送着曼妙的轻音乐，两岸楼宇华灯绽放，岸边一对对年轻族散着步，穿过一座座布满花灯的拱桥，灯光、月色朦胧映照在河面，晚风迎面拂来，一扫白天的炎热，感觉惬意极了。

高雄市为吸引观光客来到爱河旅游观光，对爱河进行了全面整治。通过整治，让民众在都市中就可以观察水中生态。那爱河的驳船码头、绿篱、艺术照明设施、自行车道、桥梁等，若隐若现，好似一幅美丽的风景画展现在我们面前。高雄市不仅整治了沿河路景，还规划了河川亲水空间，结合流域内艺文景点、公共建设、开放空间，充分营造出属于高雄爱河的景致。据说爱河耗资四十亿整治去污工程，至此，已让爱河一步步重现生机。沿河两岸的河滨公园绿树成荫，饶富趣味，尤其入夜后的河岸街灯，雅致迷人。

潺潺清流的爱河，早年扮演着运输、交通、游憩等多功能角色，多少骚人墨客为它歌颂，多少爱情故事在此酝酿。充满浪漫色彩，散发人文气息的爱河，高雄曾以它为傲。是的，爱河，有着浪漫而动人的传说，神秘优雅的色彩，见证过无数年轻的生命和纯真的爱情。

船行在静谧的爱河，在典雅的灯光下，不远处传来流浪歌手伤感的低吟，嗅着浓浓的咖啡味道和淡淡的花香，那些过往的爱情就缓缓地走了过来。

佛说爱情如河流，人一沉溺即不能脱身。那些不能脱身的爱情，带着他们爱的灵魂就融入到了这淙淙的流水声中，在波光粼粼中拉奏着唯美的琴音。

船在返回行进中，导游说起了有关爱河的传说。在80年代的台湾，高雄一所美丽的大学与非洲一友好城市互换留学生，有一个非洲的小伙子在大学校园里爱上了一个高雄女孩。两人两情相悦，真心相爱，你侬我侬，说好永久都不分开的。一天，男孩接到通知，他的父亲病故了，让他火速回国。他恋恋不舍地告别女孩。临行前，他说最迟半年就回来，让她一定要等他。男孩回国后音信全无，女孩却发现自己竟然怀了他的骨肉，并且肚子一天一天在长大。半年多了，男孩都没有回来，她哭了，没人能帮她。

80年代的台湾思想观念还相当保守，就是现在也比较注重传统礼教。面对学校、家人、邻居的指责和非议，她跳入了爱河，结束了自己年轻的生命。

两年之后，帅气的非洲小伙回到了久别的这个城市，因为这里有他喜爱的姑娘。当他辗转地打听到女孩家时，他也哭了，他给她的双亲跪下，认了他们做父母。他公开了自己的身份，他是一个非洲国家的王子，留学是要隐瞒身份的。回国后，面临着许多要处理的复杂事情，不得脱身，那时的通讯又没有现在这样发达，因此耽搁了回台湾的时间，所以就酿成了这起爱情悲剧。

这是无数传说里的一个，可怜的姑娘，到死都不知道爱他的是一个真正的王子，就这样带着王室的骨血投身水中，香

消玉殒了。

爱河船上听着爱情的故事，真的让人别有一番滋味。如今走过岁月、历尽沧桑的爱河，虽然饱尝污染，但疼惜它的高雄人，包括政府和民间企业、艺术家们，都挖空心思逐步恢复爱河风华。

看到爱河上的几座桥，导游一一给我们做了介绍。

前面这座是苓雅桥，也叫铁路桥。这座以日光灯照亮的纵贯铁路，是最靠近高雄港的铁路桥，也是火车进出高雄市的必经之路。火车每天经过时，可以看到轮船、各式军舰，还有游艇，风光旖旎。

接下来是高雄桥，这是五福路上的一道桥，连接旧市区和新市区，是高雄市的购物大道，有旧堀江商场和新堀江商场，有百货公司、咖啡、餐饮，夜晚光亮多变，是散步爱河的浪漫起点，可漫步到电影图书馆、仁爱公园。

船又行到一座桥，导游说，这是中正桥，以"海之眼"的灯光设计成为夜晚珍珠，旁边有市立历史博物馆、音乐馆、工商展览中心、喷泉和盐埕老市街购物，这地段早已是许多重要活动的属意区域。

河上还有一座桥，这叫七贤桥。在"冥想栏杆"旁，轻轻松松把手肘架在上头，托腮冥想，就可以打发夏日午后时光。其间老榕树苍劲有力，庇荫过客，东岸一座年逾半百的老汲水井，可以让孩子们一窥阿妈时代的地下水来源。入夜后，牛郎织女加上十二星座的星光亲水台，更添浪漫。

行进中，我们来到一座有七个桥墩的桥。导游说，这是七吼桥，也叫自由桥，在这桥旁，是清代左营旧城，这是凹仔底通往湾仔内和凤山县城的重要桥梁，传说是乾隆年间湘军所建，桥墩有七孔而得名。

看到桥下几座桥墩边上，各有几只海鸥在那儿看着我们却一动不动。我们以为是雕刻在那儿的石鸥。导游说，这是真的海鸥。这儿经常会有很多海鸥飞来这儿憩息，你们仔细看一会儿，看它们会不会动就知道了。不一会儿，果然其中一只海鸥抬了一下头。嗬，还真的是活的海鸥。一时间，我们大家都为能在这儿欣赏到海鸥而兴奋不已。

不知不觉又来到一座桥，名叫建国桥。导游说，西岸的敬老亭是照顾老人的新空间，前面规划为徒步区，背后有河畔最宽的木栈道，深入水面九米宽，而桥旁一连串半圆形观景铁路桥，是以日光灯照亮的纵贯铁路，火车进出高雄市的必经之路，乘客放眼望去，都是美景，而河边游客也可以看见火车驶过的动态景观。

临上岸之前，我们还经过了一座桥，叫中都桥。大红的拱桥虽短，却非常醒目，吸引许多人刻意绕道，享受不同的桥梁感受。

爱河边上，有个河滨公园。这一段河滨公园内，树木高大，并设有凉椅供人休憩，晚上到此小坐，胜过逛街人挤人数倍。晚上人们坐在河边聊天谈心，观赏来来往往的行人与车辆，颇为惬意。

　　爱河的建筑，再加上爱河两岸的绿荫及河道宽阔，使得爱河观光游憩休闲皆适宜。爱河长期以来，一直是高雄展现魅力的最佳选择，元宵、情人节、端午、国庆日、假日咖啡……几乎都在爱河畔举办，近来又在几座桥上做灯光设计，使爱河的夜晚更加迷人。

　　早就听说这里有邓丽君纪念馆，因时间关系，我们遗憾的是没能去参观，但英年早逝的歌后邓丽君所传唱的《小城故事》、《月亮代表我的心》、《何日君再来》这些脍炙人口的歌曲，早已深藏在我们大家的心中，一生都不能忘却。

　　睹物思人，"看到邓丽君的东西，觉得她人还在，非常思念！她的歌声，余音缭绕，不绝于耳。"这是在文物馆内徜徉的游客的共同感受。

　　也许因为，在那个情感蛮荒的年代，邓丽君担起了为一个时代代言的重任，用其甜美的歌声抚慰了无数人的心灵。

　　在她42年的人生旅途中，她所演绎的爱过的人，错过的魂，曾经拥有，就是永恒的凄美人生，太让人爱怜和留恋。

　　虽然我们没能去参观邓丽君纪念馆，但邓丽君作为爱的使者，永远活在了我们心中。

阿里山上风光好

　　每当我听邓丽君所唱的《阿里山的姑娘》这首《阿里山风云》电影主题歌时，我的心中就会激起层层波澜，汇集到一点，那就是，今生一定要去阿里山会会这美如水的姑娘，探寻那原始森林里躲藏着的一个个鲜为人知的迷人故事。

　　进山之前，导游给我们讲述了一段阿里山历史的创伤。1899 年 2 月，嘉义办务署石田常平氏依山胞传闻，查访发现阿里山桧木原始森林。1900 年 6 月 12 日，小笠原富二郎等人展开阿里山森林调查，据调查约有 30 万株的原始桧木林遍及整个阿里山区，从此开启阿里山天然森林资源的滥觞。1906 年 11 月，小笠原富二郎发现包括今之阿里山神木的神木群。1945 年 9 月，第二次世界大战结束，10 月 25 日台湾光复，日本归还台湾，阿里山事业区持续三十余年的伐木工作宣告终止，其天然的红桧、扁柏等珍贵树种几已被砍伐殆尽。

　　当我们走进阿里山，便可看见，在这大山丛中，处处都可以看到那一棵棵被日本人砍去的数不尽的大树树蔸。这一棵棵树蔸，足可证明日本人掠夺我国丰富的森林资源宝藏所犯下

的历史罪恶。

尽管日本人将阿里山珍贵树种几乎砍伐殆尽，但经过多年大自然宠爱滋润，如今，当我们迈步这片古老的原始森林，却还是依然被那种深山特有的气场吸引住了。那山野的气味，森林的芬芳，不由让我们快活赛似小神仙。

穿行在这古木参天、树木拥抱、绿意盎然的阿里山心脏地带，我们看到，其中有一根深叶茂的参天大树，足需七八个成年人才能环抱过来，山里人把它称为看林神木。森林里沁凉的空气让我感觉风也怡然，云也灿烂。原木香味扑鼻而来，很是温馨。许多树木经历了时间、气候，或人为砍伐等因素影响之后呈现出来的变化，让它们变成形似或神似"金猪报喜"、"永结同心"、"龙凤配"等自然雕塑的天然艺术品。我们由衷地感叹大自然的鬼斧神工，化枯木为神奇，奥妙而迷人。

导游介绍说，阿里山森林公园位于嘉义县阿里山乡，属于玉山山脉的支脉，由十八座大山组成，总面积为1,400公顷。群峰环绕，山峦叠翠，巨木参天，非常雄伟壮观。相传以前，有一位邹族酋长阿巴里曾只身来此打猎，满载而归后常带族人来此，为感念他便以其名为此地命名。

在台湾流传着这样一句话："不到阿里山，不知台湾的美丽，不知台湾的伟大，不知台湾的宝藏。"这话虽然有些言过其实，但阿里山气势之雄伟，景色之壮丽，资源之丰富，确实名不虚传。园区内除了有丰富珍贵的自然资源之外，亦保留了邹族200多年原住民的人文资源，如今更因新中横公路而与玉山国家公园串联起来，就是一段兼具知性与感性的森林之旅。

所谓"台湾八景"之一的"阿里山"，原来并非仅指一座山，而是指地跨南投、嘉义两县包括大武峦、祝山、塔山、对高岳等十八座大山的阿里山脉风景区。区内群峰参差，溪壑纵横，既有悬崖峭壁之奇险，又有幽谷飞瀑之秀丽，其山光岚影千姿万态，茂林清泉各尽佳妙，是人间难得的胜境。

据说，阿里山森林风景区以五奇著称，包括阿里山的日出、云海、晚霞、森林与高山铁路。著名的景点包括两个大小不同的邻近湖泊姐妹潭、祭拜玄天上帝的受镇宫，另外还有三代木、沼平公园、慈云寺、贵宾馆（蒋介石行馆）、三兄弟等也是到阿里山旅游不可错过的景点。

阿里山不愧是阿里山，区内群峰参峙，溪壑纵横，既有悬崖峭壁之奇险，又有幽谷飞瀑之秀丽。最高处海拔 2663 米，山虽不算高，但以其神木、樱花、云海、日出四大胜景而驰誉全球，故有"不到阿里山，不知台湾的美丽"之说。

我们看到，一条铁路横卧在阿里山上。这是百年前日本人为掠夺台湾森林宝藏而建的，虽经过百年风霜洗礼，那些用山中神木制成的铁路栅栏，仍无半点腐烂，更显其傲骨铮铮。这条贯通阿里山的铁路可与"阿里四景"（日出、云海、晚霞、森林）合称"五奇"。铁路全长 72 公里，却由海拔 30 米上升到 2450 米，坡度之大举世罕见。火车从山脚登峰，似沿"螺旋梯"盘旋而上，绕山跨谷钻隧洞，鸟雀在火车轮下飞翔。登山途中，那些从高大挺拔的桉树、椰子树、槟榔树等热带古

木，到四季常绿的樟、楠、楮、榉等亚热带阔叶树，再到茂密的红桧、扁柏、亚杉和姬松等温带针叶树，尽收眼底。到了 3000 米以上，则是以冷杉为主的寒带林了。这些奇木异树，在阿里山上汇成一片绿色的海洋。山风劲吹时，山林如惊涛骇浪，发出轰天雷鸣，形成阿里山著名的万顷林涛。

在阿里山主峰的神木车站东侧，耸立着一棵高凌云霄的大树。树身略倾侧，主干已折断，但树梢的分枝却苍翠碧绿。树高 52 米左右，树围约 23 米，需十几人才能合抱。据推算它已有 3000 多年高龄，约生于周公摄政时代，故被称为"周公桧"，是亚洲树王，仅次于美洲的巨杉"世界爷"。1956 年秋，树身曾遭雷击，现在上端所植之二代木，为 1962 年栽种。但遗憾的是，1997 年 7 月 1 日，因大雨而有半边倒塌。

在周公桧的东南方有一棵奇异有趣的"三代木"。三代木同一根株，能枯而后荣，重复长出祖孙三代的树木，是造化的神奇安排。横倒于地的第一代枯干，树龄已逾千年，矗立的第二代只剩空壳残根，高一丈的第三代则枝繁叶茂。如今第一、二代的前身虽均已枯老横颓，而其第三代却仍然欣欣向荣。我想，这不也充分显示出，树木也和人类一样，有着一代一代生生不息的生命本能么？

阿里山有个樱花季，每年 3 月中旬至 4 月中旬的阿里山花季，是不可错过的年度大戏。每年因气候的不同，樱花开放的时间也会有些许不同，千岛樱、山樱花、吉野樱都将依序绽放，最高潮为洁白似雪、灿烂耀眼的花季主角——吉野樱，届时把阿里山装点成一片美丽缤纷醉人的花海世界，美不胜收。其他花卉如森氏杜鹃、石楠花、洋地黄等也都会依序绽放。

据导游说，每年每当春天来临，漫山遍野的樱花是阿里山一大奇观。樱花最盛处在阿里山"游客中心"一带。阳春时节，漫山遍野开满了殷红、洁白的樱花，一堆堆，一丛丛，艳丽多姿，与森林的黛绿嫩翠交织成一片锦绣，阿里山群峰像穿上了绿底红花的盛装，令人如痴如醉。

游阿里山，不能不看日出。在阿里山名峰祝山之巅的平台上，有一座漂亮的观日楼。导游介绍说：凌晨登临楼台，山中空气清新洁净，头上晨星点点，四周群山起伏，林涛声声。东方微露一抹红晕，淡若无有，却又似弥漫天空。刹那间红光蓦地增强，远方玉山苍茫的轮廓突然镶上耀眼的金边，只一瞬间，太阳似跳跃般地腾空出现在玉山上，万丈光芒四射，道道彩霞纷呈，青山翠谷，气象万千，好一个"日出奇观"。

我们虽错过了早晨观日奇景，但这天正好天气晴朗而有浮云，阿里山上出现了景色壮丽的云海。登上山顶平台，放眼远眺，白云从山谷涌起，迎风飘荡，时而如汪洋一片，淹没千山万岭，露在云海上的峰类、树木好像一座座浮屿；时而如浪花翻飞，高潮迭起；时而如大地铺絮，足下一片白茫茫；时而如山谷堆雪，林海中山头若隐若现，颇似海市蜃楼。太阳的万道金光照射在云海上，闪耀出千万种色彩，茶色、杏黄、宝

蓝、艳红、碧绿，变化无穷，更显神秘迷人。

阿里山有个萤火虫季，一年4月至6月，是萤火虫季节，届时阿里山将有万只萤火虫聚集的景象，令游客走进与星空连成一片的萤火虫灯海。阿里山汇集了七大赏萤路线，其中以瑞里、茶山、太和、奋起湖最为著名。

儿时在家乡也玩耍过萤火虫，但那只是几只萤火虫的亮光，就足以让我们夜夜玩得尽兴。想象一下，在这样的一种夜色里，来欣赏这样一种萤火虫灯海，那将会是一种多么美妙神奇的景象啊！

阿里山中，有个姐妹潭和孔雀溪，是游人访幽探胜之地。姐妹潭是两个相距百来步彼此相依相偎的小湖，犹如阿里山的两只水汪汪的眼睛。相传从前有一对邹族姐妹，因同时爱上了一名男子，两姐妹不愿割舍情爱却又不愿伤害手足情深，于是分别投于两潭殉情。两潭相距仅数十米，当地人为感念两姐妹，因此称为姐妹潭。姐潭为长形，积水深黛，一往情深；妹潭呈圆形，积水清浅，明净似镜。环潭树木倒影如画，并有凉亭、小桥点缀其间。湖上有两座以桧木为基座、红屋顶的相思亭，以木桥连接岸边。妹潭占地20坪，位其右侧的红桧林，系1930年以天然下种更新而成，为林区内最密集的桧木群。

这充满神话色彩的故事，深深打动了那些娘子军们，只见她们纷纷攘攘争先恐后在此留影。

在阿里山林区，还有天长地久、慈云寺、树灵塔、受镇宫及高山博物馆、高山植物园等名胜。阿里山的风光，名不虚传，游人无不醉然。

天长地久原来是两座桥。天长桥在龙隐寺庙后，所以我们没来得及去，就看看龙隐寺外观及远观天长桥靓影。地久桥的一端，通向龙隐寺庙前广场。广场前有一排活灵活现、神态各异的雕塑，非常有趣。我们在地久桥塑像前留下自己的一张张笑脸。

高山植物园与博物馆位于慈云寺大门左侧，建于1912年，展示有数百种植物，游客可经指示牌逐一辨识。至于园旁的日式木造房屋，即为高山博物馆，馆内陈列阿里山区常见之动物、植物、蝶类、土壤、矿物等标本与早期伐木、集材等器具模型。

红檐绿瓦的慈云寺建于1919年，寺内供奉外为铜铸、内装金砂的释迦牟尼佛像。这尊千年古佛原为泰国国王于1918年赠予日本天皇，日本天皇觉得玉山高于富士山，特转赠安奉于阿里山。

树灵塔为一高约20米之石塔，乃为纪念当初遭大量砍伐之树灵而建于1936年。据悉，经1969年改建后的受镇宫，为区内规模最大的寺庙，庙内供奉玄天上帝、福德正神与注生娘娘。相传以往每年农历三月三日前一周，会有三只天蚕蛾飞来朝拜，停留在神像上，不吃不飞，大约一周后离去。

"阿里山的姑娘美如水呀，阿里山的少年壮如山……"在我们即将离开阿里山之际，不知从何处传来这首《阿里山的姑娘》歌声，原来是同游的一位朋友在手机上放起了这首歌。还别说，在这阿里山中听着这首《阿里山的姑娘》歌曲，还真的格外亲切、动人。只有在这里听着这首原汁原味的歌儿，才让我们真切地感受到了阿里山平时所体会不到的深切韵味来。

探幽峡谷太鲁阁

台湾的公路大多为南北纵向和环岛的，只有唯一一条于1956年至1959年由时任退辅委主委的蒋经国，亲率几万名退伍荣民修筑的中横公路，横穿东西中央山脉。

花莲市北行25公里，就到了太鲁阁峡口。在这儿迎面可看到一座红柱琉璃瓦高大牌楼，横匾上写着"东西横贯公路"六个大字。这里是中横公路的东端起点。

走遍全台的胜景，如果没到花莲的太鲁阁，那可是一大憾事了。由花莲沿九号省道，经新城至太鲁阁，从东西横贯公路的牌楼进入，处处是美景，花东纵谷的地形，在此展露无遗。惊艳之余，不仅要赞叹与感恩：那些开发这条道路的前人，应该更能领会太鲁阁的美丽与原始吧！

果然，下车不远处，我们看到一个宣传牌，赫然写着"抚今追昔"几个大字。细看内容，原来是说：昔日的中横公路为东部地区军事与交通要道，今日的中横公路是台湾观光与国际闻名的景点。感怀经国先生昔日开凿中横公路的独到眼光与宏图远略，才得以给世人呈现太鲁阁千百万年雕琢的极品。

太鲁阁公园，是台湾的著名旅游胜地之一，位于台湾岛东部，成立于1986年11月，东起和仁溪口，西迄西合欢山，南至奇莱南峰，并沿着奇莱北峰东棱东伸至加礼宛山，北至南湖北山，横跨了花莲、南投及台中三县。立雾溪为区内最主要的水系，流域面积涵盖了全境的三分之二，总面积达92,000公顷，仅次于玉山，为台湾第二大公园。

太鲁阁大峡谷是由湍流不息、急流而下的立雾溪千万年的侵蚀切割形成的撼人心魄的垂直壁立的U型峡谷。它以雄伟壮丽、几近垂直的大理岩峡谷景观闻名，被由《中国国家地理》杂志主办、全国34家媒体协办的"中国最美的地方"评选活动评为中国最美十大峡谷之一。

我们自东西横贯公路牌楼处一路西行进入太鲁阁峡谷。

穿过牌楼，踏上公路，人们立即会被沿途壮美的景色所吸引。这里有断崖深谷，临空飞瀑，清澈溪流，处处蔚为奇观。景色之雄奇，可以说是鬼斧神工，参天地造化之最，故此景被列为"台湾八景"之一，名曰"鲁阁幽峡"。

进入大峡谷，我们欣喜地看到，沿着立雾溪的峡谷风景线而行，触目所及皆是壁立千仞的峭壁、断崖、峡谷、连绵曲折的山洞隧道、大理岩层和溪流等风光。据悉，四百万年前，菲律宾海洋板块与欧亚大陆板块碰撞而成"台湾"，慢慢升起的中央山脉表层岩层受到风化侵蚀作用而剥离，大理岩因而露出地表。这些大理岩受到立雾溪长期侵蚀下切作用与地壳不断隆起上升，形成几乎垂直的U型峡谷。公园内巨峰林立，从清水到南湖大山顶，落差达 3742 米，造就了层次复杂的植物林相，并提供野生动物栖息活动的空间。

太鲁阁公园以高山和峡谷为主要地形特色，其中中横公路太鲁阁到天祥的立雾溪河谷，两岸皆由大理石岩层构成，所以有大理石峡谷的称谓。据悉，公园内的游憩资源大部分都分布在中横公路东段沿线，如长春祠、太鲁阁峡谷、九曲洞、天祥。另外，还有鬼斧神工的苏花公路清水断崖，景色清新的娃娃谷，都是著名风景据点、旅游胜地。

太鲁阁公园的原始森林面积广阔，生态环境也非常的复杂，园区内因原始森林面积宽广，同时也拥有许多生态资源，共有山椒鱼、莫氏树蛙、台湾黑熊、台湾猕猴猪、台湾穿山甲、山羌、水鹿、长鬃山羊等数百种动物生态，更有云杉林、台湾芦竹、冷杉林、箭竹草原、玉山圆柏及铁杉林等多种珍奇植物，为园区内的特有景观。

听导游介绍说，太鲁阁公园前身为日本侵略时期成立的所谓"次高太鲁阁公园"。我们看到，太鲁阁公园的特色主要为峡谷和断崖，另外园内的高山保留了许多冰河时期的孑遗生物，如山椒鱼等。导游接着介绍说，650 万年前，地壳动荡不宁，逐渐向西北方向移动的菲律宾板块与欧亚板块不断挤压，能量聚集，寻找着释放的出口。于是火山频频爆发，海啸大浪滔天。蓬莱造山运动后，就这样，一座有山、有水、有生灵、有神木的海岛——台湾宝岛横空出世。

据说，太鲁阁（TAROKO）取自台湾当地少数民族的语

言："伟大的山脉"。伟大的山脉中居住着太鲁阁人信奉的彩虹神灵。提起太鲁阁人的发祥地，导游说了，那实际上是台湾中央山脉白石山腰的一棵大石柱。大约在300多年前，太鲁阁人翻山越岭来到了立溪旁，相中了这里的耕地猎区。太鲁阁人以父系社会生活，小家庭为结构，男耕女织，推选最聪明正直的男人为部落首领。他们信仰泛灵，相信子孙如果遵从祖先的规范和教训，即会得到祖灵的庇护。

20公里长的太鲁阁峡谷是世界上最大规模的大理石峡谷。沿线山岭，高入云霄，谷深莫测，溪流蜿蜒，飞瀑似帘，景色奇绝。谷内胜景有长春祠、九曲洞、天祥等。附近还有建筑宏伟的德祥寺、七层天峰塔、孟母亭、普度吊桥等。

这时，展现在我们前面的是一排奇异山峰。导游说，这地方叫立雾溪。立雾溪发源于台湾中央的奇莱山主峰，从海拔3449米的源头一股蛮劲直冲大海。亘古千年万载，水石互相纠缠。水作刀，切出了险峻雄伟；石为料，呈现着深邃壮丽。我们能为目睹此景而深感幸运。

再往前行，我们看见一块像青蛙一样的大石。导游介绍说，这就是青蛙石。青蛙石的中层为白色大理石岩，上下层则为深绿色的青色片岩。一座独立巨石屹立于立溪旁，宛如伏在溪中的大青蛙，而石上的兰亭，恰似青蛙王子头顶的皇冠，在远山的碧绿、近水的蔚蓝、石头的粉白中，平添着一抹橙红。

我们穿过红色的铁桥长春桥后，只见一道飞瀑在长春祠前分流进入立雾溪，加上古典的祠堂建筑，一幅山水庭园的图画便活生生地呈现眼前。位于青山绿水间的长春祠，是为了纪念修筑中横公路的殉难者而建的，原祠因地震遭山石毁损，新祠是采用山洞型建筑而成。祠后有 380 台阶的石梯蜿蜒向上，俗称为天梯。石梯尽头可到达观音洞，洞内有观音石佛及横贯公路的施工全图。

我们由长春祠继续前行约两公里，转过一个岩角，面前突现一座高插云天的笔直大断崖。断崖下的宁安桥长 82 米，是建造时本省最长的单孔桥。附近有一座不动明王庙，是高山族同胞为镇山而建的，过往旅客往往在此烧香祈福。再往前行不久，可以看到一条银白色如丝绢般的瀑布从山壁间流下，这就是著名的银带瀑布。长春祠下这著名的长春飞瀑，虽不如黄果树瀑布那般壮美，但也极具观赏性，更让我们游至此地顿感暑意全消。

再前行地势愈高，而崖峡愈险愈奇。我们看到，两岸大理石峭壁在流水作用下被溶蚀成许多小孔穴，聪明的燕子便以这些小洞为巢，形成"百燕鸣谷"的奇观，故名"燕子口"。但是随着公路上人声、车声的隆隆作响，燕子早已离巢另觅他处安居了。

我们走到燕子口尽头，看到有一座桥。导游说，这是靳珩桥及靳珩公园，均是以开凿兴建中横路时殉职的一位段长而命名。过桥西行，这时相信所有的游客只有一个表情，即难以置信这天然奇景，因为一半的面积成了高耸入云端的绝岩峭壁，而另一半的山壁则成为深入水中的崖面石墙。这高低落

差 1660 米的大断崖，架构出气势磅礴、雄伟壮观的浩瀚无垠。抬头仰望蓝天，只见天空因两岸山势实在太过高耸，只剩下一道细细的岩缝透出些许光芒，这就是中横奇景之一的"虎口线天"。

据悉，横贯公路工程中最险要的路段是九曲洞。这段险路九折十八回，蜿蜒于山壁洞穴之中，全长 800 米，步行约40 分钟。九曲洞为中横公路的一大奇观，常常令中外游客叹为观止。公路在此穿山凿洞而建，奇岩怪石，尖峰绝壁，道路曲折穿行于坚硬的岩壁中，为人力开凿与大自然鬼斧神工的结合。九曲洞并不是只有九个弯，而是有数不尽的回廊，这些都是当年开凿中横公路的人们一斧一锤凿出来的。这里处处山洞，步步断崖。九曲洞上有奇岩峭立，下为深谷急流。暴雨过后，径流形成无数"时雨瀑"，自峡谷轰然落下，蔚为奇观。此路段已实施人车分流，游客至此莫不舍车就步，一路赞叹大自然劈山的威力，并为当年开路的艰辛而惊悚。在它的入口处石壁上，有黄杰将军所书"九曲洞"与书法家梁寒操所书"九曲蟠龙"摩崖大字。游人至此仰观壁立千仞，俯瞰潺潺溪流，仿佛正处于天地接缝间，那种与天地合而为一的感受，真是奇妙无比。

中横路翻山越岭，所经桥梁无数，但位于立雾溪和老西溪汇流处的慈母桥，则是全省唯一一座大理石砌成的桥梁。桥下河床尽为大理石的岩壁，再加上传统中国风格的设计，慈母桥深受中外游客们的欣赏。高山族部落住在附近，传说有位山地青年出远门去，其母每日都盼望爱子归来，伫立在山坡前等待，于是后来为这感人的故事盖设了石桥和慈母亭。附近涧碧崖绿，云树苍茫，其间径道蜿蜒盘曲，幽深宁谧，此景曰"太鲁合流"，最是全峡别具一格的一段。

再行两公里，我们就到了中横路上声誉最高的观光胜地天祥。此地原是泰雅人村落，名太比多，后来为纪念南宋名臣文天祥而改名。村中建有文天祥塑像，像后屏墙镌刻着《正气歌》全文。能在这儿看到民族英雄文天祥的文字，我们虽说感到有点意外，但更格外感到亲切。这充分说明，台湾人民与大陆人民是同根同宗的兄弟同胞，有着历史上血脉相通的同一个祖先。

这里有天峰塔、祥德寺、福园、梅园等多处景点，1990年祥德寺塑成世界最高大的地藏王巨像，高达 36 米。天祥村坐落在开阔的河谷台地上，在经历峡谷险崖的紧张惊险旅程后，来到这视野豁然开朗的小山村，那种轻松愉快的感觉，只有穿越万山而忽见美丽的日月潭时的惊奇之情才能比拟。

我们继续前行，便来到太鲁阁峡。太鲁阁峡是立雾溪中上游峡谷的总称。从太鲁阁到天祥这一段，称内太鲁阁峡，长约 20 公里，全是断崖幽谷，为中横路上风景区的精华。从天祥西迄大禹岭，长约 58 公里，称为外太鲁阁峡。这一带沿线景观发生了明显的变化，内太鲁阁峡那种断崖幽谷等险峻地形已很少见到，取而代之的是一片片地势开阔、峰峦起伏、草木葱郁、云海苍茫的山地。沿途有文山温泉、西宝农场、豁然

亭、慈恩山水、碧绿神木和关原云海等胜境，景色超尘绝俗，令我们在此处驻足，竟然流连忘返。

我们徜徉于太鲁阁大峡谷旁的步道上，深深地被太鲁阁峡谷的自然奇观所震撼。这里壁立千仞，隧道连绵，公路回转。天空被山势所阻，非引颈翘望，不见青天。仔细观赏对岸多彩的大理石壁那弯曲流动的线条，那因地壳变动造成的褶皱纹理，极像一幅幅水墨丹青画卷，让人遐想无限。

看得出来，这里大多数通往景点的山路，全是由人工打造出来的。可以想象，在这悬崖绝壁上凿石槽，打隧道，架桥梁，修筑穿越太鲁阁大峡谷、横贯台湾东西300公里长的公路，还可以想象这在当时还没有先进设备，完全靠锤子、炸药的情况下，何其艰难！

我们在靳珩桥旁看到了一个雕像，碑座上刻着蒋经国立碑、钱穆撰书的"碑记"："人类个别之生命必有限，唯社会公共之事业能无穷。而事业必创造于生命。故唯能熔铸其生命于事业者，其生命亦无穷也。中国古人以立德、立功、立言为三不朽，其意义即在此。台湾省东西横贯公路凿山川之奇险，开天地之清灵，极工程之艰巨，成人文之伟绩……"

沉浸在这深藏闺中千万年的太鲁阁大峡谷，那大自然的奇异绝妙、鬼斧神工，让我们如痴如醉，回味无穷，徜徉其间，我们久久不舍离去。

西子湾畔不了情

　　车子在海岸线上快速行进，那风景如画的海景让人目不暇接。不一会儿，我们便到了高雄港。导游介绍说：高雄港位于高雄市，是台湾省内最大的海港，曾长期位居世界海洋货运第三大港，仅次于香港与新加坡。近年来受釜山、上海洋山、浙江宁波等的竞争挑战，排名下降。目前，高雄港货运吞吐量约占台湾三分之二。

　　高雄市西侧，寿山的山麓下，濒临南海，有一处美丽的港湾——西子湾。我们此行就是冲它而来。穿行于一条长长的隧道，导游告诉我们说：这就是西子湾隧道。西子湾隧道开凿于1927年，由海野三次郎负责建造，并于隔年10月完工，1933年正式启用，全长260米，宽6米，高3.6米，曾称为"寿山洞"，在二次大战美军轰炸时曾改作防空洞使用。西子湾隧道穿越柴山，全隧道可以分为前、中、后三段，1990年及1991年时，高雄市政府曾经彻底整修寿山二号洞。目前西子湾隧道为连接西子湾与高雄市鼓山区的要道，由于隧道景观特殊，西子湾隧道一直是著名的观光景点。

　　夜色慢慢降临，海岸边的海水颜色渐渐地由浅变深，夜色朦胧。据说，高雄景点之一的西子湾夕照是最美丽的景色。由于时间原因，我们又失去了一次在西子湾看夕照之美，这便是让我们这次台湾行深为遗憾之事。导游给我们描绘这一美景，那夕阳西沉、金波万顷、海天一色的天赐美景，让我们有了下次一定要再来西子湾看夕阳的冲动。

　　很快，我们终于来到了西子湾。导游介绍说，西子湾位于台湾高雄西隅的一个风景区，在柴山西南端的山麓下，南面隔海与旗津岛相望，是一个风景天成的湾澳，而最北端则傍着柴山，是一处由平滩和浅沙所构成的海水浴场，这里就是以夕阳美景及天然礁石闻名的海湾。在清初时，西子湾也被称作洋路湾、洋子湾或斜仔湾，而在闽南语的谐音引申下，斜仔湾逐渐被称为西子湾。傍晚时分的夕照，是为台湾名景之一。乾隆十五年（1750年）时，庚午举人卓肇昌在"鼓山八咏"诗中，有"斜湾樵唱"一词："忽听樵子唱，踯躅下前山，几曲斜峰乱，一肩落日还；轻风闻远浦，清澈渡花湾；袅袅莺频和，冷冷石默顽；行歌聊自适，笑士不如闲；试问家何处，白云屋半间。"

　　西子湾的夕阳、港湾、英国领事馆对高雄人而言是脚边的玫瑰，以夕阳美景著称，还有许多天然的礁石，看惯了黄浦江的浑浊河水，发现这里的海水很清澈。而往前面远处看去，导游说，前面有个前清打狗英国领事馆，旁边有个十八王公庙，可以从上面俯瞰整个西子湾。

　　据悉，前清打狗英国领事馆为建于1865年的英式建筑，位于高雄港（清打狗港）口北岸的鼓山上，基地高度离水面约30米，东侧、西侧及南侧皆紧临陡峭的悬崖，北侧连接鼓山，形成背面靠山、三面环水的形势，是当时英国掌理海关税务工作的重要据点，为台湾目前现存的西式近代建筑中，年代最为久远的建筑。但在太平洋战争时，该建筑物局部遭轰炸受损，后来又逢多次风灾，使得建筑处处断垣残壁，形同荒废，直至1985年后方开始进行修复。1987年打狗领事馆被列为二级古迹，之后并辟为高雄史迹文物馆，陈列有关打狗开拓及近代史之文献、凤山县旧城模型、历史图照等历史发展重要文物资料。

在那天空布满星星的夜色中，我们爬上了山顶，前去看打狗领事馆。看完馆内各种文献，我们便选择一处僻静的地方，站在那儿看海。夜幕下的大海不时有星星点点的航船经过，我们能在这里隔着台湾海峡和福建省隔海相望，这可也是我们人生中一次不可多得的境遇，叫人心潮起伏，浮想联翩。

随着导游的脚步，我们又来到了边上的十八王公庙。导游饶有兴致地给我们介绍了十八王公庙的由来。原来，十八王公庙源于康熙二十三年，一艘自中国大陆而来的渔船，在西子湾海滩处沉没，十八位船员最后脱险，在西子湾岸上登陆，并在西子湾地区开垦，但后来却被凤山县衙官误认为叛民而遭集体格杀。附近居民念其平日和睦敦邻、乐善好施却惨遭冤杀，于是就收殓他们遗体，合建一所低矮之祠堂于现今西子湾洞口的山麓上。之后由于显灵保佑百姓事迹，地方百姓称之"十八

王公"。1983 年重新兴建,并将十八王公庙迁至现在前清打狗
英国领事馆旁。

因为已经入夜,我们也没能前往西子湾海滩玩耍。据悉,
西子湾共有三个海滩,第一海滩在防波堤内,防波堤内的第一
海滩,由于海水污染问题,目前则被辟为海滨公园。第二海滩
位于防波堤外侧。另一个海滩则位于柴山军事管制区内。原名
为寿海水浴场,建于 1928 年 6 月,1935 年再添建儿童游泳池
一座。现在的西子湾海水浴场是建于 1975 年,位于防波堤的
外侧第二海滩的所在地。

听着导游的介绍,令我们这次不能前往西子湾海滩游玩
又深感遗憾。是呀,来到了一处这么美妙的胜地,人间的乐
园,我们却没有机会去亲近它们,不能投入到它们的怀抱尽情
地享受大海的抚摸,心中失落感油然而生。好在从微信中看
到,我们南昌市刚刚已经列入了台湾自由行的城市之一,相信
在未来不久的时间内,我们和西子湾海滩重逢的日子也将为期
不远了。

太平洋上一奇葩

离开高雄，我们驱车前往垦丁风景区。垦丁公园于 1982 年成立，它位于屏东县境内、台湾最南端的恒春半岛上。陆地面积 18,084 公顷，海域面积 15,185 公顷，海陆域合计共 33,269 公顷。园区南北长约 24 公里，东西宽约 24 公里，全境属热带，分别距台湾第二大城市高雄市 90 公里、第四大城市台南市 140 公里。

这里三面都是湛蓝清澈的大海，东面是太平洋，西有台湾海峡，南临巴士海峡，北连南仁山，地形变化多端，景观资源极为丰富。半岛最南端的岬角——"鹅銮鼻"，恰好与台湾海峡与巴士海峡分界处的"猫鼻头"遥遥相对。在"鹅銮鼻"上屹立着 18 米高的灯塔，如果站在灯塔之上，就可以看到台湾岛南端起伏的低矮丘陵和平坦的台地，饱览天海一角与珊瑚礁林的秀丽景色。

仔细看台湾的地图，最下面的两处猫鼻头和鹅銮鼻，就好比两只脚，这"两只脚"左靠台湾海峡，右临太平洋海峡，两"脚"之间正是巴士海峡。

　　"垦丁"名称的由来，据说是清光绪三年（1877年），清廷招抚局自广东潮州一带募集大批壮丁到此垦荒，为纪念这些筚路蓝缕、以启山林的开垦壮丁，因而将此地名为"垦丁"。

　　垦丁公园地理上属于热带性气候区，终年气温和暖，热带植物衍生，四周海域清澈，珊瑚生长繁盛。垦丁公园拥有热带树种一千多种，为台湾第一座热带植物林，也是世界八大实验林场之一。最特别的是垦丁公园境内每年还有大批候鸟自北方飞来过冬，数量之多蔚为奇观。公园海底的珊瑚景观更是缤纷绚丽，是垦丁国家公园中的胜景之一。垦丁公园有许多特殊景观，例如茄冬巨木、人工湖、石笋宝穴、银叶板根、观海楼、仙洞、一线天、垂榕谷、栖猿崖等旅游景点。

　　特殊的地形、丰饶的动植物及独特的民情风俗，不仅是保育、研究、环境教育的自然博物馆，更是游人休闲旅游的怡情胜地。我们将先后去猫鼻头公园和鹅銮鼻公园。

　　据悉，公园地处热带气候区，园内四季如春，热带植物丰富，此外园区内居住有众多当地人，包括最近十多年间，陆续发掘出许多史前遗迹，让垦丁国家公园在丰富的自然生态景观外，同时拥有浓厚的人文历史风采。公园东临太平洋，西滨台湾海峡，南接巴士海峡，其辖区海域范围包括南湾海域及龟山经猫鼻头、鹅銮鼻往北至南仁湾间，距海岸1公里内之海域。陆域范围则包括龟山向南至红柴之台地、崖岸及海滨，以及南边的龙銮潭以南之猫鼻头、南湾、垦丁森林游乐区、鹅銮鼻，东边则沿太平洋岸经佳乐水至南仁山区。海陆范围相加总面达 33 万多公顷。在垦丁国家公园的规划中，除生态保护区与区内原有村落外，全区几乎都已适度开发为著名景点。

垦丁有丰富的自然资源，气候温暖、景致怡人且交通便利，资源珍贵丰美。公园内精致而多变的美景，如龙峦潭赏鸟中心、关山夕照、红柴坑搭半潜艇、猫鼻头、后壁湖游艇港、南湾戏水、垦丁、青蛙石、帆船石、垦丁森林游乐区、社顶公园、鹅銮鼻公园、龙坑、龙盘公园、风吹沙、佳乐水等诸多景点，尤其是有龙坑自然生态保护区以及多样化的野生动物，如梅花鹿、台湾猕猴、灰面鹫等，使垦丁又成了台湾第一座大型森林公园。

垦丁拥有众多自然景观，关山就是其中之一，垦丁关山夕照更是美妙无比。关山，又名高山岩。全区为隆起珊瑚台地，高约 152 米。台地上礁石林立，岩沟纵横，北望可纵览大平顶倾斜台地、裙礁海岸，往东可鸟瞰恒春纵谷平原、龙銮潭，南眺则猫鼻头至鹅銮鼻的海岸线一览无遗，是观赏夕照及远眺的极佳地点。

我们先到达台湾的"左脚"猫鼻头。垦丁公园地理上属于热带性气候区，终年气温和暖，热带植物衍生。猫鼻头位于台湾南端的西侧岬角，为台湾海峡及巴士海峡的分界点，与鹅銮鼻分别为台湾最南端突出为巴士海峡的两个岬角。由于此处有一块自海崖崩落的礁岩，外形像猫而得名。此处有典型珊瑚礁海岸侵蚀地形，因为位于迎风的岬角上，海蚀作用旺盛，形成此地区崩崖、海蚀焦柱、海蚀沟、海蚀洞、海蚀壶穴等丰富

的小地形景观，是个极佳的大自然地理教室。

蓝蓝的天，蓝蓝的海，沙滩上海水阵阵涌向前，蔚蓝清澈，令人陶醉。天上淡淡的云，海边淡淡的风，轻轻地吹拂舒展着我们的心怀。这里有多样的海岸地景，导游一一向我们做了介绍。

在恒春往猫鼻头的途中，导游给我们介绍了龙銮潭。龙銮潭位于公园西侧，占地 137 公顷，原本是低洼地势，往年每逢雨季便积水成泽。虽曾计划建为水库，但终未实现，1948 年，才有政府筹拨专款，将龙銮潭建为水库，为恒春半岛重要的水利设施。大尖山水口北流，经四沟、头沟而注入保力溪，由射寮出海，目前仅供农田灌溉渠道，每到秋冬之际更成为候鸟群集过冬的地方，是绝佳的赏鸟景点。龙銮潭旁设有一自然中心，透过玻璃墙面可以欣赏到整个潭面。中心内的观察站有四处鸟类展示区，是设备完善的鸟类观察站。龙銮潭自然中心同时也是稀有植物人工复育区的所在，以生态园方式进行人工培育原生树种。生态园区面积约 1.5 公顷，共分为稀有植物区、诱鸟植物区、诱蝶植物区、草原灌丛植物区、赏花观果植物区、山地植物区、海岸林植物区、珊瑚礁植物区、绿篱植物区等九区。区内生物资源丰富，植物物种歧异度高，是生态保育与生物族群的自然栖所。

我们一边听着介绍，一边赶路，不一会儿，便来到了猫鼻头。我们登高猫鼻头居高临下的观景台，从这儿，可以饱览巴士海峡及台湾海峡整个全貌。那湛蓝的海水，金色的沙滩，让我们奢意饱览享受着大自然赋予的精彩美妙。

　　猫鼻头为台湾海峡与巴士海峡的分界点，并与鹅銮鼻形成台湾岛最南的两端。猫鼻头有一从海崖上断落之珊瑚礁岩，其外形状若蹲伏之猫，因而得名。这里给人的第一感觉是热，温度可能要高过四十度，挨到眺望台，头几乎被热昏。抬眼望去，大海茫茫无涯，几条船影在海中游动。随人群俯身向下看，海边是大小不一的黑色礁石，怎么也找不出猫的身影。真是"不识庐山真面目，只缘身在此山中"。我们看来看去怎么也没看出猫的形象来，同行的有的说像狗的，有的说什么也不像的，颇有些失望。我说猫不是很像，但它的前面，倒像一只老鼠，这是一幅活脱脱的猫抓老鼠图。大家都很赞许。猫鼻头为典型的珊瑚礁海岸侵蚀地形，珊瑚礁因造山运动隆出海面，受到长时间的波浪侵蚀、反复干湿、长期盐粒结晶、沙砾钻蚀，及溶蚀等作用，产生了崩崖、壶穴、礁柱、层间洞穴等奇特景观。海岸线鸟瞰似百褶裙，故有裙礁海岸之称。

　　猫鼻头的地貌很特殊，海边一大片黑色的礁岩，怪石嶙峋，波浪拍打着陡峭的礁岩，时时卷起雪样的浪花，发出空洞的回响，再看脚下形状稀奇古怪的黑石头，给人远古蛮荒之感，而在礁岩缝隙之中长出绿颜色的花草，旁边茂密的树丛，又让人看到蓬勃的生命活力。这特殊的地貌好似百褶裙，故被称作百褶裙海岸。海底的珊瑚礁因造山运动隆起，变作如今的模样，不能不赞叹大自然的鬼斧神工。

　　在猫鼻头西北方的海岸线上，有个白沙湾，它位于恒春

半岛西岸，又称"白砂"。白沙湾一带属珊瑚礁海岸，原是一个小渔港，称为白沙港。这一带得天独厚，拥有一段长达百米的沙滩。沙滩由纯白的贝壳砂所组成，由于鲜少有游客造访，因此还保持着自然的风貌，而在此处戏水时需小心，此地有三处有强劲的暗流，须特别的留意。

不久，我们便来到一片茂盛的热带植物地带。导游说，这便是南仁山生态保护区。它位于公园东侧的满州乡南仁村，保护区海拔最高不过526米，却是台湾少数仅存的低海拔原始热带季风雨林，同时，形成热带、亚热带与温带植物。受恒春半岛特殊季风及雨量季节性分布的影响，共有2200余种植物，如"大头茶"洁白似茶花，是东北季风盛行的迎风陡坡的常见植物。"南仁湖"位于天然山谷中，仅一条步道能前往，单程4.3公里。沿途生态样貌丰富，常可见"青斑蝶"、"黄蝶"的踪影。南仁湖原本是水稻田，由于稻田东边出水口被堵塞，水量累积逐日增多，形成宽广湖泊。在这一片广大水域之前有处小水潭，才是真正的"南仁古湖"，但由于湖水面积小容易被忽略。湖旁可见的"黄灰泽蟹"，是台湾特有的淡水蟹，属于陆蟹的一种，也是唯一不须到海边进行繁殖的蟹种。

再往前行途中，我们看到许多与大陆不同色彩的黑沙。导游说，这是风吹沙景点。它是由风形成的地形，每年9月至次年4月，沙粒受到冬季东北季风的吹拂，被风向西南方陆地搬运，而被河川及沿岸的潮流携带出来的沙粒，则向东北的海滩搬运。如此日积月累进行风蚀和风积作用，山谷里的沙子被风和水来回地搬运，形成了"沙丘"与"沙瀑"的特殊景观。但后来因为当地政府修筑了一条马路并在马路后方种植一大片的木麻黄防风林，由于道路阻隔与防风林设计，使得垦丁的风吹沙成为绝响。

这地带虽不算很大，但各式各样小景点特多，几乎每处皆景，真是让你目不暇接。导游说，前面就是龙磐公园。它位于佳鹅公路旁的龙盘公园，是一处隆起的珊瑚礁所形成的石灰岩台地，也因为石灰岩的溶蚀作用，造成裂沟、渗穴、石灰岩洞等奇特的地形景观，而使此地被列为垦丁国家公园的四大景观之一。由于地形辽阔，面向广阔的太平洋，尤其一登上海崖，视野开阔，一旁的绿地、眼前广大的海景、远处碧绿的青山及抬头那清澈的蓝天伴随着朵朵白云，都毫不吝啬的尽收眼底，不禁令人惊叹大自然的美丽风采。

落山风是恒春半岛冬季特有的天气现象。导游介绍说，每年 10 月到翌年 3 月，冬季的冷气团沿着中央山脉南下，当吹到恒春半岛时，因通过石门峡谷、大武山谷，与满州乡山脉谷地，风力突然增强，加上半岛地势陡降，面海广阔，强风形成直扑之势，当地居民称之为"落山风"。在落山风的季节里沙尘蔽天，犹若台风，常会影响车辆的行驶。早期当地的房屋窗户也多采用窄小低矮的设计，居民也会戴上帽子或方巾防止风沙，形成当地特殊的景观。这里陆地和海域都分别划有生态保护区、特别景观区、史迹保护区和一般管制区。生态保护区是公园的核心部分，保存着原始的状态，生物物种繁多，具有

典型的代表性，主要供学术研究之用。特别景观区是由特殊的天然沿海珊瑚礁、热带雨林、龙銮潭冬候鸟栖息地以及大小尖石山等优美景观组成。史迹保存区保存着垦丁、鹅銮鼻、龙坑等60多处史前遗迹和史后的许多文化遗址及古迹。

游憩区是为野外娱乐活动和可进行有限度生物资源利用的地区。导游说，游憩区在海拔500米以下，保存有热带季风原始林及原始海岸林地带，共有植物2200多种，占台湾植物种数的一半左右，其中有不少是独特的种属，如锈叶野牡丹、南仁山新木姜子、恒春福木，以及红豆树、钉地蜈蚣、莎草蕨等。珍贵的野生动物除台湾猴外，还有黄麂台湾亚种、赤腹松鼠台南亚种、小云雀台湾亚种等台湾特产亚种，黑枕黄鹂等60多种留鸟和赤腹鹰等在迁徙途中做短暂停留的50多种候鸟。尤其是野生蝴蝶的种类繁多，达162种，占台湾蝴蝶总数的三分之一以上，堪称宝岛上的生物资源库。

我们一路欣赏景色而来，越到后面风景越是迷人。垦丁公园不仅有得天独厚的动植物资源，而且还有美丽的水光山色，包括孤立山峰、贝壳砂海岸、裙状珊瑚礁、海蚀平台，还有老年期湖泊、沙丘和沙暴风成地形等。

鹅銮鼻灯塔是台湾最南端的灯塔。导游介绍说，那还是清朝慈禧时期，一艘美国商船在暴风中迷失了方向，漂到了鹅銮鼻之南的海上，撞上七星岩暗礁沉没了。船长夫妇和船员游泳登岸后，除一名台籍船员顺高雄方向潜逃外，其余均被鹅銮鼻原住民逮住杀害了。美国政府因此向清廷抗议，成了一个外交事件。不久又有琉球渔民在这一带遇难，日本出面又成了一个外交事件。美日两国共同向清廷施压，要求必须在鹅銮鼻建立灯塔。

于是，闭关锁国的清政府很不情愿地请了外国人来进行勘察，并从原住民手中购买下鹅銮鼻一块地盘来建造灯塔。又怕原住民再找麻烦，派了500名官兵进行守护。

建成的灯塔别具一格，里面分了五层：第一层储油，第二层设大炮，第三层供洋人休憩，第四层设台湾八景石碑，第五层为灯塔光源。当时用汽油自热灯发光，光距为10海里，向七星岩方向投射红色光弧。灯塔外围环筑白色围墙，围墙上布满枪眼；塔区建筑屋顶可蓄水，雨水沿水管集流到地下花岗石水池中，这样可水源自给。这些都是为了防止原住民侵袭。这个灯塔是全世界唯一的武装灯塔。

甲午战争后，台湾被清朝政府割让给了日本。有趣的是，清朝官兵撤离前，愤怒而又秘密地摧毁了灯塔、石墙，以及石路码头，发泄了无奈的不满。后来，日本人修复了灯塔。二次大战中，灯塔又遭美军空袭受损。1962年，台湾当局重新修建。鹅銮鼻灯塔可谓多灾多难。

现灯塔高24米，塔顶光照射距离27海里，是目前台湾光力最强的灯塔，被誉为"东亚之光"。

太平洋上的天气很怪，我们刚刚被烈日晒的抬不起头来，不一会儿，又让大雨淋湿了全身，再过一会儿，又阳光灿烂起来。

雨过天晴，我们来到垦丁森林游乐区，这里旧称"龟亚角"，原是排湾族"龟亚角"社的原住民部落。后来引进热带植物计 513 种，战后由省林业试验所恒春分所经营，称为"垦丁热带植物园"。垦丁森林游乐区海拔约 230—300 米，面积共 435 公顷，占垦丁公园陆地总面积 2.5%，目前已开发 76 公顷。全区遍布隆起珊瑚礁岩，植物共有 1200 多种，分为椰子、油脂、橡胶、药用、热带果树等区，共有 17 处游览据点，其中以银叶板根、仙洞、观海楼、垂榕谷等较为出名。在仙洞、银龙洞等天然石灰岩洞内，有各种石钟乳及石笋，都是地下水中所溶蚀的碳酸钙成分凝聚形成，成长缓慢，十分珍贵。

社顶自然公园位于垦丁森林游乐区旁，面积 128.7 公顷，以珊瑚礁植物及开阔的视野为主要特色。长在礁石上的树木受到东北季风的吹袭，雕塑出自然盆景状的艺术杰作。园内并有丰富的动植物、石灰岩洞，以及珊瑚礁岩裂缝造成的"一线天"景观。植物有 329 种以上，原生马兜铃科、芸香科、萝科等蝴蝶食草植物大量分布，公园内有近 50 种蝴蝶，是观赏及研究蝴蝶的理想地区。

南湾是垦丁最负盛名的海滩之一，旧称大坂埒，因海水湛蓝，又称做蓝湾。此地沙滩长约 600 米，弧线美，沙质洁静，在沙滩上经常有许多人进行游泳、日光浴、戏水等活动。这个区鱼产量丰富，随时可见渔民使用地曳网（俗称牵罟）作业的情形，每年 4—7 月为虱目鱼苗繁殖季，可见到使用手抄网、塑胶筏捕捉鱼苗，蔚为奇观。

　　我们兴致勃勃地一路行进在太平洋东岸，海风又把我们冲到了关山景区。这地方又名高山岩，位于恒春西南方，海拔152米，但由于地势高于半岛地区，视野良好，向西望去即为台湾海峡。"关山夕照"为垦丁著名的景点之一，可惜我们晚上就离开这里了，要不然，也能在大洋上看看关山夕照之美丽景色。跨上关山山顶上，视野特别广阔，北方可见到大平顶倾斜台地及沿途渔村的风光，东方可眺望龙銮潭及南湾与鹅銮鼻之间的景色。这里是"垦丁国家公园"极佳眺望及观赏夕阳西下的地点。关山全区为隆起珊瑚礁组成，依据碳同位素定年的结果，这些珊瑚礁岩层上升的速率每年大约5厘米，也就是说在三万年前关山还是在海面下。关山山顶上有一座依珊瑚礁建造的庙宇，为台湾其他地区所罕见，因为主神是福德正神，故称福德宫。宫外有一巨石，民间相传是五百年前天外飞来的，故称"飞来石"，又因为型似乌龟，被称为"灵龟石"。

　　随后，我们便到了出火口景点。导游说，出火口景点位于恒春的北面，因地下蕴藏天然气，以致在满布沙砾的地面形成一团团红红的火光，所以吸引了不少游人前往观赏。由于天然气不断流动，出火口亦时有不同，火焰虽不是很大，过往亦曾发生灼伤游人事件，故到访此地时要加倍小心。当地人会利用来烧烤食物，如鸡蛋、玉米、番薯等。

　　琼麻展示馆位于龙銮潭南岸，占地18公顷，馆内有日本侵略时期"台湾纤维株式会社"所留下的宿舍、神社拱门等遗迹，并有琼麻制造厂房、晒麻场与加工机器等。

佳乐水位于垦丁东海岸，原称"高落水"、"佳落水"。这是指该处有一瀑布，1975年蒋经国莅临巡视，将该瀑布取名为"山海瀑"，并将该处更名为"佳乐水"，取其安和乐利之意。这个景区的珊瑚礁和砂岩经过海浪侵蚀，产生各种形状的蜂窝岩。山海瀑布，是由三条溪流汇流而成，直接由海崖直落大海，堪称奇景。瀑布源头有一片草原，植物景观丰富。

垦丁大街，俗称垦丁夜市，是垦丁内最热闹的街道，尤其以晚上为最，也是世界罕见设于公园内的商圈与夜市。导游介绍说，垦丁大街范围大约在垦丁大湾（夏都沙滩酒店）至垦丁小湾沙滩之间，沿路有许多夜间营业的酒吧、舞场、小吃摊等，从白天到深夜，街上充满许多身着海滩裤、比基尼，一身轻松打扮的泳客与国内外游客。街上的霓虹灯将街景装点得十分热闹，颇有南洋度假胜地的风情。晚上夜店里除了供应餐点以外，也有钢管舞等火热表演。钢管舞女郎身着三点泳装在客人身上磨蹭的行为，曾被媒体点名有害风化，不过并未被禁止。垦丁街有近三十多家的个性纪念商品店，有许多的饰品及纪念品的店家及小摊位，商品均具有当地特色。垦丁大街也是垦丁当地饭店、旅馆最密集的地方，如夏都沙滩酒店、恺撒饭店与救国团的垦丁青年活动中心等，都是著名的景点。

置身这镶嵌在太平洋上的明珠垦丁，我心潮起伏，感慨万千，是呀，终于实现了自己多年的一个愿望，喜悦之情自然溢于言表。行走在无限风光、美不胜收的太平洋上，我使劲地想多吸一口这里的清新空气，多看一眼这里的一草一木。是

呀，能和太平洋上的明珠相拥，谁舍离去？陶醉其间，不知不觉中，耳旁却响起了导游的叫喊声：大家下来吧，我们已经到了台东县了。

请到野柳来看海

台湾四面环海，优美的海岸景观随着地理位置的不同，呈现出不同的景色。位于新北市万里区的野柳地质公园便为台湾北部著名的地质公园。这里是台湾岛的东北端，有奇岩世界奇观，更是台湾北海岸的一颗明珠。

行前我做过功课，野柳地质公园是此行重要景点之一。

下午 2 点，我们终于到达了位于新北市的野柳地质公园。从远处看来，野柳地质公园就是伸向大海之中的一支狭长海岬。原来野柳没有柳，全是从未见过的大小不一、形状怪异的石头。这支突出于北海岸的狭长海岬，分为大屯山余脉伸出海中的岬角。

野柳地质公园突出于北海岸的狭长海岬，形似方舟，现代肖草《野柳·地质公园》有诗为证："野柳水拍雨潇潇，墨客匆匆忙聚焦；砚池走兽姿百态，清梦远古方舟漂"。是的，这正是对此真实写照的描述。

野柳地质公园为什么会天然生长出这么些千奇百怪的石头？导游说，经过千百万年的侵蚀、风化和造山运动的影响、交互作用等大自然的洗礼，深埋海底的沉积岩上升至海面，产生了附近海岸的单面山、海蚀崖、海蚀洞等地形，海蚀、风蚀等在不同硬度的岩层上作用，形成蜂窝岩、豆腐岩。千万年的岩石，被海水冲刷成嶙峋奇石，矗立在太平洋边，似岩浆浇铸，极其罕见，逐渐形成覃状石、烛台石、姜石、壶穴、棋盘石、海蚀洞等地质奇观，让全长 1700 米的海岬，成为台湾最负盛名的地质公园。

野柳地质公园位于台湾基隆市西北方约 15 公里处的基金公路，远望还如一只海龟蹒跚离岸，昂首拱背而游，因此也有人称之为野柳龟。

由于野柳地质公园周围丰富的海洋生态、渔村风情等多元地貌，也让野柳成为深具教育、观光与游憩功能的著名旅游景点。

据悉，野柳，还是候鸟们南迁到达台湾的第一站，也是北返时最后一个可以歇脚的地点之一。每年南迁北返之际，尤其是 3 月、4 月与 10 月，这里是观赏过境鸟类不可错过的地点。其中又以白眉巫、黄喉巫、戴胜、绶带鸟、黄眉柳莺、乌灰鹤、黑鹂等稀有鸟类更为人们津津乐道。

导游给我们讲述了野柳名称的由来。原来，"野柳"这个名字来源于西班牙人。在西班牙语言里，意思是"魔鬼之岬"的意思。因为西班牙人曾在此登陆，可屡屡沉船不能靠岸，就像是有一只无形的魔鬼之手在拉他们，于是疾呼："野柳！野柳！"至此，当地人就以"野柳"谐音，当作了"野柳"的地

名。不懂西班牙语也无从考证，权当这是一个美丽的故事。

进入野柳风景区，沿着步道而行，一路可尽览奇特的地质景观。野柳长约 1600 米，宽仅 250 米，有丰富的海蚀地形。这里几乎处处都生长着一片奇岩怪石。面对野柳这么多奇岩怪石，导游介绍说，在 2000 多万年前，台湾仍在海里，由福建一带冲刷下来的泥沙，一层层的堆积出砂岩层，600 万年前的造山运动把岩层推挤出海面，造成台湾岛，野柳是其中的一部分。造山运动挤压时，在野柳的两侧推出两道断层，断层带破碎易受侵蚀，所以两侧凹入成湾，中间突出形成海岬。接下来，在海浪、雨水和风的侵蚀和地壳不断的抬升下，造成野柳的奇岩怪石。

据悉，蕈状石的演育过程历经千百年，一颗颗像是大香菇的蕈状石，是野柳最引人注目的风景。蕈状石，因外观像是一柱擎天的巨型香菇，因此又称为擎柱石，整个野柳公园内有 180 余个，完整地记录了蕈状石的演育过程。作为台湾旅游业的一张名片，女王头是野柳最具代表性的地形景观，尤其是"女王头"雍容尊贵的形态，早已成为野柳地质公园的象征。女王头本身就是一个蕈状石，形成原因和其他蕈状石大致相同。由于它的脖子修长，脸部线条优美，神态像极了昂首静坐的尊贵女王，大家才特别称它为"女王头"。科学家预估女王头的脖子会因海水以及风、雨等自然现象而变得越来越细，在 2039 年后断掉，因此是野柳地质公园最有代表性的景物。

类似于"女王头"这样的蕈状石，倒下昂贵的"头颅"

横卧旁边，挺惨的，我们就看到一二处。哪一天，"女王头"也倒下，那真是太遗憾了！因此，在公园入口处，复制了个山寨版的"女王头"。"女王头"前面排队照相的人实在太多，换到其他角度拍，就不像女王了。

这石头为什么一个个长得像香菇模样呢？导游说，在海底下倾斜的岩层受到挤压，产生节理，地壳继续上升，岩层露出海面，受到海浪拍打，节理被海水侵蚀越扩越大，地壳继续上升，下层的岩层也受到海浪拍打侵蚀，由于岩质较软弱，侵蚀速度较快，所以就形成了这许各市地许多脖子细长的蕈状岩。它们头上布满的许多大大小小的坑洞，远看好像蜂窝一样。仔细看所有蕈状岩的头部，似乎可以连成一个平面，这是因为这一层岩石含钙质或生物的碎屑比较多，而且常有结核，当这些受到海浪冲击，和被海水或雨水溶解后，因而就会出现小洞。小洞岩壁继续受溶蚀作用，便会逐渐扩大，最后形成现在这样独特的形状。

说到烛台石的由来，导游说，岩层中有许多小型的结核，海浪侵蚀岩层时，有些结核会露出岩层表面，凸出的小结核比周围的岩层坚硬，所以海水会沿着它的外围，就像人站在沙滩上，海水顺着人的脚型流下，脚周围的沙就会凹陷下去一样，结核四周的凹槽盛装着海水，使附近的岩层得以保持潮湿，但距离较远的岩层由于受到海浪与风化侵蚀，干湿交替影响，岩质较为脆弱，在海水不断侵蚀下，岩层逐渐剥落，就形成了圆柱的烛台。烛台石的特异造型举世无双，每一支烛芯的大小形

状都不同，像是被风吹动的烛火，或明或暗，真是太奇妙了。

不经意间，游人拥挤停顿，一群人争相拍照一块石头：那就是完整天然的台湾地图，对照台湾地图，简直是做成的立体沙盘地图。

野柳地质公园内还有一座石像，是为纪念救两名落海的学生而被海浪卷走的烈士林添桢而立。听导游一介绍，我们大家纷纷向台湾这位好青年投去敬佩的目光。

景区还有天然的泳池，天热时往往孩子们会到这里来戏耍。往回走的路上，没有忘记在台湾地图石头前拍照，在门口山寨版的"女王头像"跟前留影……

有人说站在野柳看海与别处不一样，一到这儿，真有这种感觉。在山东乳山的银滩，我喜欢踏在柔柔细沙上，让海水淹没脚面时那种爽爽的感觉；在海南三亚的亚龙湾，蓝天、白云、碧海、椰风，我抑制不住想拥抱大海的冲动；在北戴河的渤海湾，我站在海边总感觉海天交接处立即会出现打鱼归来的一艘艘渔船……

今天站在野柳海边，望着波澜壮阔的大海，吹着略带咸味的海风，置身在海底神奇力量的杰作中间，我不仅仅惊叹它的举世无双，更从心底涌出一种对大自然诚惶诚恐的敬畏。

当大批游客蜂拥而至的时候，我们就要结束野柳之行，心想，如果自由行，我真可以玩上一天，尽兴而归。临别景区，我们依依不舍地站在野柳地质公园北端极目远眺，导游用手向北边一挥，告诉我们：那就是我们中国的钓鱼岛。我们齐刷刷向大海远方望去，虽然还是没有看到钓鱼岛，然而，在我们每个人的心中，都知道我们现在离它很近很近。站在这离钓鱼岛很近的地方，钓鱼岛那跳动的脉搏，我们都几乎深深感觉到了。

我们不禁在心中期望，也许在不久的将来，我们也会像站在野柳公园一样，站到钓鱼岛的土地上：野柳公园再见了，钓鱼岛久违了！

三仙台与七星潭

　　驱车数小时后，接近下午 2 点，我们又匆匆来到台湾的著名景区三仙台。

　　原来，三仙台位于台东县成功镇东北方约 3 公里处，是由离岸小岛和珊瑚礁海岸构成的特殊景观区，也是东海岸最具知名度的风景点。三仙台主要是由火山岩构成，全岛面积约 22 公顷，岛上有三座小山峰，最高点海拔约 77 米。相传古时铁拐李、吕洞宾、何仙姑曾于岛上停憩，在山上留下三双足印，故名三仙台，此岛便也名声大噪。由于这里是阿美人居住的地方，阿美人也曾流传着三仙台藏有守护神"及发乌安"海龙的故事。为方便游客登岛，1987 年兴建一座八拱跨海人行步道桥。因造型优美，已成为当地地标。

　　我们人还没下车，就从车窗内远远看到一条巨龙飞架在海岸与离岛之间，这条巨龙也像波涛，逐浪排空飞渡于太平洋东岸。后来我们才看清，原来，这就是那座造型优美的八拱红色跨海步桥。尽管这时的太阳特别的毒辣，但我们的心情早被这座见所未见的独特大桥所吸引，因而大家还是毫不犹豫地向海边奔去。

来到海岸边上，导游指着海中桥对我们说，三仙台这座造型优美的跨海人行步道桥，长320米，可步行直上三仙台。它以波浪造型呈现，造型够炫，如长龙卧波，气势壮观。三仙台地质属都峦山火山集块岩，原来是一处岬角，因海水侵蚀逐渐断了岬角颈部，而成了离岸岛。岛上地形景观与生态资源极为独特稀有，散布着海蚀沟、壶穴、海蚀柱、海蚀凹壁等海蚀特殊地形景观。此外，海岸珍贵稀有的海滨植物种类繁多，是研究海岸植物生态的重要据点。附近海域鱼类丰富，是渔场亦是有名的垂钓场所，更是人们喜欢潜水的好地方。

我们循着规划良好的步道，尽情观赏着沿途生态及地质风韵。这里四周珊瑚礁环绕，再加上风化及海蚀作用，呈现出造型奇特的岩石景观。这里处处都与传说中铁拐李、吕洞宾、何仙姑曾于岛上停憩相附会，沿途有三仙龛、飞龙涧、水晶井、仙剑峡、合欢洞、太液池、甘露泉和钓鱼台等景。海岬北侧为一片少见的卵石砾滩，当海浪拍打滩头时，成千上万如拳头般大小的卵石相互撞击，声势令人震撼。这些砾石经过冲积风化后，浑圆均匀，是天然的按摩步道。三仙台留存有丰富的植物景观，如白水木、滨刀豆、林投、台湾海枣等，这片植物被列为自然保护区，为避免游客破坏，所以特意建造了架高的栈道式环岛步道，除此之外岛上几乎没有人工建筑。三仙台不愧为三仙台，很好地保留了原始风貌，看上去，真像是天上仙境一般。

三仙台由南北方向望去是三座，可从西面望去却只有两座，据悉，它在台湾东部享有盛名。三座礁岩好似三位神仙巨人把守着大海。涨潮时三仙台便成离岸小岛，上面植物种类颇多。退潮时人可步行到达，登上礁岩，既可细看热带鱼成群遨游在珊瑚礁间，又可远眺太平洋海天壮阔无边的景色，令人流连忘返。

我们在三仙台还没玩尽兴，不想导游催促来了：走了，走了，前面还有更好看的七星潭在等着我们呢！

路上，导游先给我们讲述了一下好山好水的花莲县。他说，这里有新城乡综合观光果园、原野牧场、花莲港、美仑山、花莲海洋公园，等等。这些花莲的名胜风景，都可以参考纳入你们以后的花莲旅游计划，为你的旅游增加色彩。此外，花莲的美食更是不可错过，像是麻糬、小米麻糬、羊羹、花莲薯、扁食、小月饼等，风味独特，也是游客品尝的美味佳肴。

接着，导游再给我们介绍了一下七星潭的基本情况。七星潭位于花莲县新城乡北埔村，在花莲机场的东侧。七星潭是一个突出于美仑鼻一侧的海湾，也是从前花莲发展定置渔业最兴盛的地方。早年是真的有零星湖泊散布，如今一般称七星潭是指美仑工业区和花莲机场以北的地区。这地区海岸线绵延20多公里，海滩宽度约在100米左右，大多都属于砾石滩，这让七星潭成了花莲近郊最佳的踏浪捡石好去处。七星潭如今也是花莲重要的渔产区，由北至南有东昌、朝金、嘉丰等三处定置渔场，这里的民众想要品尝新鲜海味，都是到七星潭这里来尝鲜的。

到了七星潭，我们很多人都有一个疑问："潭"在哪里呢？导游帮我们解开了这个七星潭无潭之谜。他说，其实，如今的七星潭是指那美丽的海湾，而之所以这个区域会叫作七星潭，是有原因的。七星潭原来的位置并不在海边，而是在花莲机场一带，其地名最早出现在夏献纶所编著的"台湾誉图并说台湾后山总图"一画中。这幅图画，是清代有关台湾后山地区的地图。在图中标示的七星潭地区为低洼地，有七个大小不一的湖泊，所以将该地称为"七星潭"。

早在1936年，在原七星潭地区兴建"沿海飞行场"，并将原七星潭的居民们迁至如今的海湾一带，并将部分湖泊填平。而迁至海湾一带的居民，因为习惯，仍自称是"七星潭人"，所以如今所谓的七星潭，是指海湾一带，也因此，在七星潭是找不到潭水的。如果要找潭水的话，遗留下来的也只剩花莲师院中的涵翠湖和机场内的两个小池塘。

至于"七星"这个名字，导游又给我们讲解了这个名字的由来。他说，还有一个传说，因为在这以前，到了晚上天气好的时候，地上没有亮光，就能看到满天的星星。也因为到这里看北斗七星最为清楚，所以，人们便称这里为"七星"，加上四处周围的潭水，这便就称为"七星潭"了。

哦，这地方没有潭还叫"七星潭"，原来是这么回事，大家总算明白了其中的奥秘。

接着，导游又给我们讲述了一下七星潭所处地段位置范

围。他说，七星潭风景区范围，从海边延伸到七星潭社区，邻近太鲁阁公园，东海岸是花东纵谷风景区。由于经分年分期不断的建设，七星潭已成为花莲县内最佳的也是唯一的县级风景区。在七星潭不仅可以远眺清水断崖，夜晚时分的新城和崇德地区灯火更是清晰可见，因此也是当地民众看夜景、赏星辰的好去处。

我们看到，七星潭风景区设有自行车道，利用自行车便可以将南滨公园、石雕园区、赏星广场、观日楼等畅玩到底。长达21公里的旅途，都能让游客有一种不一样的视觉盛宴。另外，在渔场附近还有大海生态的解说牌，利用防风林区辟建的海滨植物园区，让民众除了赏心悦目之外，更能增长知识。

七星潭，这里处处都见碧海、蓝天、沙滩、鹅卵石、星月湾，这里时时都有天南海北的海风吹乱你的秀发。这里实际上就是生长在太平洋东海岸线上的一朵美丽的临海之花，却总是被人们误会称呼其是一个有潭的地方。

这里虽然没有什么特别吸引人的绝妙之景，但这里时而阳光灿烂，时而大雨倾盆的气候，让你感觉特别的爽快。这里遍布每个角落的清新空气、参天树木、碧海蓝天、绿色幽静，更会让你陶醉其间，不舍离去。

朋友，如果你有机会来到台湾，请千万不要错过这么一处让世人叫错名字，但却值得你一生欣赏、留恋的地方。

笔会缘结天香园

梅子近来还好吧？一位文友出差前来拜会，因他与才女加美女的梅子在一个城市工作，因而我自然而然地问起了梅子的情况。

"你还不知道呀，"文友惊讶地说，"她家出大事了。"

原来，前不久，梅子弟弟开车带了位朋友，不幸在高速公路上追尾一辆大货车。朋友当场死亡，她弟弟也不省人事，经过十多天的抢救，才终于苏醒了过来。

真是天有不测风云，人有旦夕祸福呀！我惊得一时都不知说什么话好，遇此不幸，那可就真是苦了梅子了。

是呀，一个羸弱女子的家中，摊上了这么一场人祸，叫谁谁受得了？

梅子就两姐弟。她有个六岁的儿子，老公在外地工作。文友告诉我："本来这是一个非常幸福的家庭，可现在，一切都完了。"

文友接着说："这边，梅子要没日没夜地去医院照顾瘫痪在床的小弟。光这一项，就已经花费十五万元了。这还仅仅是

个开头，这个无底洞，还不知需要多少钱来投进去？那边，弟弟的朋友家中，要求赔款三十万元，否则，人不入土。你说，这样大的事情，梅子能挺得过去吗？"

"遇此大难，但愿梅子能够支撑得住。"我感叹一声。

梅子把自己住的那套房子卖了，租了邻居一间小房暂且住下。文友说："白天，她还到公司上班，晚上，就到街头摆地摊了。"

文友叹了口气，接着说："如今的梅子，就像换了个人似的，见了我们文友的面，她竟然就好像不认识似的，弄得我们想帮她都帮不了。"

唉，人在家中坐，祸从天上来。一场变故，就这样将过去那位美丽、开朗、爱好文学的梅子，彻底地改变了。

记得那年秋天，正是杨梅花儿盛开的季节，在一次笔会上，我结识了一位身着花格子套裙，浑身上下无时不洋溢着勃勃青春气息的少妇。她，就是梅子。

文笔不错的梅子，在一家公司任文秘。由于特别喜好文学，因而在她的业余时间里，还兼职当了一家小报的副刊编辑。

采风期间，我们走进南昌市城区的"市"外桃源——"天香园"参观。文友们一踏入景区，就被那绿水青山、鸟语花香的景致所吸引。虽置身秋季，走进园林深处，大家却如同回归到春天一般。

据介绍，天香园地处南昌青山湖南大道，原名西湖园艺场。该园始建于 1996 年，面积 120 亩，现有大小盆景 3 万余盆，培养花卉、苗木 2.6 万余株，是江西省规模最大的赣派盆景基地和花卉基地。多年来，该园广植林木，培育花草，保持了良好的自然环境，吸引了大批鸟禽，被称为"鸟类的天堂"。

园内还建有茶艺馆、金佛堂、云泉书画室等仿古建筑。天香园内树木掩映，绿草如茵，花香满园，不愧为南昌的"市"外桃源。

天香园前门，在那 16 米高的朱拱珐琅彩绘大门正面上方，是中国当代书法家启功的亲笔镏金大字"天香园"，反面为其胞弟启儒的真迹，非同凡响，气势逼人。

现今的天香园园区占地 1150 亩，园内湿地、湖泊、原始沼泽连通成片。经联合国教科文组织专家考察后指出，这里鸟类之多、密度之大、之美和与人之近，堪称世界城市第一。

在天香园内畅游，那生机盎然的候鸟，一下子就将我们大家倾倒。园内林荫小径上，孔雀、鸵鸟、珍珠鸟、富贵鸽等珍禽异鸟数百羽，自然放养，争奇斗妍，令人观赏逗趣，目不暇接。

"天香园"一别，我接连在"作家网站"上，看到了梅子那颗跳动的心。

"……迟去的虫儿，因为留恋夏日的爱情，停在湖的手心，甘愿变成凉风里的标本……"

——《情徜天香园》

一晃几个月很快就这样过去了，在这几个月里，我天天

在盼望着"梅子"二字出现。可在"作家网站"中，从此不再有梅子那如诉如歌的美文。

为了寻找失踪了的梅子，我考虑再三，鼓足勇气，还是打了一下梅子的电话。电话却打不通，机号已改。奇怪了，她改机号了怎么也不给我打个招呼呢？至今，谜底终于揭开了。

这个时候，人最需要的是友情。我真想与梅子交流一次，不能眼睁睁地看着梅子就这样消沉下去，哪怕听听她的声音，给她一点点安慰都行。然而，电话不通了，拿什么与她联系呢？看得出来，她可是有意要与外界断绝一切联系的了。

哦，对了，那次去她那儿时，我清楚地记得，她是给了我一个 E-mail 地址的。当我好不容易找到那张写有梅子 E-mail 地址的小纸条时，却也意外地找到了她那条天天围在颈上的黄蓝相间的花格子丝绸围巾。这条围巾当时她忘在车上了，却让我幸福地收获了这份珍贵的礼物。

我手抚这条还留有梅子体香的围巾，思绪万千：围巾呀围巾，这么多年来，你承载了主人多少欢笑？如今，当主人遭遇不幸正在受难之际，你应该回到主人身边去，和她一起共命运，同甘苦。去吧，去吧，我可爱的围巾，给她送上你的一些温暖，带上我的安慰和祝福。

现在唯一能与梅子联系上的，可能就只有她的邮箱了。可她人都这样子了，还会有兴趣看邮箱吗？

梅子：你好！月有阴晴圆缺，人有旦夕祸福。人这一辈子不如意事，十之八九。送你一首歌——《朋友别哭》：有没有一扇窗，能让你不绝望？……有没有一种爱，能让你不受伤？……朋友别哭，我一直在你心灵最深处；朋友别哭，我陪你就不孤独……围巾，还给你。见围巾，如见俊华。

你的朋友俊华

那是一个星星点灯的晚上，我无意中打开邮箱，却意外地收到了梅子的来函：

俊华：你好！谢谢你收留了我的围巾这么久，你的心意收到。在我人生处于最低谷的时刻，是你，给了我最大的安慰。过去的我，不复存在。找来《朋友别哭》这首歌，我听了无数遍。谢谢你的歌，我不会再哭了。这些日子来，是它给了我勇气和力量，教会了我坚强，更让我懂得了：人伫立在寒冷的时光时，看到花儿的逐渐盛开，便知，春不再是遥远了，它已随着风的姿势而来了……

你的朋友梅子

看到梅子的来函，我终于放下重负，心已释然。人生遇到了这么大的打击，梅子尚能勇敢面对，顽强地挺了过来，可喜可贺！我不禁在心中为梅子祈祷：让阴霾的日子随风飘去，让新的生活从此起航吧！

我在邮件中对梅子说，前面的风雨之路还很漫长，梅子，

283

让我与你同行吧！

我似乎已经看到，在某个笔会上，一位更加活泼可爱而又富有才情、浑身散发着阵阵馨香的梅子，正春风满面地向文友们走来……

经历过这件事，让我深深地感到：朋友，是人生道路上的一盏明灯。在你最无助、最彷徨的时候，朋友给你安慰、帮助和光明，这种精神力量比什么都重要。人生难得有几个真正的朋友，也正因有了一位这样的朋友，我们的人生旅程就算遇到了再大的难题，都不会孤单，不会害怕，才会有前行的勇气、动力和希望。

当年同窗话幸福

　　趁着明媚的春光，十几位多年没见面的南钢中学75届老同学欢聚一堂，于是，南昌近郊梅岭旅游风景区的乐山秀水，迎来了这批特殊的客人。

　　多姿多彩的梅岭，曾在历史深处透出一缕清香。循着苏东坡、文天祥、戚继光、汤显祖等人的足迹，谛听着驿道上"嘚嘚"马蹄声，我们这些年过半百的老同学，个个都像那三岁小孩一样，欢天喜地地投进了梅岭这位美人的怀抱。

　　这里古木参天，绿意葱茏，枝叶密得连阳光都难得渗下来。驿道宽四米半，远比云南盐津豆沙关看到的"五尺道"要宽阔、平坦得多。唐代以前，这里只有羊肠小道可供人行，唐开元年间，时任宰相的广东韶关人张九龄奉旨开辟此驿道。路开通后，"坦坦而方五轨"，大大方便了南来北往的车马；到了明清时期，这里更是呈现出一派"商贾如云，货物如雨，万足践履，冬无寒土"的繁荣景象。

　　我们尽情地投入到大自然的怀抱里，听听婉转清脆的鸟语，闻闻沁人肺腑的花香，看看碧绿清澈、微波荡漾的湖水，

呼吸呼吸那层林尽染的"氧吧"清新空气，真是叫人爽心悦目，心旷神怡。

来到洪涯丹井景区，已是拍卖行总经理的涂鹤林同学就向大家讲起了关于洪涯丹井的传说了。

传说洪涯是生活在四五千年前黄帝时期的一位仙人，他曾在梅岭的瀑布山涧中凿井炼丹，最后终于成仙而去。如果只是这样，那梅岭不过是又多了一个得道成仙的故事。

而在当地的传说中，洪涯丹井还和中国古典音律的发现联系在一起。据说，洪涯就是中国史书中曾经记载的、中国音律的创始人——伶伦，伶伦制律的故事就发生在这里。

洪涯也就是伶伦来到梅岭，在这里他没有见到传说中的凤凰，而是沉醉于梅岭的清幽、空寂。也许空寂的世界中，更可以感受到自然的律动。大自然那无处不在的天籁之音包裹着他，感染着他，拨动着他的心弦，而他天才的耳朵分明听到了那蕴含在大自然交响曲中的弦外之音。洪涯捕捉着那稍纵即逝的旋律，而就在这心与自然的对话中，他发现了音律的秘密。

中国音乐的发展史宛如一条漫漫长河，洪涯丹井的故事，也许只是这个历史长河中的一段佳话，而这个传说本身形成的历史却已非常悠久。据史料记载，早在中国的隋朝也就是公元6世纪以前，洪涯丹井就已经是一处高人名士争相踏访的海内名胜。洪涯丹井的瀑布、炼丹井，被历代视为一处仙人留下的"灵迹"。而洪涯丹井所在的梅岭也因此为中国的佛、道两家所重视，一时成为一座寺庙道观云集、香火鼎盛的名山。

古语说，"山不在高，有仙则名"。在古代中国人的观念中，似乎对于一座山来说，是否有神仙的光顾，是一个非常重要的事情。大概也正是因为这一点，中国的名山大川，几乎处处都有神仙的传说，南昌城外的这座梅岭也不例外。

听完这个故事，一身疲惫的同学们自然兴致盎然。时至中午时分，大家就在景区野炊。我们带来的主要是羊肉等食品，吃完羊肉串等烧烤食品后，大家又自然围拢一块坐在草地上，有的在喝着矿泉水，也有的在哼着《青春之歌》电影主题歌《五月的鲜花》等儿时唱的歌曲——

五月的鲜花开遍了原野，
鲜花遮盖着志士的鲜血。
为了挽救这垂危的民族，
他们曾顽强地抗战不歇！
如今的东北已沦亡了四年，
我们天天在痛苦地熬煎，
失掉自由更失掉了饭碗，
屈辱地忍受那无情的皮鞭！
……

仰望满天云彩，大家纷纷打开回忆的闸门，生命里经历过的许多往事历历在目……

享受回味，原来这也是人生中特佳的一种休闲方式。这

些经历了人间半个世纪的同学们，无意中竟也聊起了"幸福是什么"这个老套话题。

"是呀，在这世界上活了这么久，幸福的味道究竟是何种感觉呢？我到现在还好像没有什么体会。"曲娜嘉说。

"幸福就是要有钱。"报纸投递站站长曾彩媛说，"有一生都用不完的好多好多的钱，那才活得快乐呢！"

"幸福就是要有权。"工人万建新说，"那种随意可以指挥别人的感觉那才叫爽呢！"

"幸福就是要有事业。"骨科专家万小明说，"只有事业上有了成就，才会有幸福的滋味。"

"幸福就是能多为人民服务。"护士长孙莉莉说，"每当我把一个病人照顾好了，就会感觉很开心。"

"幸福就是奉献。"当老师的老班长喻正说，"做支蜡烛，燃烧了自己，照亮了别人。能将自己全部知识教给学生们，桃李满天下。那种感觉，才叫真正的幸福呢！"

"幸福就是能找到一份自己最喜爱的工作，在工作中享受着快乐，那是一件多么美妙的事情呀！"工厂买断工龄后一直没有找到一份好工作的熊建华同学说，"这成天为找工作发愁的生活我真是过够了。"

"幸福就是能随时见到好朋友。"远在祖国边陲新疆、生在军人之家的毛新蜜说，"我有时会在梦中见到老同学们，心中那种感觉就像吃了蜜糖一样香甜。"

"其实呢，幸福就是一个过程。"厂长龙浪顺同学说，"从前有个人认为老天不公，从来没让他幸福过。一次，他接过一位老者鱼竿，钓上一条鱼来。老者说，每天都能钓到鱼，这就是幸福的。"

"每天都能钓到鱼，多快乐呀，这当然算是幸福的生活。"同学们齐声说。

"可他不认为这就是幸福，"龙浪顺同学继续说，"接着，他到树林里接过了猎人的枪，打到一只野兔。猎人说，每天都能捕获野兽，这就是幸福。"

"没错呀，每天都有野味品尝，这人能不开心吗？"同学们都说，"这确实也算是幸福的。"

"可他还不满意这个答案，"龙浪顺同学接着还是说到这个人，"他又走过森林，穿过沙漠，见到上帝，问怎么才算幸福？"

上帝回答说："这一路走来，你见识了无数别人难以见到的人和景物，这一路的享受，你还没感觉到这就是幸福吗？"

同学们沉默了一会儿，想了想，都恍然大悟："是呀，到外面旅游了一番，能看到很多新的人和景物，这当然是再幸福不过的事情了。"

"要说起来，原来我们大家都生活在幸福之中，"曲娜嘉同学说，"可我过去怎么就没感觉到呢？"

大家见我坐在那儿一言不发，便说："你怎么不说话呀？"又都围了过来，要我谈谈对幸福的看法。

"各位同学说的都有道理。"我说，"还是让我来说段故

事吧！"

记得1998年那时，我随区招商团在深圳特区负责新闻发布会有关宣传工作，因事多累病了。打了一个星期吊针，病情稍好后，领导让我回家休息。不想一回到家，区里和全国大多数地区一样，遇上了百年未遇的大洪灾。

部里就我一位宣传干事，在这抗洪抢险期间，我只好带病出征。一方面我有守护南隔堤其中一段的任务（南隔堤是担负着全市人民生产、生命安全的大堤）；另一方面，我还负责全区干群抗洪抢险宣传报道的任务。

于是，白天，我巡回在全区抗洪抢险险情最重的堤上采访，到了晚上，我就要来到南隔堤上巡堤，同时，在堤上挑灯写稿，待到第二天一早，将写好的稿件投到报社后，我又马不停蹄地赶往全区出现险情的圩堤采访。

那些日子，几乎天天都可以在省、市党报上看到我采写的抗洪抢险新闻特写稿件。由于不分日夜的工作，那折磨我十多年的严重失眠症病根，就在这时落下的。

十几年来，看过许多医生，吃过很多药，可失眠症状就是不见好转，且愈演愈烈，乃至出现了一个个整夜不能入眠的症状。如何让自己能够睡上一觉？这已成了我今生最大的一个愿望。

失眠按说也是一种病，是病当然要去看医生。西医让我吃安眠药，吃后我整夜就像疯了一样极度烦躁。中医给我开了很多疗程的中药，吃尽多年"苦"，却不见有"甜"来。好不容易寻访到一个民间偏方，结果不但没改善，却因其中有很多营养品竟让自己吃成个大胖子。

失眠症医治不好，可生命还得继续，治疗失眠的工程就还得进行。有人说数数可以入眠，我数到一万，还可以数到天亮。有人说听音乐、评书可以催眠，我从肖邦钢琴经典曲，到班得瑞的轻音乐，从单田芳的《三国演义》评书，到尼姑念经曲，怎么总是越听越兴奋？也有人说看不喜欢的书和电视，也能很快入梦。于是，电视看到出现"再见"，一本厚书从头看到了尾，也还是没有一丁点睡意。也有人说喝酒好，从来不喝酒的我一口气喝了好几两白酒，这下好了，不但睡不着，还额外收获了头晕病。

电视中养生大师说，一个成年人，一晚至少要睡足六个小时觉。而我有时一晚一个小时也睡不了，于是我就强迫自己躺在床上。心火来时，我家电风扇加空调一起上，第二天我和老伴就只好争先恐后上洗手间方便了。心悸来临，床上、地下、客厅、沙发，全都成了我的睡眠之处。失眠严重时，一分钟不到就要换一种睡姿。这样长时间频繁的"烙饼"动作，导致直接结果是与老伴"分居"。

听人说莲子心泡着喝可去心火，我一连喝了几天，还别说，真有点管用，旺盛的心火一时竟然被压了下去。只是，心火压了下去之后，也还是依然难以入眠。只不过这时的失眠，没有烦躁，人一晚都处在异常清醒当中。这种失眠比起有心火烦躁的失眠，只是少去了翻来覆去的痛苦。

失眠时间长了，我发现，有时睡姿也很重要。那天，我无意中架起双脚睡，很是惬意，一下子就睡了几个小时。还有一次，大热天的，我用三床被子垫着睡，竟也睡意盎然。但均好景不长，几番之后，这种方式也就失灵了。

又是一个不眠之夜。凌晨四时，在床上辗转反侧的我突发奇想，于是抱起被子、枕头一头投入到夜的海洋之中。小区内有个人工小池，边上有两排可以移动的木质沙发，供白天在这欣赏池中金鱼的人们坐观美景之用。我把俩沙发一合并，这便成了我的小床。当我将被子、枕头一放上，想不到在一片蛙声中我竟然睡到了大天亮。

如法炮制又睡了几夜之后，那晚下起了大雨，老天爷又将我带回了房中。当好不容易盼到星星、月亮又来当班那夜，这次兴冲冲去的我却是失望而归。闷热的夏夜不仅没有一丝风儿，蚊子也像赶集一样蜂拥而至，尤其是青蛙们也不叫唤了，它们就好像是集体失踪了一样。在这样一个宁静的夜幕中，我又如逃兵一样卷起被子回家了。

苦难的日子夜复一夜，年复一年，显然，我那黑眼圈增加了一圈又一圈，真不知道，这个世界上还有谁能救救我？

想尽了一切办法的我，这晚打起了方位的主意。长期以来朝西睡不着，我便倒转朝东。朝东依然难眠，又改向朝南。让人难以置信的是，这一晚我竟然从半夜三点多睡到了大天亮。让人意想不到的是，第二天我又以这种方式睡，奇迹出现了，半夜入眠，竟又睡到了大天亮。唉，只是不知何故，再后来就又睡不着了。

这天，我无意中翻看好友的博客，在其中看到一条《世界上超难找的一百个药方》博文。我迫不及待地快速浏览，目光停留在"用花生叶煎水晚上喝，三日失眠除根"这几个字上。我开始怀疑这药方的真实性，是呀，我已有十多年的失眠顽症，喝三天花生叶煎的水就能治好吗？不管有用没用，试试总没有坏处吧！还有，很多朋友对我说："坚持锻炼也有好处。"

周末，我与朋友相约，来到这风景如画的梅岭爬了一天的山。临睡前，喝了一碗鲜花生叶煎的水，竟然比平时提前了一个小时入眠。第二天傍晚，朋友约我打了几个小时的羽毛球，临睡前，又喝了一碗鲜花生叶煎的水，又比昨晚提前了一个小时入眠。第三天傍晚，我到附近老同学家中，在乒乓球桌上与之决一雌雄。让人难以置信的是，世上还真有奇事。这不？临睡前喝完一碗鲜花生叶煎水后，我竟然很快就进入梦乡了。

"老兄，你的黑眼圈好像淡了很多。"几天后一位朋友见到精神矍铄的我，好奇地问，"你有什么治疗失眠的灵丹妙药呀？最近我失眠也很严重。"我注意到老朋友真的也有了黑眼圈。可不知为什么，他用这个药方后竟一点效果也没有。弄得他每次见了我就是一句话："骗子！"

我百口难辩，也就不辩，让他说好了。可是好景不长，过了不久，我的失眠症还是死灰复燃且越来越重了，乃至出现

整夜整夜不眠的状况。原来这个用鲜花生叶煎水吃的药方也还真是不管用的。可我爱人那天只喝了一小口用鲜花生叶煎的汤水，却一倒到床上就睡着了，这又是怎么回事呢？后来我终于想明白了，这种用鲜花生叶煎的汤水治疗一般轻的失眠症是有效的，但它治不了严重的失眠症。

为此，我们全家人遍访神医，在亲人引荐下，我终于找到邻市鹰潭市一家专治失眠症的医院。我慕名来到医院专门设立的住院部治疗。从病情来看，医生说我得的是神经官能症，内火特别旺盛。一般失眠症需要十天一个疗程，严重的要二十天一个疗程，特别严重的要三十天一个疗程。我属于特别严重类型的，所以要三十天待在那儿让医生全天候观察。

于是，我来到这高温酷暑又没有空调的地方，自愿遵守这个医院严格的规章制度，前去实行了"三规"。在规定时间（三十天）、规定地点、规定用药（每天吊三瓶药，打四次针，吃十粒西药和两包中药）治疗。在院长和医生精心治疗、护理下，不久，我的睡眠状况比过去有了明显好转。过去一夜能睡一个小时就是很幸运的事情，现在我一晚竟能睡上近五个小时了。

"同学们，我要告诉你们的就是，每当我能每天睡上五个小时的觉时，我就深深地感觉到，我就是这个世界上最幸福的人了！"

嘀，大家异口同声地笑着说："想不到你希冀得到的幸福，竟然就这么简单？"

　　"你们可别笑话我。"我补充说，"小时候幸福是一样东西，得到了就是幸福；长大了，幸福是一个目标，达到了就会幸福；成熟了，幸福是一种心态，领悟了就是幸福。是呀，没有亲身经历过我这一段生活的人，你们又如何体会得到我那种幸福的味道来呢？要说起来，其实，幸福本身根本就没有定论。说到底，这幸福，那幸福，就是一句话，活着，就是幸福。"

　　已是夕阳西下，老同学们穿行在晚霞之中。是呀，对于老同学们来说，今天跋山涉水，劳累了一天，按理说，这应该是大家很疲惫之时。然而，看得出来，在大家满是汗水的脸庞上，布满了依依不舍的感情。尤其是大家那一双双眼睛里，更是盛满了欢快、幸福的惬意。

重阳千里去看海

清晨，老同学彭小平发来一条短信："我们南昌第二师范学校 77 级首届理化班同学，重阳节前往福建莆田看海。"

听说要和许多多年未见的老同学相会，我那激动的心儿立即加速跳跃起来：这不是在做梦吧？

1976 年打倒"四人帮"后，1977 年恢复高考。我也在那一年参加中考，如愿以偿被第一志愿学校录取了……

坐上动车，大家七嘴八舌打开了话匣子。

我们考取的学校，地球人肯定不会知道在哪里，因为当年根本就不存在这所学校。杨小毛同学回首往事：我清楚记得那一天，当我们兴致勃勃地来到报到地点后，一片靠在南昌县莲塘二中边上的荒地，校长夏侯泉仁把手一指："同学们，那就是我们的学校。"

"不会吧？在荒地上怎能上课？这不是天方夜谭吗？"我们一下子听傻了，龚全福同学插话问。

要在山冈上建起一座学校，谈何容易？这下可苦了我们这届学生了。熊安亮同学接着说："建校舍要运砖、浇水泥、平地、送水等，这些人力活全都由我们这些学生承包了。"

下午近两点，我们到达莆田市。

"下面我的第一项任务，就是把你们的肚子统统搞大。"这就是李导。这位莆田妹子见到我们说的第一句话，把我们笑翻了。

"说实话，报考师范是因为师范学校有 16 块钱的伙食费补助，否则，这书就是考上了也读不起呀！"席间，邓有印同学先开了个头。

"周末，我和王令平同学回罗家货场老家，没钱买车票，三十多里路程，只能靠我们双脚来回'丈量'，我们称之为'11 路车'。"我也有感而发。

后来，万建华同学骑了一部凤凰牌自行车来学校。熊省妹同学一看到这辆自行车羡慕地大叫了起来："好一辆崭新的'足踏车'！"从此，"足踏车"便成了他的外号。刘建萍同学提起这事，大家都记忆犹新。

"记得吗？晚自习时，我们常常借口上厕所，溜到附近玻璃厂职工之家窗口看日本片《望乡》等电影，尽管画面影影绰绰，倒也让生活太闭塞的我们自得其乐。"彭小平说。

迎着初升的太阳，第二天，我们乘坐游艇，踏着海浪，来到了素有"南国蓬莱"美称的湄洲岛。湄洲岛位于福建省莆田市中心东南，全岛南北纵向狭长，形如蛾眉，故称湄洲。随后，我们又来到黄金沙滩海岸。在这狭长的岸边，山上怪石林立，山岩竞秀，林木葱茏，宛若一座天然盆景园。

置身这海天一色的沙滩，大家心旷神怡，那躺在路边的贝壳，仿佛在列队恭候着我们的光临。是呀，身临海境，大家都情不自禁地把鞋袜一扒，裤腿一卷，赤足踏进沙滩，享受海水的轻抚。漫步在这融碧海、蓝天、金沙、绿林、奇石于一体堪与美国夏威夷相媲美的纯天然原始景观之中，我们陶醉了。

同学们在海边走了一会儿后，就又三三两两地寻找着一片沙地，坐的坐，躺的躺，海阔天空地侃了起来。

"做了一辈子的教师，年岁大了，来到这儿溜达溜达，也算是人生一大享受。"辛志芬边走边感叹地说。

"祖国美丽景色数不胜数，有空到处走一走，看一看，也不枉为师一生辛劳。"一路上很少说话的何旭明，也情不自禁地面朝大海，长长地呼吸了几下这沁入心肺的清新空气。

"沙滩上这些连绵洁净的千年留下来的沙子，历经岁月洗礼，看得出，每一粒和我们每个人一样，都收藏有一个神奇、美丽的传说。"刘爱国手捧一把沙子，难掩浪漫情怀。

海风徐徐地推动着排排白浪源源不断地向沙滩涌来。大浪淘沙，这一片海蓝蓝的浪花花，不由让我想起这些同学们的各自一生，虽和这些浪花一样渺小，却也在教育岗位上奋斗不止，一生为伟大祖国的建设事业培育英才，做出了一份努力和奉献。顿时，我便感到一种无上的荣光和幸福。

快乐的时光总是那么短暂，不知不觉中，两天的行程已经接近尾声。

坐上回程动车，同学们举目窗外，看见一束束散落在地不知名字的小黄花一闪而过，但它们所散发出来的香气却扑面而来。是呀，今又重阳，车上黄花分外香。

　　同学们抓住分别前夕的时间，便又开起了毫无由头的车上"座谈会"。

　　"唉，岁月如流，我们都老了。"王湘贵同学感叹道，"38年过去，弹指一挥间。"

　　"可不？"李成生同学有感而发，"你还别不信，我现在都有人让座了。"

　　刘诗云同学说："饭店吃完饭，我一个人上楼转了一下，结果就在那儿打圈，就是走不出那座'迷宫'。说起来，这事还真是邪门了。"

　　"老了就是老了，不服老不行。"邹结才同学补充说。

　　"人老不可怕，可怕的是心态老了。"何新发同学滔滔不绝："刘诗云老有所乐，连鸟语都懂，成了养鸽专家。彭小平经商赚了钱，出钱让同学们潇洒走一回，乐在其中。王湘贵到重点中学去教学，充分发挥自己余热。万俊华撰稿写书，老有所为。由此可见，只要善于经营自己后半生，相信同学们今后生活，一定会更加丰富多彩。"

　　张永惠同学笑逐颜开："同学们，别悲观，人生就像坐这动车，今晚我们到站了。可接下来迎接我们的，又将会是一个艳阳天。"

　　临别，刘建萍同学即兴给大家献上一副对联：
　　上联"忆当年莲塘求学同甘共苦笑面对"

　　下联"看今朝莆田聚会游山玩水乐开怀"

　　横批"友情永恒"

　　彭小平同学听罢，眉头一皱，也出口成章：

　　上联"当年风华正茂求学莲塘青春壮志可凌云"

　　下联"今朝秋阳高照欢聚莆田桃李芬芳普天下"

　　横批"人生如歌"

后记

相会在人间仙境

编完这本书，我几乎大病了一场。这倒不是因为这样的书难编，而是因为当年旅游的照片不知放在哪儿了。至少相距几十年的东西，现在要重新找到，想想难度会有多大！好在我当年旅游时大都拍摄了照片，这就为现在编书打下了一个良好基础。否则，你就是有心要编书，也是有心无力，因为俗话说："巧妇难为无米之炊"。至于这些照片放在哪儿，这就确实成了我编此书最为费力的"大型工程"。

先是查找照片，进行翻拍，后是查找底片，送到照相馆洗出来后再翻拍，再后是全部放到 U 盘中保存下来。有的照片年代实在是太久远了，有的照片已成黄色，有的还有不少雪花点。这样的照片显然是不能用的，而要重新到故地重游，再认真拍摄一些照片来，这也是不现实的。那么，怎么办？

近地可以补拍照片，远处没法去，就只好到网上搜寻一些没有署名纠纷而又对路的照片。这个工作量是很大的，但为了找到合适的照片，也值。经过一段时间努力，终算如愿

以偿。

　　还有文字，由于当时没意识到会编书，所以，有些景点当时没有动笔写下来当初的感受，这就要补记。显然，当年的感受难以重现，现在写出来的东西，要想找到当年的感觉也难。这就要重新查找资料，一边重温当年旧想，一边从找到的资料中寻找灵感。这无疑也给编这本书增添了难度。

　　最为难办的事，莫过于要在每张照片下写上一句介绍的话。虽然说我尽了最大的努力，但这事也还是不能尽善尽美。于是，在每张照片下，就有了某某景点景色之一、之二等这样的解说。不能不说，这应该算是我编此书的一大遗憾。我要与读者朋友们说的是，我已尽力了。

　　在序言中我已说了，将爱美习惯进行到底，也就是说，编完这本书之后，我还会有意识地踏上新的旅游之途。或许过了几年，我的另一本旅游散文集将会重现于读者面前。相信那时我的书，再也不会留下这次编书的遗憾。

　　朋友们，花开时节又逢君，让我们相会在祖国的每一片人间仙境、"天堂美景"中吧！

2015 年 10 月 修改于 闲情小屋